高等教育自学考试教材

《鲁迅概论》自学指导

蔡红亮 主编

师探文化传媒 组编

苏州大学出版社

图书在版编目(CIP)数据

《鲁迅概论》自学指导 / 蔡红亮主编;师探文化传媒组编. -- 苏州:苏州大学出版社,2021.1(2023.2重印)
ISBN 978-7-5672-3067-5

Ⅰ.①鲁… Ⅱ.①蔡… ②师… Ⅲ.①鲁迅著作研究－高等教育－自学考试－自学参考资料 Ⅳ.①I210.97

中国版本图书馆 CIP 数据核字(2019)第 290922 号

书　　名:	《鲁迅概论》自学指导
	Lu Xun Gailun Zixue Zhidao
主　　编:	蔡红亮
责任编辑:	王　娅
出版发行:	苏州大学出版社(Soochow University Press)
社　　址:	苏州市十梓街1号　邮编:215006
印　　装:	苏州工业园区美柯乐制版印务有限责任公司
网　　址:	http://www.sudapress.com
邮　　箱:	sdcbs@suda.edu.cn
邮购热线:	0512-67480030
销售热线:	0512-65225020
开　　本:	787 mm×1 092 mm　1/16　印张:15　字数:303千
版　　次:	2021年1月第1版
印　　次:	2023年2月第2次修订印刷
书　　号:	ISBN 978-7-5672-3067-5
定　　价:	48.00元

凡购本社图书发现印装错误,请与本社联系调换。服务热线:0512-67481020

编写说明

高等教育自学考试是对自学者进行的以学历为主的高等教育国家考试，是个人自学、社会助学和国家考试相结合的高等教育形式，是我国社会主义教育的组成部分。

自学考试制度在江苏省实施数十年以来，已先后开考了文、理、工、农、医、法、经济、教育等类七十多个本、专科专业，全省已有数十万人取得了毕业证书。这项制度的实施，不仅直接为经济建设与社会发展造就和选拔了众多的合格人才，而且对鼓励自学成才，促进社会风气的好转，提高劳动者的科学文化素质具有非常重要的意义。数十年的实践证明，自学考试既是一种国家考试制度，又是一种教育形式，受到广大考生和社会各界的欢迎，产生了巨大的社会效益，赢得了良好的社会声誉。

自学考试是建立在个人自学基础上的教育形式，而个人自学的基本条件是一本自学教材。一本好的自学教材不仅可以使自学者"无师自通"，而且对于保证自学考试质量具有重要作用。而对于自学者来说，除了要有一本高质量的自学教材外，还需要有一本与之配套的自学指导书，来帮助自学者系统地掌握教材的内容，达到举一反三、触类旁通、提高自学效率的目的。

自学教材和同步自学指导书的建设是高等教育自学考试工作的一项基础建设。为此，我们正在有计划、有步骤地组织高等学校业务水平较高、教学经验丰富、熟悉自学考试特点和规律的专家与学者，编写一批体现高等教育自学考试特点的自学指导书，以满足社会自学者和自学考试工作的需要。我们相信，自学指导书的陆续出版，必将对保证自学考试质量，助力自学考试事业的发展起到促进作用。

由于编者对自学考试特点了解的深度有限，书中不当之处在所难免，敬请广大读者惠予指正。

师探传媒自学考试研究组
2020 年于南京

目 录

一、鲁迅小说重点篇目主要人物、内容概况 / 001

《呐喊》/ 003
 《狂人日记》/ 003
 《孔乙己》/ 003
 《药》/ 004
 《明天》/ 004
 《风波》/ 005
 《故乡》/ 005
 《阿Q正传》/ 006
 《白光》/ 006

《彷徨》/ 007
 《祝福》/ 007
 《在酒楼上》/ 007
 《肥皂》/ 008
 《长明灯》/ 008
 《示众》/ 009
 《孤独者》/ 010
 《伤逝》/ 010
 《离婚》/ 011

《故事新编》/ 012
 《补天》/ 012
 《奔月》/ 012
 《理水》/ 013
 《采薇》/ 013

《铸剑》/ 013
《出关》/ 014
《非攻》/ 014
《起死》/ 014

二、考纲梳理与考点解读 / 015

第一章　绪论 / 017

考点一：鲁迅对中国现代文化发展的历史贡献 / 017

师探小测 / 018

考点二：鲁迅的人格魅力 / 018

师探小测 / 019

考点三：鲁迅的当代意义 / 020

师探小测 / 021

师探小测·参考答案 / 022

第二章　鲁迅的生活道路 / 023

考点四：鲁迅的生平及其爱国热忱 / 023

师探小测 / 025

考点五：鲁迅与新文化运动 / 026

师探小测 / 026

考点六：鲁迅的反帝反封建抗争 / 026

师探小测 / 027

考点七：鲁迅与新文学社团 / 028

师探小测 / 029

考点八：在彷徨中求索 / 029

师探小测 / 029

考点九：鲁迅成为马克思主义者 / 030

师探小测 / 030

考点十：白色恐怖时期 / 031

师探小测 / 032

考点十一：1928—1936年鲁迅的战斗业绩 / 032

师探小测 / 034

考点十二：鲁迅逝世 / 035

师探小测 / 035

师探小测·参考答案 / 035

第三章　鲁迅的文化思想 / 037
　　考点十三：鲁迅的文化哲学思想 / 037
　　师探小测 / 038
　　考点十四：鲁迅的改造国民性思想 / 039
　　师探小测 / 041
　　考点十五：鲁迅的伦理文化观 / 042
　　师探小测 / 043
　　考点十六：鲁迅的宗教文化观 / 044
　　师探小测 / 045
　　考点十七：鲁迅的民俗文化观 / 046
　　师探小测 / 048
　　师探小测·参考答案 / 049

第四章　鲁迅的文艺观 / 050
　　考点十八：鲁迅的文艺本质论 / 050
　　师探小测 / 052
　　考点十九：鲁迅对艺术美的基本形态所作的阐释 / 052
　　师探小测 / 054
　　考点二十：鲁迅的文艺创作论 / 055
　　师探小测 / 058
　　考点二十一：鲁迅的文学文体论 / 058
　　师探小测 / 060
　　考点二十二：鲁迅的文学欣赏论 / 060
　　师探小测 / 062
　　考点二十三：鲁迅的文学批评论 / 062
　　师探小测 / 064
　　师探小测·参考答案 / 064

第五章　鲁迅的小说 / 066
　　考点二十四：鲁迅小说的文学史地位 / 066
　　师探小测 / 068
　　考点二十五：《呐喊》《彷徨》的思想内容 / 069
　　师探小测 / 071
　　考点二十六：《呐喊》《彷徨》的艺术成就 / 072
　　师探小测 / 073
　　考点二十七：《故事新编》/ 073
　　师探小测 / 075

考点二十八：《狂人日记》／075

师探小测／076

考点二十九：《阿Q正传》／077

师探小测／078

考点三十：《祝福》／078

师探小测／080

考点三十一：《伤逝》／080

师探小测／082

师探小测·参考答案／082

第六章　鲁迅的杂文／087

考点三十二：鲁迅杂文的文学史地位／087

师探小测／088

考点三十三：鲁迅前期杂文的思想内容／088

师探小测／090

考点三十四：鲁迅后期杂文的思想内容／090

师探小测／091

考点三十五：鲁迅杂文的艺术成就／092

师探小测／094

师探小测·参考答案／094

第七章　鲁迅的散文／096

考点三十六：《野草》的文学史地位／096

师探小测／096

考点三十七：《野草》的思想内容／097

师探小测／097

考点三十八：《野草》的艺术成就／097

师探小测／098

考点三十九：《朝花夕拾》／098

师探小测／099

师探小测·参考答案／100

第八章　鲁迅的诗歌／101

考点四十：鲁迅诗歌的创作历程／101

师探小测／102

考点四十一：鲁迅诗歌的思想内容／102

师探小测／102

考点四十二：鲁迅诗歌的艺术成就 / 102
师探小测 / 103
师探小测·参考答案 / 103

第九章 鲁迅的学术研究 / 105
考点四十三：鲁迅的文学史研究 / 105
师探小测 / 106
考点四十四：鲁迅的翻译和古籍整理 / 106
师探小测 / 108
考点四十五：鲁迅与语言文字改革 / 108
师探小测 / 109
考点四十六：鲁迅与自然科学 / 109
师探小测 / 109
师探小测·参考答案 / 110

三、全真模拟演练 / 111

"鲁迅研究"全真模拟演练（一）/ 113
"鲁迅研究"全真模拟演练（二）/ 118
"鲁迅研究"全真模拟演练（三）/ 124
"鲁迅研究"全真模拟演练（四）/ 129
"鲁迅研究"全真模拟演练（五）/ 134
"鲁迅研究"全真模拟演练（六）/ 139

四、考前实战冲刺 / 145

"鲁迅研究"考前实战冲刺（一）/ 147
"鲁迅研究"考前实战冲刺（二）/ 152
"鲁迅研究"考前实战冲刺（三）/ 157
"鲁迅研究"考前实战冲刺（四）/ 162

参考答案与解析 / 167

一、鲁迅小说重点篇目主要人物、内容概况

《呐喊》

《狂人日记》

主要人物：狂人

内容概括：由13则日记组成，以第一人称的口吻叙述了一个"狂人"的故事：他害怕所有人的眼光，总觉得人们想害他，想吃掉他。医生给他看病，让他"静养"，他便认为是让他养肥可以被人多吃肉。他记得大哥曾对他讲过"易子而食""寝皮食肉"之事，然后想起"妹子"死时，大哥劝母亲不要哭，便认为妹子是被大哥吃了。"狂人"越反抗"吃人"，越被认为是"疯子"，当他完全失望于改造周围环境时，他也"痊愈"了，去某地当候补官了。

《孔乙己》

主要人物：孔乙己

内容概括：主人公孔乙己是个心地善良的人，但他在科举制度的毒害下，除了满口"之乎者也"之外，一无所能，穷困潦倒，成了人们取笑的对象。为生活所迫，他偶尔做些小偷小窃的事，结果偷到了丁举人家里，终于被打断了腿，在生活的折磨下默默死去。

《药》

主要人物： 华小栓、华老栓、夏瑜

内容概括： 小说采用双线结构，一条线讲华家的故事，一条线讲夏家的故事：华小栓得了肺痨，华老栓相信别人说人血馒头可以治病，于是千方百计去找人血，他拼命积攒铜钱，只想着尽快把人血馒头取到手。革命者夏瑜被捕，即使在监牢里也依旧英勇不屈，被杀害后流出的鲜血蘸成了"人血馒头"，被华老栓买去为儿子治病。但最终，华小栓还是病死了。

命名寓意： 故事告诫人们，我们多么需要一种思想上的良"药"来医治广大民众精神上的疾病。

《明天》

主要人物： 单四嫂子、蓝皮阿五、红鼻子老拱、何小仙、王九妈

内容概括： 单四嫂子丧夫之后，恪守妇道，"夫死从子"，把儿子看作自己的希望。三岁的儿子宝儿得了病，单四嫂子为他四处求医，盼望着"明天"宝儿的病就能好。在宝儿垂死之际，单四嫂子心乱如麻的时候，红鼻子老拱和蓝皮阿五之流在唱小调，打她的歪主意；何小仙慢条斯理，不紧不慢。而同是妇女，似乎有同情心的王九妈，也终于被证实并非出于真情。至此被作者一再称之为有古风的人们，在办丧事时，凡动过手、开过口的人都吃了单四嫂子一顿饭，这对她无异于雪上加霜，而明天，等着单四嫂子的又是什么？是希望还是绝望，单四嫂子不得而知，但失去宝儿后的孤独与痛苦却是真实的。

《风波》

主要人物： 七斤、赵七爷、九斤老太

内容概括： 七斤住在农村，靠撑船度日，经常来回于鲁镇与城里，因此知道些时事。七斤在辛亥革命时剪了辫子，然而"皇帝坐龙廷"了，又要辫子了。赵七爷先前盘着的头发也放下了，还特意到七斤家进行责问和恐吓，说没了辫子就要杀头。一时七斤家人心惶惶。但过了十几日，皇帝没坐龙廷，七斤平安无事，赵七爷的辫子又盘在头顶上了。一场关于辫子的风波就这样过去了，七斤重新获得了村里人的尊敬，村子里的景象也依然如故，人们在少有变化中过着与上辈人一样的生活。

命名寓意： 《风波》里面有"风波"，而所有的风波都不构成其"风波"，这恰恰证明了辛亥革命未能解决中国当时的根本问题——中国农村并未发生根本性的大变动。只有一场真正的人民革命的风波，才能扫荡广大农村的封建复辟势力，荡涤广大农民思想上、精神上、心理上所受的毒害，从而给中国带来希望。

《故乡》

主要人物： 我、闰土、杨二嫂

内容概括： 深冬时节，我冒着严寒回到相隔两千余里的故乡。故乡变化很大。第二天清晨我到了我家门口，见到了年迈的母亲，我们很是高兴。过了几天，我看到了儿时的最好玩伴——闰土，他现在变得迟钝、麻木，就活像一个木偶人；还遇到了从前被称为"豆腐西施"的杨二嫂，但她现在变成了一个刁泼、自私自利的女人。

《阿Q正传》

主要人物： 阿Q、吴妈、赵太爷父子、钱太爷、假洋鬼子、王胡、小D

内容概括： 阿Q，姓名、籍贯不详，以做短工度日。阿Q自尊又自卑，对受居民尊敬的赵太爷和钱太爷独不崇奉，不是想自己"先前阔"，就是想"儿子会阔多了"，他总能在精神上获胜。被王胡揍了一顿，又被"假洋鬼子"打了一棍，想着"儿子打老子"便忘却了，调戏了小尼姑更觉晦气全消。但这却勾起了他的欲望，尽管严守"男女之大防"，但又压不住自然的本能，就对吴妈叫着"我和你困觉"，被秀才的大竹杠打了一顿。阿Q的爱情梦被打破，随即生计又成问题，于是打定主意进城。回来曾获得村里人一时的敬畏，但人们探听清楚底细后又对他"敬而远之"。得知革命党进村，阿Q本是"深恶痛绝"，但一看举人和村里人都怕他们，便有些神往，然而他一直没弄懂革命，直到被抓、被杀，临死前的遗憾竟然是画押的圈不圆。

《白光》

主要人物： 陈士成

内容概括： 屡试不第的文人陈士成，受不了再次落榜的打击，精神恍惚中看到眼前出现白光，并且在白光的指引下开始在自家后院挖起银子来，没有挖到银子的他再次跟从白光的指引在深夜进了山中寻宝，第二天便有人在湖中发现了一具男尸，连身上衣服也被人扒了去。

《彷徨》

《祝福》

主要人物：祥林嫂、鲁四老爷、柳妈

内容概括：祥林嫂是一个受尽封建礼教压榨的穷苦农家妇女。丈夫死后，狠心的婆婆要将她出卖，她被逼出逃，到鲁镇鲁四老爷家做佣工，受尽鄙视、虐待。很快她又被婆家抢走，卖到贺家成亲。贺老六是个淳朴忠厚的农民，很快又有了儿子阿毛，祥林嫂终于过上了安稳日子。然而命运多舛，贺老六因伤寒病复发而死，不久，阿毛又被狼吃掉。经受双重打击的祥林嫂，丧魂落魄，犹如白痴，可是人们还说她改嫁"有罪"，要她捐门槛"赎罪"，不然到了"阴间"还要受苦。她千辛万苦攒钱捐了门槛后，依然摆脱不了人们的歧视。最后，她沿街乞讨，在鲁镇一年一度"祝福"的鞭炮声中，惨死在街头。

《在酒楼上》

主要人物：吕纬甫

内容概括：吕纬甫本来是一个敏捷精悍、热心改革的青年，经过多次辗转流离，感到青年时代的梦想没有一件实现，便敷敷衍衍地教点"子曰诗云"，随波逐流地做些"无聊的事"，以满足别人和抚慰自己。他既没有能力自拔于这样的生活，也没有能力自拔于这样的思想。他对自己的生活道路做了如下的概括：像一只苍蝇绕了一点小圈子，又回来停在原地点。

《肥皂》

主要人物：四铭、四铭太太、女乞丐

内容概括：四铭在大街上看到两个女乞丐，道貌岸然地"同情"她们，但是听见两个光棍对着那要饭的姑娘说："你要去买两块肥皂来，咯支咯支遍身洗一洗，好得很呢！"四铭暗暗起了淫心，去买了一块肥皂回家。因为买肥皂时被人骂了听不明白的话，四铭便让儿子查。儿子查不出，四铭无理取闹乱骂，四铭太太气得直接揭了四铭的老底，骂他不要脸。四铭无言以对。

《长明灯》

主要人物：疯子

内容概括：吉光屯庙里的正殿点着一盏长明灯，1 000多年了都不曾灭过。在村人们看来这是传统的象征，幸福的吉照。倘若灯灭了，便会招来灾难，人人都变作泥鳅。因此，谁要想吹灭这盏长明灯，便会被大家视为"疯子"。但村里偏偏就出了个"疯子"，而且"他的老子也就有些疯的"，父子两代都认为熄了这灯，"便不再会有虫和病"，因此坚决要吹熄长明灯。"疯子"与村人的斗争非常尖锐，双方都赶到了庙门前，"疯子"叫看庙的老黑开门，要进去吹灯；村人们在劝阻，但都无济于事，而且"疯子"还扬言"我放火！"这一着顿时吓得人们乱了手脚，"都很不安"，并七嘴八舌议论着对付"疯子"的办法。有的主张打死他，有的主张把他关起来，最后是终于把"疯子"关在了庙门西侧一间仅开小窗、粗木直栅的屋子里，这才天下太平。"疯子"尽管被关，但他依然精神壮旺地在呼喊："我放火！"

《示众》

主要人物：胖孩子、秃头、工人等一众看客

内容概括："首善之区"本来什么扰攘也没有。当巡警和穿白背心的男人出现时，街上的人开始躁动起来。胖孩子忽然"飞"在马路的那边了；秃头一边念着白背心上的文字，一边提防着别人占了他的好位置；小学生"向人丛中直钻进去"；长子"从垂下的草帽檐下去赏识白背心的脸"；有一个瘦子把嘴张得像一条死鲈鱼般；弥勒佛似的胖脸说道："好快活！你妈的……"；戴硬草帽的学生离开后，紧接着就补上了一个"满头油汗而粘着灰土的椭圆脸"了；老妈子指点地说道："阿，阿，看呀！多么好看哪！……"。当秃头研究白背心上的文字时，胖孩子却在研究秃头，看到秃头"满头光油油的""耳朵左边还有一片灰白色的头发"；小学生从巡警的刀旁边钻出来后，他环顾四周发现了白背心、胖小孩和红鼻子胖大汉；胖孩子从胖大汉身旁钻出去时，奔向了小学生，把他推开冲出去了；巡警提起他的脚时，大家赶紧都看他的脚，而他站稳后，大家又接着去看白背心；抱着小孩的老妈子碰到了旁边车夫的鼻梁，而车夫一推却推到了孩子身上；当一个车夫跌倒后，看客们又发现了新的热闹，立即将兴趣从白背心转向车夫，向新的刺激转移。

《孤独者》

主要人物：魏连殳

内容概括：全文分为五个部分。第一部分，魏连殳被众人视为异端，并在祖母大殓时受到众人联手的压制和逼迫，他是孤独的。第二部分，他傲世蔑俗、孑然独立，却有着一副同情弱者的热心肠，对未来充满希望。可是，当他对儿童的希望被儿童在唆使之下也会变得善于贪占抢夺的现实击碎后，他陷入了茫然失望的孤独。第三部分，失业和众人的歧视将他推向更凄凉的孤独。而他谈祖母，谈"独头茧"似的人生态度时，显露出他内心深处更沉重更顽固的孤独。第四部分，为了活下去，他走上了一条违背意愿的路，而新的一切连同自己的选择都令人反感、令人憎恶，于是他仍然感到孤独，而且是一种带着绝望的痛苦和报复的快意的孤独。第五部分，他入俗玩世，胡闹自戕，作践别人，毁掉自己，是一种更惨痛、更绝望、更彻底的孤独。死亡结束了他孤独的一生。

《伤逝》

主要人物：子君、涓生

内容概括：子君不顾家庭反对，和涓生自由恋爱并最终结婚生活在一起。然而涓生在这段婚姻里却显得很懦弱，和子君走在一起都觉得很尴尬，害怕别人的目光。本来幸福的生活因为外界的压力和逐渐减少的交流而变得很无趣枯燥。涓生慢慢发现子君变了，不再是那个"我是我自己的"那样执着勇敢的"新女性"了，而子君也觉得涓生对自己不在乎、不体贴。涓生养花子君不浇水，子君喜欢养鸡、狗，涓生又不喜欢。后来涓生失业了，生活拮据又烦闷，便更加投入自己翻译书的工作中，对子君越发的冷淡。子君忍受不了，问涓生是否还爱她，涓生回答子君他并不爱她了。子君绝望之下留下所有的钱物回家，最后自杀。涓生内心充满了怀念和悔恨。

《离婚》

主要人物：爱姑、七大人

内容概括：爱姑为了维护自己的名誉和权益，敢于向强大的封建势力发起挑战。因为丈夫"姘上了小寡妇"，她就骂他是"小畜生"；因为丈夫与父亲沆瀣一气，她就骂公公是"老畜生"。夫家要"休"掉她，她说："要撇掉我，是不行的。七大人也好，八大人也好，我总要闹得他们家败人亡！"因此离婚的事情闹了整整3年也没有结果，最后，爱姑的夫家施家请出了有权势的七大人出面调停。爱姑刚见七大人时还心存幻想，以为他能够主持公正，然而，七大人所维护的"公正"就是以夫权为重要内容的宗法体制和整个的封建秩序，在强大的封建势力和七大人故弄玄虚的威势面前，爱姑感到心慌意乱，从优势转为劣势，先前的锐气已经一扫而光。爱姑的幻想破灭了，她的抗争以失败而告终。

《故事新编》

•《补天》•

主要人物：女娲、共工、颛顼

内容概括：女娲辛苦地开天辟地，以黄土抟人而创造了人类，而人类却互相残杀。共工与颛顼争权夺利，共工失败，怒触不周山，天柱为之断裂。女娲只好再"炼石补天"，苦心经营地修补世界。

•《奔月》•

主要人物：羿、嫦娥、逢蒙

内容概括：羿射下九日，为民除害，但功成业就之后，感到非常孤独。妻子嫦娥贪图安乐，学生逢蒙忘恩负义"干着剪径的玩意儿"。后来嫦娥偷吃了羿的不死之药，弃他而去。逢蒙却用从羿那里学来的本领反过来加害于他。羿最后只能处于绝望、愤怒又无可奈何的处境之中。

《理水》

主要人物：大禹

内容概括：在广大人民沦于一片汪洋、饥啼哀号之时，政府官员及其御用文人们却大办宴席，恣意享乐。一个样子平常、面目黑瘦如乞丐的大禹突然出现，之后，他与众官员在如何治水的问题上进行了一场辩论，展现出他善于倾听百姓意见，总结父亲治水失败的教训，坚持改"湮"为"导"的机智与胆略。

《采薇》

主要人物：伯夷、叔齐

内容概括：小说中叔齐和伯夷不知变通，口中时时挂着的话是"不合先王之道"。因为他们认为周攻入商灭了纣王，是改了文王的规矩，便决定不吃周家的粮食，而去山上采薇草吃，最后知道薇草也是周朝的，便也不吃，直至饿死。

《铸剑》

主要人物：眉间尺、黑衣义士宴之敖者、大王

内容概括：眉间尺的父亲是一位有名的铸剑手，在奉命为大王铸剑的任务完成之日，被多疑而残忍的大王杀害。他有预见，只给了大王一把雌剑，而为已怀孕的妻子留下一把雄剑，让未来的儿子为自己复仇。在复仇过程中，眉间尺得一黑衣义士宴之敖者舍命相助，他们用自己的头颅来反抗暴政，向国王讨还血债，最后与统治者同归于尽。

《出关》

主要人物：老子

内容概括：《出关》写的是孔老相争，老子失败后西出函谷关的故事。春秋末期正是社会大变动时期，孔子与老子见解不同，孔子是"知其不可为而为之"，"以柔进取"；老子则是"无为而无不为"，"以柔退走"，一事不做，徒作大言。小说安排了他们的论争，结果孔胜老败，老子只好"以柔退走"。小说中的孔子是一个狡猾的逢蒙式的人物，从自己的老师老子那里悟到了"人世"的诀窍，然后又逼得老师西出函谷关；而老子却像"一段呆木头"，他出函谷、走流沙，到处碰壁，十分狼狈。

《非攻》

主要人物：墨子、公输般、楚王

内容概括：墨子为了"于民有利"，不惜长途跋涉，同楚王及公输般辩论、斗智，同时他还积极布置宋国做好抗战准备。由于他的远见卓识和随机应变，墨子在与公输般斗智、斗攻守策略、斗道义中都取得了胜利，制止了一场不义的战争。

《起死》

主要人物：庄子

内容概括：庄子路遇死于一千五百年前的骷髅，施法术使其死而复生后，对方却揪住庄子向他讨还衣物，纠缠不休。庄子在狼狈不堪之际，不得不一反其"无是非观"，据理力争，最后招来"巡警"，才摆脱这位复活过来的庄稼汉的纠缠。

二、考纲梳理与考点解读

第一章 绪 论

考点一：鲁迅对中国现代文化发展的历史贡献

1. 鲁迅对中国现代文化发展的历史贡献。

鲁迅作为中华民族的文化精英，具有丰富的典型性和"文化史"的意义。鲁迅的文化思想道路，较为充分地代表了20世纪初多数文化人所经历的思想历程。

作为文化现象的鲁迅，其本身所显示的中国新旧文化转型期的一些基本特征，使得对鲁迅的研究成为把握新旧文化转换期重要标记的有意义的工作：鲁迅不仅在总体上代表了"中华民族新文化的方向"（毛泽东《新民主主义论》），而且在各具体文化领域里勇于破旧立新，树立起了作为新与旧分野标记的里程碑；同时，鲁迅自身所具有的全部的内在矛盾也无疑在标示着一个特定的文化时代。

2. 鲁迅对待中外文化传统的基本态度。

鲁迅认为，对待民族文化固有的血脉，在不失其信心的前提下，应加以辨析、扬弃和选择；对世界文化思潮，则应在打破闭关锁国状态的基础上，以积极的态度去占有、挑选和拿来。在这两条途径相辅相成的结合中，去创建中华民族的新文化。从这一基本构想出发，形成了贯穿鲁迅一生的中外文化观：对中华民族文化中优秀因素的传承和对外来文化中先进因素的"拿来主义"。

3. 鲁迅所选择的文化革新的主攻方向。

就鲁迅那一代知识分子而言，他们基本的历史使命是促进中国民族文化向现代化的方向转换。

而鲁迅认为中国文化的历史性转换的主攻方向，应该在主体精神文化方面，即应注重人自身的精神文化改革。这主要从两个方面着眼：第一，从西方文化发展的历程着眼；第二，从中国文化的历史现状着眼。

同时，与倡导主体精神文化建设相联系，鲁迅以极大的精力关注并思考了"改造国民性"这一历史命题。"改造国民性"命题的提出，对清理封建专制文化在社会心理中的历史沉淀，促进人的现代化是具有革命性意义的。

4. 鲁迅对整体文化发展的全局性眼光。

在鲁迅的文化态度中，他对文化发展始终坚持采用"全局性"眼光：鲁迅在各具体文化领域中对传统文化进行反省时也好，在提出建设性主张时也好，他的出发点都是整体的中国文化的革新和发展。这种对于文化的"全局性"眼光，使鲁迅的文化思考真正具有了文化史的价值；离开了文化发展史的尺度，我们往往难以对其做出中肯的评价。而且，鲁迅早在《文化偏至论》中就曾对文化的偏至现象做过分析，他指出，在不同的历史阶段，对文化有不同方向、领域的侧重，这种偏至具有不可避免性。

师探小测

1.（填空题）鲁迅对待外国文学遗产持辩证唯物主义和历史唯物主义的观点，采取_____的态度。

考点二：鲁迅的人格魅力

1. 鲁迅成为文化伟人的客观条件。
（1）斯诺曾把鲁迅称作"法国革命时的伏尔泰"和"苏俄的高尔基"。
（2）其生平的半个世纪中，我国经历了近代历史上的三次思想大解放。
第一次：戊戌变法运动（鲁迅接触了西方科学文化、留学日本）。
第二次：辛亥革命（鲁迅从革命的过程和结果中生发出对中国社会的认识，产生对思想启蒙、启发民智重要性的认识）。
第三次：五四新文化运动（中国开始进入了伟大的新民主主义革命阶段）。

2. "多才多艺和学识渊博"。
表现：同时拥有旧学的根柢和新学的根柢；具备了深厚的中西文化的素养，又具备了卓越的文化见识。

周扬曾评价："鲁迅除了天才以外，主要是在于他对中国社会的深刻了解。""他们谈鲁迅的功劳，一是对社会的了解确实深刻，一是丰富的历史知识，这两条非常厉害。"

由于鲁迅对"中国传统文化"和"活着的文化传统"有着深刻的认识，因此他有一系列的重大而著名的"文化发现"。其中最有代表性的是对中国传统文化"吃人"本质的发现和对活着的文化传统所培育出的"阿Q现象"的发现。

3. "热情和性格"。
毛泽东同志在《新民主主义论》中称"鲁迅是在文化战线上，代表全民族的大多数,向着敌人冲锋陷阵的最正确、最坚决、最忠实、最热忱的空前的民族英雄"。

鲁迅超常的"热情和性格"集中体现为韧性的战斗精神和雄伟的人格力量。其中,鲁迅的韧性战斗精神有多种表现形式,但最富有特色的是他那敢于在无路之中找寻出路的信念、勇气和毅力。鲁迅在《两地书》中曾经讲到,人生有两大难关,一个是歧路(十字路口),一个是穷途(穷途末路)。而鲁迅的雄伟人格,基本可用毛泽东的一句话来概括,即"没有丝毫的奴颜和媚骨"(出自毛泽东:《新民主主义论》)。

4."鲁迅式思维"的特点。

(1)"鲁迅式思维"的特点首先体现为思维的开放性:鲁迅善于打破常人固有的习以为常的思维定式,以一种全新的时空观念来思考问题。

(2)"鲁迅式思维"的特点最主要的体现是思维的反叛性:鲁迅的思维方式是一种比较典型的反传统性思维、反习惯性思维。这种思维的最重要表现形式是"怀疑"。鲁迅独特的生活经历,是他坚持"怀疑"式思维方式的重要原因。而怀疑性思维的运用,使得鲁迅对事物的思考达到了惊人的深度,他常常采用"正面文章反看法",从反面来推测事物,即鲁迅称之为"推背图"式的思考方法,比如鲁迅曾多次谈道:"自称盗贼的无须防,得其反倒是好人;自称正人君子的必须防,得其反倒是盗贼。"

(3)"鲁迅式思维"的特点还表现为在思维中采用简洁、明快的判断方式:注重对事物的整体特征和本质特征做直截了当的揭示,常常是快刀斩乱麻式地排除偶然性和个别性,以最简洁、明快的表达方式做判断式表述。

(4)在鲁迅的思维过程中,还常常出现一种由果溯因的反向分析方法:在对事物的原因与结果二者的关系进行分析思考时,可以有两条途径,一条是考其因推其果,即先分析事物的原因,并根据原因来步步推导出结果;另一条是由其果溯其因,即首先认真考察现已成为事实的结果,然后反观结果形成的过程,考其因由。在这两种途径中,鲁迅更多采用的是后者。

师探小测

1.(单项选择题)在鲁迅身上,超常的"热情和性格"通常凝聚在一起,集中体现为( )。

A. 韧性的战斗精神和雄伟的人格力量

B. 多才多艺与学识渊博

C. 对传统文化"吃人"本质的发现

D. 对活着的文化传统中培育出的"阿Q现象"的发现

2.（单项选择题）把鲁迅称作"法国革命的伏尔泰"和"苏俄的高尔基"的人是（　　）。
  A. 毛泽东　　　B. 周扬　　　C. 斯诺　　　D. 冯雪峰

3.（单项选择题）鲁迅曾经讲道，人生有两大难关，一个是歧路（十字路口），一个是穷途（穷途末路），提及此思想的书是（　　）。
  A.《坟》　　　B.《野草》　　　C.《两地书》　　　D.《朝花夕拾》

4.（单项选择题）从反面来推测事物，即鲁迅称之为（　　）。
  A."推背图"式思考方式　　　B. 开放性思维
  C. 辩证性思维　　　D. 由果溯因的思考方式

5.（单项选择题）鲁迅在评估中国传统文化时之所以比同时代人更深刻、更系统、更整体化的重要思维根源是（　　）思考方法。
  A. 一因一果　　　B. 由果溯因　　　C. 一果多因　　　D. 一因多果

6.（填空题）鲁迅的"文化发现"中最具代表性的是对中国传统文化＿＿＿＿＿＿的发现和对活着的文化传统所培育出的"阿Q现象"的发现。

7.（简答题）简述鲁迅式思维的基本特点。

考点三：鲁迅的当代意义

1. 鲁迅文化遗产的真正价值。

中国20世纪初这一特定历史阶段的时代特征，决定了鲁迅这一代文人学者在从事任何事业时都实际上与时代赋予他们的文化思想启蒙的历史任务难以分离。美国人史沫特莱在《论鲁迅》一文中认为："在所有中国的作家中，他恐怕是最和中国历史、文学和文化错综复杂地连络在一起的人了。"

随着时代的迁移，鲁迅在中国历史上作为文化思想家的地位日见显著，以至正在取代其作为单一的文学家的地位。毛泽东在《新民主主义论》中指出："鲁迅不但是伟大的文学家，而且是伟大的思想家和伟大的革命家。"早在鲁迅逝世时，埃德加·斯诺曾说："我总觉得，鲁迅之于中国，其历史上的重要性更甚于文学上的。"（出自埃德加·斯诺：《中国的伏尔泰》）

2. 鲁迅精神和思想对当代的启迪意义。

鲁迅对民族文化的反省和思考，几乎涉及了中国精神文化的一切领域，这种反思为今天的文化革新提供了许多有益的、可供借鉴的经验。

鲁迅精神首先体现为清醒的现实主义精神。主要特征是从实际出发，面向现实，实事求是，绝不回避矛盾。鲁迅毫不留情地暴露旧社会的黑暗和虚伪，呼吁人们"取下假面，真诚地、深入地、大胆地看取人生"。今天，中国人民正在走着一条适合中国国情的、中国式的现代化道路，因而发扬实事求是的清醒的现实主义精神，仍具有十分重要的现实意义。

韧性的战斗精神，也是鲁迅精神的重要方面。鲁迅的韧性战斗精神的主要特征体现为两个方面：一是敢于在无路中找寻出路，在几乎无望的环境中找寻和创造希望，在艰难险阻面前显示出不屈不挠的坚韧毅力；二是反对匹夫之勇，坚持智勇结合的、坚实而深沉的理性精神。今天，中国社会的改革开放已进入攻坚阶段，鲁迅的韧性战斗精神对于中国人来说，无疑是有着积极的精神导向作用的。

鲁迅精神有着极其丰富的内涵，它还包括诸如"横眉冷对千夫指，俯首甘为孺子牛"的硬骨头精神和自我牺牲的精神，严于解剖自己往往甚于解剖别人的与民族共忏悔的自我批评精神，时时想到中国、想到中国未来的强烈的爱国主义精神等内容。这些精神对于每一个中国人来说，都是一笔取之不尽、用之长久的精神财富。发扬鲁迅精神，对于增强民族自信心与民族自尊心，对于重铸民族精神，对于中华民族的伟大崛起，有着深远的历史意义。

师探小测

1. （单项选择题）"在所有中国的作家中，他恐怕是最和中国历史、文学和文化错综复杂地连络在一起的人了。"这一对鲁迅的评价来自（　　）。
   A. 普实克　　　B. 史沫特莱　　　C. 巴特勒特　　　D. 萧伯纳

2. （单项选择题）鲁迅精神首先体现为（　　）。
   A. 韧性的战斗精神　　　　B. 自我牺牲的精神
   C. 自我批评的精神　　　　D. 清醒的现实主义精神

3. （单项选择题）鲁迅呼吁人们"取下假面，真诚地、深入地、大胆地看取人生"。这体现了鲁迅的（　　）。
   A. 清醒的现实主义精神　　B. 韧性的战斗精神
   C. 自我批评精神　　　　　D. 强烈的爱国主义精神

4. 鲁迅的"横眉冷对千夫指，俯首甘为孺子牛"是一种（　　）。
   A. 强烈的爱国精神　　　　B. 韧性的战斗精神
   C. 硬骨头和自我牺牲精神　D. 自我批评精神

5. （填空题）毛泽东在_____中高度称赞鲁迅是伟大的思想家、革命家和文学家。

师探小测·参考答案

考点一：鲁迅对中国现代文化发展的历史贡献

1. 拿来主义

考点二：鲁迅的人格魅力

1. A 2. C 3. C 4. A 5. B 6. "吃人"本质

7. 第一，"鲁迅式思维"的特点首先体现为思维的开放性；

第二，"鲁迅式思维"的特点最主要的体现是思维的反叛性；

第三，"鲁迅式思维"的特点还表现为在思维中采用简洁、明快的判断方式；

第四，在鲁迅的思维过程中，还常常出现一种由果溯因的反向分析方法。

考点三：鲁迅的当代意义

1. B 2. D 3. A 4. C 5.《新民主主义论》

第二章 鲁迅的生活道路

考点四：鲁迅的生平及其爱国热忱

1. 鲁迅，<u>姓周，幼名樟寿，字豫才</u>，于 1898 年在南京求学时改名<u>树人</u>；"鲁迅"是他<u>1918 年发表小说《狂人日记》时起用的笔名</u>，"鲁"取自母姓。鲁迅于<u>1881 年 9 月 25 日</u>诞生于<u>浙江绍兴</u>。<u>1936 年 10 月 19 日</u>凌晨辞世于上海。

2. 鲁迅的家庭和个人经历，直接地促成他从小就产生了爱国主义思想。

<u>其一，家庭的变故使鲁迅目睹旧社会的腐败，对上层社会产生了极端的憎恶。</u>鲁迅祖上是个大户人家，但随着时代的变迁，逐渐趋于衰败。到鲁迅出生时，他的家庭是个拥有四五十亩田地的"小康"之家。而在鲁迅幼年时代又发生了两件事，周家从此彻底败落——第一件事是祖父的牢狱之灾，第二件事是父亲的病。在周家从大户到小康、从小康到破产的经历中，鲁迅目睹社会的腐败和混乱，深切感受到世态的炎凉，看穿了士大夫阶层的真面目，达到"连心肝也似乎有些了然"的地步。幼年的鲁迅受到的刺激是非常深切、痛楚的。

<u>其二，鲁迅从小就与农民亲近，和农家孩子建立了深厚的友谊，熟悉农民的生活，并同情他们的不幸。</u>他母亲的娘家就在农村，他母亲略识诗书，思想开明，性格坚韧，鲁迅深受她的影响。每年春天扫墓时，鲁迅常随母亲下乡，与农民、渔民的孩子在一起，犹如闯进了一个广阔的新天地，找到了知心朋友。祖父入狱后，鲁迅又到皇甫庄的舅父家中避难，虽遭到亲眷的冷落，但也感受到农民的热情、淳朴和无私。这种特殊的经历与感受，对鲁迅的思想和日后的创作产生了很大的影响。

<u>其三，鲁迅从小接触民间艺术，大量阅读"非正统"的书籍，这一方面使他了解了中国的历史与社会，接受了文学的熏陶，另一方面则更激起了他对封建礼教的强烈不满。</u>鲁迅幼年时，保姆"长妈妈"不仅常给他讲故事，而且为他买心仪的插图本《山海经》，鲁迅视她为自己的第一位老师。鲁迅自小聪明过人，求知欲强，听了许多生动的神话故事，又接触了大量的年画、社戏等民间艺术，而且 7

岁读《鉴略》，12 岁读完《论语》《孟子》《尔雅》等。这些口头的、书本上的历史知识、民间故事以及绘画、戏曲、诗文等从各个方面给鲁迅以丰富的历史知识和社会知识，充实了他的文学艺术素养，使他感受到读书的无限乐趣；同时，读书和思考又使他更深切地感受到封建礼教的残忍与荒唐，尤其令少年鲁迅反感与憎恶的是类似《二十四孝图》那样的书。

3. 鲁迅的求学之路。

（1）鲁迅从小受到祖母、母亲和保姆"长妈妈"的影响，于 7 岁开蒙，读的第一本书是《鉴略》，12 岁到"三味书屋"读书（塾师寿镜吾）。

（2）1898 年 5 月，鲁迅以"周树人"的名字赴南京求学，进入洋务派创办的江南水师学堂。翌年（1899 年），他考入江南陆师学堂附设的路矿学堂。在南京，鲁迅学习到了新鲜的西方资产阶级的文化和自然科学知识（梁启超的《时务报》鼓吹变法维新），接受了进化论思想（鲁迅在南京时读了严复翻译的《天演论》，原著是英国自然科学家赫胥黎的《进化论与伦理学》）的影响。

（3）1902 年，鲁迅毕业于路矿学堂，赴日本留学。在日本，鲁迅怀着强烈的爱国热情，选择了"医学救国"这一人生道路。鲁迅先在东京弘文书院学日语，写下了《自题小像》一诗（"灵台无计逃神矢，风雨如磐黯故园。寄意寒星荃不察，我以我血荐轩辕。"）。出于对民族和人民前途的关心，鲁迅常与同学许寿裳讨论"国民性"的相关问题。1904 年秋季，鲁迅进入了仙台医专（这里有对他寄望颇高的藤野严九郎先生）。

此后不久，发生了这一阶段鲁迅思想历程中最重要的转折——"弃医从文"。

在东京，鲁迅于 1908 年直接就学于章太炎先生，在政治观念、学术思想上都深受其影响。另一方面，他潜心阅读大量外国文学作品，提倡文艺，并曾创办刊物，取名《新生》。从 1907 年开始，鲁迅在河南留学生所办的杂志《河南》上发表文言文论文（其中，《人之历史》介绍达尔文的生物进化论；《科学史教篇》介绍欧洲科学技术发展的历史，并从科学哲学的高度深刻总结其经验教训；《文化偏至论》批判了维新派的"近不知中国之情，远复不察欧美之实"；《摩罗诗力说》介绍和赞扬欧洲文学史上"立意在反抗，指归在动作"的浪漫主义诗人及其作品）。此外，鲁迅还与周作人翻译了许多俄国和东欧、北欧被压迫民族的文学作品，于 1908 年合编为《域外小说集》二册。

4. 1911 年冬，鲁迅创作了文言小说《怀旧》，作品描写辛亥革命前夜社会动荡中农村各阶层人物不同的精神面貌和性格特征，初步表现出反封建的精神和讽刺的艺术才能。

5. 鲁迅与进化论的关系。

鲁迅在南京读了《天演论》，他从爱国主义出发，主要接受进化论中发展与变化的观点。这种思想与他后来的革命民主主义思想结合，便产生了很大的积极作用，使他摆脱了"天不变道亦不变"的思想束缚，反对复古，渴望变革，欢迎革命，对中华民族的前途充满信心；使他在新与旧的斗争中爱憎分明，强调排击旧物，催促新生，寄希望于新的一代。在相当长的一段时间里，进化论成了鲁迅与封建主义战斗的有力的思想武器。

当然，进化论的局限在鲁迅的前期思想中也有反映。他认为："新的应当欢天喜地的向前走去，这便是壮，旧的也应该欢天喜地的向前走去，这便是死；各各如此走去，便是进化的路。"然而，实际上，社会的新旧势力绝不可能如此欢天喜地地交替于历史舞台。进化论不可能正确地解释社会发展的现象和规律，这正是后来鲁迅的进化论思想"轰毁"的主要原因。

6. 鲁迅对辛亥革命的软弱性和妥协性的思考。

首先，鲁迅发现中国的封建势力十分顽固并且狡猾，而中国资产阶级革命党人对他们的打击却软弱无力。

其次，鲁迅发现革命党人自身缺乏革命的彻底性，革命成功后很快就腐化倒退了。

再次，鲁迅还发现革命党人不去发动群众，以致革命到来时群众对革命全无所知。

师探小测

1.（填空题）1907年鲁迅发表文言论文《摩罗诗力说》，主要介绍欧洲文学史上的浪漫主义诗人及其作品，刊登这篇文章的杂志是_____。

2.（单项选择题）从1907年开始，鲁迅在《河南》杂志上发表的介绍达尔文生物进化论的文章是（   ）。

A.《人之历史》　　　　　　　B.《科学史教篇》
C.《摩罗诗力说》　　　　　　D.《文化偏至论》

3.（单项选择题）鲁迅早期在《河南》杂志上发表的介绍和赞扬欧洲浪漫主义诗人的文章是（   ）。

A.《人之历史》　　　　　　　B.《摩罗诗力说》
C.《我的文学观》　　　　　　D.《南腔北调集》

4.（单项选择题）"寄意寒星荃不察，我以我血荐轩辕"的诗句出自鲁迅诗歌（   ）。

A.《自嘲》　　B.《湘灵歌》　　C.《悼杨铨》　　D.《自题小像》

5.（单项选择题）鲁迅思想历程中最重要的转折是（   ）。

A. 医学救国　　B. 弃医从文　　C. 投笔从戎　　D. 革命救国

6.（填空题）鲁迅与周作人翻译了许多俄国和东欧、北欧被压迫民族的文学作品，这些作品于1908年合编为_____。

考点五：鲁迅与新文化运动

1. 我国近代史上第三次思想大解放是五四新文化运动。
2. 1915年9月，陈独秀等人创办了《青年杂志》（第二卷改名《新青年》），发起了一场轰轰烈烈的以"民主"与"科学"为旗帜的新文化运动。1917年1月，《新青年》发表胡适的《文学改良刍议》，2月，又发表了陈独秀的《文学革命论》，为新文化运动重要组成部分的五四文学革命拉开了序幕。
3. 鲁迅的朋友、《新青年》编辑部的成员钱玄同劝鲁迅不要再抄那些古碑，应当加入他们的战线。1918年5月，鲁迅在《新青年》上首次以"鲁迅"为笔名发表了第一篇白话小说《狂人日记》。

师探小测

1.（单项选择题）鲁迅的第一篇白话小说发表在（　　）上。

A.《新生》　　　B.《莽原》　　　C.《新青年》　　　D.《河南》

2.（单项选择题）1918年5月，鲁迅在《新青年》上发表的堪称是中国新文学史上的第一篇白话小说是（　　）。

A.《秋夜》　　　B.《狂人日记》　　C.《故乡》　　　D.《孔乙己》

3.（单项选择题）1915年，创办《新青年》杂志、发起五四新文化运动的思想家是（　　）。

A. 陈独秀　　　B. 胡适　　　C. 鲁迅　　　D. 李大钊

4.（单项选择题）我国近代史上第一次思想大解放是（　　）。

A. 五四新文化运动　　　　B. 戊戌变法运动
C. 新民主主义革命　　　　D. 辛亥革命运动

考点六：鲁迅的反帝反封建抗争

1."五四"前夕至大革命期间鲁迅在文化战线上反帝反封建的战斗业绩。

第一，鲁迅创作了大量的小说、杂文，集中体现了反帝反封建的"五四"时代精神，卓越地显示了文学革命的实绩。

第二，鲁迅积极参加对封建复古派的思想斗争，痛打新文化运动的"拦路虎"。

第三，在爱国群众反帝反封建军阀的斗争中，鲁迅全力支持爱国学生的正义斗争，捍卫新文化统一战线思想上的纯洁性。

第四，鲁迅带领文学同人和文学青年创办新文学杂志，组织新文学社团，扩大新文学的阵地，壮大了新文学的作家队伍。

2. 鲁迅与封建复古派的论争：1919 年与以林纾为代表的"国粹派"、1921 年与以南京国立东南大学吴宓主编的《学衡》杂志为中心的"学衡派"、1925 年与以章士钊为代表的"甲寅派"等复古派别展开论争。20 年代中期与胡适支持下的陈西滢、徐志摩、唐有壬等"现代评论派"展开论争。

3. 鲁迅全力支持青年学生的爱国运动。

1925 年，鲁迅任教的北京女子师范大学爆发了进步学生反对阻挠她们爱国行动的校长杨荫榆的"女师大事件"。同年 5 月，上海爆发了学生及各界群众抗议上海日本纱厂资本家枪杀工人罢工领袖、共产党员顾正红的"五卅"运动。1926 年 3 月，北京群众抗议段祺瑞屈从帝国主义国家种种要求的卖国行径，遭到段祺瑞政府的镇压，47 名请愿者牺牲，其中就有女师大的学生刘和珍与杨德群，这便是震惊全国的"三一八"惨案。

对此，鲁迅撰写了多篇杂文，愤怒揭露帝国主义、段祺瑞政府的罪行：

《无花的蔷薇之二》：称 1926 年 3 月 18 日是"民国以来最黑暗的一天"，表示"血债必须以同物偿还"。

《论"费厄泼赖"应该缓行》：提出"痛打落水狗"的革命口号。

《记念刘和珍君》：高度赞扬死者的斗争精神和牺牲意义，"真的猛士，敢于直面惨淡的人生，敢于正视淋漓的鲜血"。

《庆祝沪宁克复的那一边》：表现出对复杂斗争形势惊人的洞察力。

师探小测

1.（单项选择题）1925 年，北洋军阀政府教育总长章士钊复刊他创办的周刊，充当新文化运动的拦路虎，人称（　　）。

　　A. 学衡派　　　B. 国故派　　　C. 甲寅派　　　D. 国粹派

2.（单项选择题）1921 年，南京国立东南大学的吴宓等人用文言文攻击新文学，人称（　　）。

　　A. 学衡派　　　B. 国粹派　　　C. 甲寅派　　　D. 国故派

3.（单项选择题）下列群体流派中，（　　）不是新文化运动的主要反对者。

　　A."桐城派"　　B."国粹派"　　C."甲寅派"　　D."学衡派"

4. （单项选择题）鲁迅的文章《答 KS 君》《十四年的"读经"》针对的文艺派别是（　　）。

　　A. 国粹派　　　B. 甲寅派　　　C. 现代评论派　　　D. 新月派

5. （单项选择题）下列人物中属于"甲寅派"的是（　　）。

　　A. 吴宓　　　B. 胡适　　　C. 陈西滢　　　D. 章士钊

6. （单项选择题）鲁迅提出"血债必须以同物偿还"的文章是（　　）。

　　A.《记念刘和珍君》　　　　B.《淡淡的血痕中》

　　C.《死地》　　　　　　　　D.《无花的蔷薇之二》

7. （单项选择题）"真的猛士，敢于直面惨淡的人生，敢于正视淋漓的鲜血"一语，出自鲁迅杂文（　　）。

　　A.《灯下漫笔》　　　　　　B.《记念刘和珍君》

　　C.《为了忘却的记念》　　　D.《无花的蔷薇之二》

8. （填空题）鲁迅在_____一文中，深刻总结了历史上，特别是辛亥革命的血的经验教训，提出"痛打落水狗"的革命口号。

考点七：鲁迅与新文学社团

新文学社团的兴起是五四文学革命深入发展的重要标志。1921 年率先成立的文学研究会和创造社分别代表了我国新文学史上最重要的两个文学流派——现实主义和浪漫主义。鲁迅为扩大新文学阵地，壮大作家队伍，积极带领一批文学同人和文学青年组织文学社团，取得了瞩目的成绩。

1. 语丝社：1924 年成立语丝社，创办《语丝》杂志，主要成员有鲁迅、周作人、钱玄同、林语堂、孙伏园、川岛等，鲁迅被称为"语丝派"的主将。《语丝》是中国现代文学史上最早以散文创作为主的刊物，主要发表杂感、短评、小品等。

语丝体：1924 年，《语丝》杂志创刊，围绕这个杂志组成了语丝社。语丝社作家的散文创作形成了独具风格的"语丝体"，这种文体主要包括杂感、短评、小品等文学样式，在思想内容上任意而谈、斥旧促新，在艺术上以文艺性短评和随笔为主要形式，泼辣幽默，文字中富于俏皮的语言和讽刺的意味，特色是任意而谈、无所顾忌。

2. 莽原社：1925 年成立，由鲁迅发起和领导。成员主要有高长虹、向培良、荆有麟、韦素园等，以创办《莽原》周刊和半月刊而得名。《莽原》提倡社会批评和文明批评，与《语丝》站在一条战线，向旧势力、旧文明发起攻击。（鲁迅的著名杂文《灯下漫笔》《论"费厄泼赖"应该缓行》及回忆散文《朝花夕拾》各篇皆发表于此。）

3. 未名社：1925年成立，由鲁迅发起和领导。成员主要有韦素园、台静农等。这是一个着重于翻译和介绍外国文学，尤其是俄罗斯文学的团体。未名社出版《未名月刊》，此外还有专收翻译作品的《未名丛刊》和专收创作的《未名新集》。

师探小测

1.（单项选择题）《朝花夕拾》中的作品最早发表在（　　）上。
A.《新青年》　　B.《莽原》　　C.《未名》　　D.《语丝》

2.（单项选择题）提倡社会批评与文明批评，与《语丝》站在一条战线，向旧势力、旧文明发起攻击的杂志是（　　）。
A.《新青年》　　B.《未名月刊》　　C.《莽原》　　D.《现代评论》

3.（名词解释）语丝体

考点八：在彷徨中求索

1. 1926年8月，鲁迅将写于前两年的11篇小说结集，题名《彷徨》，扉页上引有屈原《离骚》的诗句："路漫漫其修远兮，吾将上下而求索。"1933年，他曾写《题〈彷徨〉》一诗，可以视为对上述题句的阐释："寂寞新文苑，平安旧战场。两间余一卒，荷戟独彷徨。"

2. 1924年至1926年间，鲁迅在彷徨中求索而获得了新的思想认识。

第一，他对各社会阶层在中国革命中作用的认识更清楚了；

第二，他对中国革命道路与方式的理解逐步明朗了；

第三，他对自己的思想状况更为了解了。

这一切表明，鲁迅开始有意识地运用马克思主义作为自己观察问题、分析问题的思想指南，标志着鲁迅思想开始了新的飞跃。

师探小测

1.（单项选择题）《彷徨》扉页引用的诗句的作者是（　　）。
A. 李白　　B. 杜甫　　C. 毛泽东　　D. 屈原

2.（单项选择题）《彷徨》扉页引用的诗句出自（　　）。
A.《天问》　　B.《离骚》　　C.《九歌》　　D.《诗经》

考点九：鲁迅成为马克思主义者

1. 给鲁迅以极大震动的"四一二"反革命政变是鲁迅成为马克思主义者、左翼文化英勇旗手的起点。

2. 促使鲁迅完成思想转变并趋向成熟的原因。

首先，触目惊心的血的事实使鲁迅轰毁了进化论，确立了阶级论；

其次，鲁迅系统地学习和掌握了马克思主义，使自己的信念、思想在理论上趋于完备并实现升华。

总之，血写的事实与系统的理论研讨，终于使鲁迅实现了从革命民主主义者向马克思主义者的飞跃。

3. 这一时期的重要作品。

《答有恒先生》：包含着对自己以往的思想、信念经过无情解剖，发现严重弊端与错误以后的惊讶和自悔。

《无题·惯于长夜过春时》：纪念牺牲的"左联"五烈士。

《中国无产阶级革命文学和前驱的血》：愤怒控诉国民党反动派的屠伯们杀戮革命作家的罪行，热情讴歌无产阶级革命文学在腥风血雨中诞生。

《黑暗中国的文艺界的现状》：应史沫特莱之约，将国民党当局的暴行公之于世界舆论。

《对于左翼作家联盟的意见》：一针见血地指出，"左翼"作家其实是很容易成为"右翼"作家的。

《答托洛茨基派的信》：公开表示自己的政治态度，高度赞扬"毛泽东先生们"团结抗日的理论。

师探小测

1.（单项选择题）鲁迅成为马克思主义者、左翼文化英勇旗手的起点是（　　）。
  A. 五四运动　　　　　　　　B. "四一二"反革命政变
  C. 西安事变　　　　　　　　D. 抗日战争

2.（单项选择题）鲁迅应史沫莱特之约，将国民党当局的暴行公之于世界舆论的文章是（　　）。
  A.《答有恒先生》　　　　　　B.《无题·惯于长夜过春时》
  C.《答托洛茨基派的信》　　　D.《黑暗中国文艺界的现状》

3.（填空题）鲁迅纪念牺牲的"左联"五烈士的文章是_____。

考点十：白色恐怖时期

1. 1931年，左联五烈士（柔石、殷夫、胡也频、冯铿、李伟森）及其他共产党员在上海东方旅社参加秘密会议时被捕，共23人惨遭秘密枪杀，鲁迅在极度悲愤中作诗《无题·惯于长夜过春时》。

2. 为了纪念烈士，鲁迅与冯雪峰合编了秘密发行的左联机关刊物《前哨》——"纪念战死者专号"，并写了题为《中国无产阶级革命文学和前驱的血》的悼文，愤怒控诉了国民党反动派杀戮革命作家的罪行，热情讴歌无产阶级革命文学在腥风血雨中诞生。

3. 左联五烈士被害两周年之际，鲁迅写了《为了忘却的记念》，再次赞扬先烈的高贵品质，声讨反动派欠下的这笔巨大的血债。

4. 在与反动派的斗争中，鲁迅和许多共产党人结下了深厚的战斗友谊。

1932年，陈赓将军到上海养伤，鲁迅两次邀其到家中长谈，了解革命根据地生活。

中共领袖瞿秋白曾三次到鲁迅家中避难，还用鲁迅的笔名撰写了多篇出色的杂文，编选了一本《鲁迅杂感选集》，并为之写了长篇序言。这篇《〈鲁迅杂感选集〉序》第一次用马克思主义的观点对鲁迅杂文的意义及其思想的发展道路做了全面的分析。鲁迅曾将清代道光年间何溱的一副对联书赠瞿秋白："人生得一知己足矣，斯世当以同怀视之。"1935年，瞿秋白英勇就义，为了悼念他，鲁迅全面负责编校装帧他的遗著，并将其定名为《海上述林》。

方志敏临刑前，将自己的绝密手稿托人冒险送给鲁迅，这批手稿中就有《可爱的中国》这部杰出的作品。

5. 鲁迅参加了多个由中国共产党发起组织的反帝反战、争取民主自由的群众团体：革命互济会、中国自由运动同盟、中国民权保障同盟和反帝反战同盟。其中，蒋介石将中国民权保障同盟视为眼中钉。

6. 鲁迅拥护中国共产党抗日救亡斗争。

1936年年初，中国工农红军东征获得胜利，鲁迅闻讯，立即致函表示祝贺。

1936年4月，鲁迅消除疑虑，坚决拥护抗日民族统一战线方针。面对托派分子对鲁迅和中共关系的挑拨，鲁迅愤然写了《答托洛茨基派的信》，公开表示自己的政治态度，高度赞扬"毛泽东先生们"团结抗日的理论。

师探小测

1. （单项选择题）得知左联五烈士被害，鲁迅在极度悲愤中作诗（　　）。
   A. 《自题小像》　　　　　　　　B. 《自嘲》
   C. 《无题·惯于长夜过春时》　　D. 《亥年残秋偶作》

2. （填空题）左联五烈士被害两周年，鲁迅再次谴责刽子手的血腥罪行，赞扬先烈的高贵品质，写了＿＿＿＿＿＿＿＿＿＿＿一文。

3. （单项选择题）在现代文学史上，瞿秋白第一次用马克思主义的观点对鲁迅杂文的意义及其思想的发展道路做了全面分析的文章是（　　）。
   A. 《鲁迅杂感文的技巧》　　B. 《〈鲁迅杂感选集〉序》
   C. 《鲁迅之杂感文》　　　　D. 《论鲁迅的杂文》

4. （单项选择题）1935年，瞿秋白英勇就义，为了悼念他，鲁迅全面负责编校装帧他的遗著，并将其定名为（　　）。
   A. 《海上述林》　　B. 《赤都心史》
   C. 《鲁迅杂感选集》　　D. 《多余的话》

5. （单项选择题）鲁迅曾将"人生得一知己足矣，斯世当以同怀视之"这副对联书赠（　　）。
   A. 胡风　　B. 冯雪峰　　C. 瞿秋白　　D. 方志敏

6. （填空题）瞿秋白曾在20世纪30年代编选了一本＿＿＿＿＿＿＿＿，并为之写了长篇序言。

考点十一：1928—1936年鲁迅的战斗业绩

1. 1928年至1936年间鲁迅在文化战线上战斗业绩的几个方面。

第一，鲁迅赞同中国共产党的意见，参与筹建"中国左翼作家联盟"，简称"左联"，并为"左联"的健康成长而不断对之纠偏反正。

第二，鲁迅坚持文艺战线的思想斗争，为左翼文艺的发展扫清道路。

第三，鲁迅继续创作大量的文学作品，发展了"五四"文学的成果，成为左翼战斗文学的光辉典范。

第四，鲁迅还致力于翻译、介绍马克思主义文艺论著和苏俄等国家的进步文学作品，为左翼文学的发展"窃得火来"，提供借鉴。

第五，鲁迅为壮大左翼作家队伍而继续热心扶植青年作家、艺术家。

第六，鲁迅再次响应中国共产党的号召，自觉地加入文艺界抗日统一战线，并为统一战线的建立，从理论上、组织上做出贡献。

总之，鲁迅在他生命的最后十年里，在文化战线上为中华民族的彻底解放而英勇奋战，无愧为左翼文学英勇的旗手。

2. 中国左翼作家联盟1930年3月2日在上海成立，主要发起人有鲁迅、沈端先、冯乃超等，鲁迅在成立大会上做了著名的《对于左翼作家联盟的意见》的演讲，提出"我们的艺术是反对封建阶级、资产阶级的，又反对'失掉社会地位'的小资产阶级倾向，并且表明了要'援助而且从事无产阶级艺术的产生'"。"左联"的成立，实际上形成了比较广泛的革命文学统一战线，推动了左翼文艺运动迅猛发展。"左联"十分重视理论批评，开展马克思主义文艺理论的传播，文学创作十分繁荣。但在思想倾向上存在"左"的错误，理论上存在严重的教条主义思想，组织工作方面存在比较重的关门主义和宗派主义倾向，文学创作上，许多作品存在严重公式化、概念化的问题。

3. 鲁迅在"左联"成立大会上做了题为《对于左翼作家联盟的意见》的演讲，一针见血地指出，"左翼"作家其实是很容易成为"右翼"作家的。

4. 鲁迅的文学论争。

（1）1930年，鲁迅与"民族主义文学"（主要成员有潘公展、朱应鹏、范争波、王平陵、黄震遐等，创办《前锋周报》与《前锋月刊》，维护国民党反动派的法西斯主义统治。黄震遐还著了《陇海线上》《黄人之血》等拙劣作品，宣扬这些反动主张）展开论争，出于对国民党反动派法西斯统治的愤怒，他写了《"民族主义文学"的任务和命运》等文章，深刻而形象地揭示了他们的反动实质。

（2）1928年，与以梁实秋为代表的"新月派"进行论争。梁实秋以《新月》为阵地发表了《文学是有阶级性的吗?》《论鲁迅先生的"硬译"》等文章，鼓吹抽象的"人性论"。鲁迅在《"硬译"与"文学的阶级性"》等文章中，指出文学的阶级性是客观存在的，称梁实秋是"丧家的""资本家的乏走狗"。

（3）1931年以胡秋原为代表的"自由人"、1932年以苏汶（杜衡）为代表的"第三种人"，反对左翼文艺坚持的无产阶级倾向，宣扬"文艺自由论"。鲁迅写了《论"第三种人"》《又论"第三种人"》等文章，指出在阶级社会里，想当超阶级、"非政治""为艺术而艺术"的绝对的"自由人"与"第三种人"，是不现实的。

（4）1932年至1935年间，具有自由主义倾向的林语堂先后创办、主编《论语》《人间世》《宇宙风》等刊物，主要刊登"以自我为中心，以闲适为格调的小品文"，以古代"性灵说"为理论，提倡"性灵"文学，人称"论语派"。很显然，"论语派"提倡的这种文学倾向与当时严峻的现实、与左翼战斗文艺的格调很不协调。鲁迅写了《"论语一年"》《小品文的危机》《小品文的生机》等文与林语堂等展开论争，在对"性灵"文学的批判中，强调了"生存的小品文，必须是匕首，是投枪,能和读者一同杀出一条生存的血路的东西"。

5. 鲁迅亲自翻译了苏联的《文艺政策》、卢那察尔斯基的《艺术论》和《文艺与批评》、普列汉诺夫的《艺术论》等,并对这些论著加以科学的评述,系统学习马克思主义文艺理论。同时还翻译了苏联法捷耶夫的小说《毁灭》、俄国果戈理的小说《死魂灵》,重译了高尔基的《俄罗斯的童话》等,还为《浮士德与城》《铁流》《静静的顿河》等苏联作品的中译本撰写了后记。

6. 鲁迅十分关心左翼青年作家的成长,他将萧红的《生死场》、萧军的《八月的乡村》、叶紫的《丰收》编入特意为他们创设的"奴隶丛书",并分别为之作序。此外,鲁迅还撰写了《徐懋庸作〈打杂集〉序》《白莽作〈孩儿塔〉序》等。

7. "两个口号"的论争:1936年春,中国共产党在上海文艺界的基层组织根据第三国际中共代表王明的指令,决定解散"左联",着手筹建文艺界联合抗日的团体,负责人周扬等人提出了"国防文学"的口号,作为文艺界统一战线的口号。为了弥补"国防文学"口号的"不明了"之处,鲁迅与冯雪峰、胡风一起商定,提出了"民族革命战争的大众文学"的口号。于是,上海左翼文艺界内部发生了一场很不愉快的关于"两个口号"的论争。

师探小测

1. (单项选择题)属于国民党"党治文学"成员,并创作了《陇海线上》《黄人之血》等拙劣作品的是( )。

A. 范争波   B. 朱应鹏   C. 潘公展   D. 黄震遐

2. (单项选择题)1930年,"中国左翼作家联盟"在( )正式成立。

A. 上海   B. 南京   C. 北京   D. 广州

3. (填空题)鲁迅在"左联"成立大会上一针见血地指出,"左翼"作家其实是很容易成为"右翼"作家的,这篇演讲题为_____。

4. (单项选择题)鲁迅在《"硬译"与"文学的阶级性"》等文章中,指出文学的阶级性是客观存在的,称( )是"丧家的""资本家的乏走狗"。

A. 章士钊   B. 梁实秋   C. 苏汶   D. 吴宓

5. (单项选择题)鲁迅在《论"第三种人"》等文章中批评的"第三种人"指的是以( )为代表的一批人。

A. 林语堂   B. 胡秋原   C. 苏汶   D. 潘公展

6. (单项选择题)在1936年的"两个口号"之争中,鲁迅等人提出的口号是( )。

A. 革命文学   B. 国防文学

C. 民族革命战争的大众文学　　　D. 无产阶级大众文学

7.（单项选择题）以下属于鲁迅翻译的作品是（　　）。

A.《死魂灵》　　　　　　　　B.《浮士德与城》

C.《铁流》　　　　　　　　　D.《静静的顿河》

考点十二：鲁迅逝世

1. 1936年10月19日凌晨，一代文化伟人鲁迅与世长辞。

2. 在鲁迅的棺木上覆盖着一面神圣洁白的旗帜，上面写着"民族魂"这三个黑色大字，它郑重宣示：鲁迅的一生卓越地体现了中华民族的优秀品质和崇高精神，鲁迅是中华民族的象征，鲁迅的名字永远铭刻在中国人的心上，鲁迅的精神永远鼓舞我们前进。

3. 郁达夫在为悼念鲁迅而写的《忆鲁迅》中说："没有伟大的人物出现的民族，是世界上最可怜的生物群；有了伟大的人物，而不知拥护、爱戴、崇仰的国家，是没有希望的奴隶之邦。"

4. 鲁迅一生给我们留下了800多万字的著作，包括小说、杂文、散文、散文诗、诗歌等，其中文学创作约170万字，学术论著和有关古籍的辑录、考订、整理约80万字，另有翻译、书信、日记等。

师探小测

1.（单项选择题）在鲁迅的棺木上覆盖着一面神圣洁白的旗帜，上面写的三个黑色大字是（　　）。

A."红旗手"　　B."民族魂"　　C."先锋者"　　D."勇战士"

2.（单项选择题）鲁迅一生给我们留下的著作达（　　）。

A. 2 000万字　　B. 170万字　　C. 80万字　　D. 800多万字

师探小测·参考答案

考点四：鲁迅的生平及其爱国热忱

1.《河南》　2. A　3. B　4. D　5. B　6.《域外小说集》

考点五：鲁迅与新文化运动

1. C　2. B　3. A　4. B

考点六：鲁迅的反帝反封建抗争

1. C 2. A 3. A 4. B（本题详见本书考点三十三）
5. D 6. D 7. B 8.《论"费厄泼赖"应该缓行》

考点七：鲁迅与新文学社团

1. B 2. C

3. 1924年,《语丝》杂志创刊，围绕这个杂志组成了语丝社。语丝社作家的散文创作形成了独具风格的"语丝体"，这种文体主要包括杂感、短评、小品等文学样式，在思想内容上任意而谈、斥旧促新，在艺术上以文艺性短评和随笔为主要形式，泼辣幽默、讽刺强烈，文字中富于俏皮的语言和讽刺的意味，特色是任意而谈、无所顾忌。

考点八：在彷徨中求索

1. D 2. B

考点九：鲁迅成为马克思主义者

1. B 2. D 3.《无题·惯于长夜过春时》

考点十：白色恐怖时期

1. C 2.《为了忘却的记念》 3. B 4. A 5. C 6.《鲁迅杂感选集》

考点十一：1928—1936年鲁迅的战斗业绩

1. D 2. A 3.《对于左翼作家联盟的意见》 4. B 5. C 6. C 7. A

考点十二：鲁迅逝世

1. B 2. D

第三章　鲁迅的文化思想

考点十三：鲁迅的文化哲学思想

1. 鲁迅进行文化反省的价值依据。

民族文化的觉醒首先应该是人的觉醒，而作为民族文化进步准则的，也只能是对人的价值的认识。鲁迅从一开始就紧紧地抓住了"重视人"这个根本，并以此来确立自己对民族文化进行反省的价值依据。对人的思考，重视人的价值，使人真正成其为人，是鲁迅进行文化反省的出发点，也是最终的目的。可以说，<u>以人为本位，是鲁迅的文化哲学思想的最本质的特征</u>。

鲁迅常为中国人的生存状态感到悲凉。他指出，中国人从来就没有争得过做人的地位，几千年生存历史仅仅是"欲做奴隶而不得"和"暂时做稳了奴隶"这两种状况的交叉更替。这正是"非人"的文化缺陷造成的。更可悲的是，在这种文化长期浸染下，中国人对自己生存状态的麻木，他们几乎失去了对痛苦的感觉。<u>鲁迅曾把整个中国比作一个"铁屋子"</u>。这个屋子"是绝无窗户而万难破毁的，里面有许多熟睡的人们，不久就要闷死了，然而是从昏睡入死灭，并不感到就死的悲哀"。鲁迅希望人们能醒悟过来，去"创造第三样时代"。为了恢复中国人对痛苦的感觉，鲁迅提出了一个我们不妨称之为<u>"人生苦"（"人间苦"）的人生哲学命题</u>。鲁迅认为，<u>知"痛苦"是人的觉醒的第一步</u>，因为"人若一经走出麻木境界，便即增加痛苦"。

2. 鲁迅对文化发展的基本认识。

首先，鲁迅认为，文化的核心问题是"人"的问题，因此，所谓文化的发展也必然是人自身的发展，即<u>人的内心要求和人的能力的发展。这是鲁迅的文化发展观的核心</u>。

其次，鲁迅认为，人对于自身发展的各种欲求，是文化发展的内在动力：当人们对于物质生活条件有需求时，才会有物质文化的发展；而当人们在物质生活方面有了余裕，增长了对精神生活的要求时，也才有精神文化的发展。

当然，鲁迅对人与文化发展关系的考察并不是单向的。他认为，文化发展到一定阶段又会反作用于人，当文化形成某种相对稳定的状态时，它又限制、改变人们可能增长的欲求，它以固定的形式将人的欲求固定在一定水平上，这就是文化的停滞。而当自身的内部动力已难以推动其前进时，借助于外力的推动就很必要。

再次，鲁迅认为，两种不同系统的文化之间，高位文化对于低位文化的影响力、作用力要远远超过后者之于前者，并以此来解释一些文化现象。

最后，鲁迅认为，我们应以宽阔的胸怀汲取外来文化中的有益东西，不是等别人来同化我们，而是我们自觉地拿来有益的东西，用于改造我们自己的文化，使中国文化向高的方向发展。拒绝外来文化的影响，实际上也就是自觉放弃了能促使自身文化发展的重要外部动力，所以鲁迅认为，"排外则易倾于慕古，慕古必不免于退婴"。所谓文化的"退婴"，就是文化的倒退和衰落。

3. 鲁迅进行文化反省的方法特性。

第一，鲁迅文化反省具有多元性和多层次性特征：新、旧，东、西各种文化因素的影响，以及鲁迅对新、旧，东、西文化的自觉思考、批判与吸收，就构成了鲁迅文化反省的多元性。因此，在鲁迅的文化分析中，其内涵都绝不是单一的，而是表现为各种文化因素的相互作用。

第二，鲁迅文化反省具有批判性特征：鲁迅处于东西两种文化交流、中国文化由旧向新转换的时代，他首先面临的任务是以批判为武器，通过文化批判来达到文化革新的目的。因此，鲁迅文化反思的一个重要特点就是强烈的批判性。这种批判性特征，是贯穿于鲁迅一生的文化事业中的。

第三，鲁迅文化反省具有辩证性特征：鲁迅的文化观念常常显示出形式上的偏激，但在根本上，在对实质性问题的论述中，却又总是显出一种辩证的科学性。鲁迅认为，在文化建设上，必须采取辩证的态度，即"去其偏颇"。例如，对于新兴的木刻艺术，就"不必问西洋风或中国风，只要看观者能否看懂，而采用其合宜者"。鲁迅文化观中有不少矛盾的现象，因为鲁迅常用辩证的眼光去看问题，因而他所看到的就绝不是事物的某一单个的侧面，而是多侧面的。

第四，鲁迅文化反省具有过渡性特征：这种过渡性主要是由时代的过渡性特点决定的。鲁迅始终站在新的历史时代的制高点上，因而得以对以往的文化进行高瞻远瞩的观照。

师探小测

1.（单项选择题）鲁迅认为在文化建设上须"去其偏颇"，显示了其文化反省的（　　）。

A. 辩证性特征　　　　　　　　B. 多层次性特征

C. 批判性特征　　　　　　　　D. 过渡性特征

2. （单项选择题）反对求全责备，体现了鲁迅文学批评观的（　　）。

A. 历史性　　　B. 全面性　　　C. 辩证性　　　D. 比较性

3. （单项选择题）鲁迅文化反思的一个重要特点是强烈的（　　）。

A. 多元和多层次性　　　　　　B. 批判性

C. 过渡性特征　　　　　　　　D. 辩证性特征

4. （简答题）简述鲁迅文化反省的方法特性。

考点十四：鲁迅的改造国民性思想

1. 鲁迅的"立人"思想。

鲁迅改造国民性思想与他的"立人"主张分不开，是以"立人"为出发点的。鲁迅的"立人"思想经历了一个从空想到科学的发展过程。

早在日本弘文学院时期，鲁迅就曾与许寿裳讨论三个与人性、国民性相关联的问题，这已经显示出在他的心目中，实现理想的人性是与揭示国民性的弱点及其根源分不开的。但是鲁迅早期的"立人"思想中带有"茫漠"的"人性解放"的空想性质，他想通过"立人"建立强盛的"人国"，而对"人"和"人性"却缺少阶级分析；对于"人国"究竟是一种什么样的社会形态，这种社会形态究竟应该怎样建立，他都相当"茫漠"。而在后期，鲁迅则能运用阶级观点分析国民性，不仅揭露缺点，而且注重揭示民族性中的优点，歌颂人民群众的伟大，而且无论是批评缺点还是张扬优点，均能从唯物史观的角度去把握问题的实质。

2. 鲁迅所提"国民性"的含义。

（1）在鲁迅著作中最早提到"国民"的是《斯巴达之魂》。

（2）"国民性"一词的含义与"国民"相联系。鲁迅最早在《摩罗诗力说》中两处使用"国民性"一词，在这两处，国民性即等于民族性，不涉及阶级的分野。到五四时期，鲁迅基本上还是把"国民性"当作民族性来看待的，而他所谓的国民性的弱点就是指民族性的弱点，或一个时期国民精神的弱点，里面没有明确的阶级内容。后期接受了马克思主义，鲁迅没有否定共同的民族性的存在，"国民性"一词基本上仍是指整个民族性。

3. 鲁迅批判了"国民性"的几个弱点。

第一，是"瞒和骗"：鲁迅痛感中国人不敢正视现实人生，"万事闭着眼睛"，尤其对于人生的痛苦、社会的缺陷，没有正视的勇气，于是只好自欺欺人，这方法便是瞒和骗。(《论睁了眼看》) 由瞒和骗的国民性，又产生出一种"瞒和骗的文艺"。鲁迅曾一再揭露这种瞒和骗的文艺的虚妄和恶劣影响，批评中国旧文艺中典型的"团圆"结局。他说，历代才子佳人小说的"才子及第，奉旨成婚"，必令"生旦当场团圆"等，都是"自欺欺人"，"闭眼胡说"。为此，鲁迅大声疾呼："世界日日改变，我们的作家取下假面，真诚地、深入地、大胆地看取人生并且写出他们的血和肉来的时候早到了；早就该有一片崭新的文场，早就应该有几个凶猛的闯将。"

第二，自我安慰的"精神胜利法"。国民性中"精神胜利法"的典型表现：(1)"中国地大物博，开化最早，道德天下第一"；(2)"外国物质文明虽高，中国精神文明更好"；(3)"外国的东西，中国都已有过，某种科学，即某子所说的云云"；(4)"外国也有叫化子——（或云）也有草舍，——娼妓，——臭虫"；(5)"中国便是野蛮的好"。这种种说法无非是以夸耀中国固有的"精神文明"来掩饰当下的落后现状，甚至以丑恶骄人，以"国粹"的"祖传老病"为荣光，只要是祖传的，哪怕是疮疤，也"红肿之处，艳若桃花；溃烂之时，美如乳酪"。

第三，"做戏"和讲"体面"：鲁迅在《马上支日记》中曾引言说中国人颇装模作样，总想将自己的体面弄得十足，然而我们已经被这种"做戏"与"体面"耽搁了太久。

第四，"看客"式的无聊：鲁迅从"幻灯事件"中最先感到中国国民精神的厚重麻木，所作《野草·复仇》《示众》都以"旁观者"为主题。

第五，卑怯和势利："对于羊显凶兽相，而对于凶兽则显羊相"；不向强者反抗，而反在弱者身上发泄；遇见强者便蜂聚拥戴，遇挫折则"纷纷作鸟兽散"，甚至于墙倒众人推。

第六，因自私自利而不惜破坏公众利益，乃至对断送国家利益、民族利益也无动于衷：鲁迅将其称作"奴才式的破坏"，比如杭州西湖雷峰塔的倒掉、盗窃公共图书与古董等。

第七，安于现状、安于命运的奴才心理：罗素在《中国问题》一书中提到"轿夫含笑"一事，一些中国文人便以此吹嘘中国如何"文明"。鲁迅指出："轿夫如果能对坐轿的人不含笑，中国也早不是现在似的中国了。"

此外，还有诸如"五分钟热""中庸折衷""骄和谄相结合"的洋奴思想等，也都是鲁迅所痛心疾首并竭力加以抨击的国民性弱点。

4. 鲁迅改造国民性思想的意义。

鲁迅对国民性弱点的揭露和批判，像一面明镜，照出了"老中国"儿女们躯体上和心灵上的种种污垢和伤痕,在当时的社会与当时人们的思想上引起过强烈的震动,起到了令人警醒、引起疗救注意的作用。又由于鲁迅真实揭示出的种种国民性弱点,就像"在民族面貌上打上"的"烙印"一样,它在"一定的时期内"仍会或多或少地存在,因而在此后相当长的时期内,鲁迅对国民性弱点的批判仍具有深远的历史意义,就是在今天,人们仍可从中窥见某些现代人的影子。

5. 对于国民性弱点产生的原因,鲁迅谈得最多的主要有三个方面。

首先,<u>封建等级制度</u>;其次,<u>封建思想</u>的毒害;再次,鲁迅把我们民族屡受<u>外来侵略</u>看成是形成国民性弱点的重要原因。

6. 鲁迅的改造国民性思想包括两方面的内容。

一方面是揭露和批判国民性的弱点,另一方面是肯定和发扬国民性的某些优点,其目的都是促进一种新的、向上的、符合时代要求的民族精神的诞生。

7. 鲁迅后期着重写了很多赞扬老百姓的文字,侧重于发扬民族精神的积极方面。

《摩罗诗力说》:赞美了屈原的爱国主义精神和"放言无惮"的热情。

《华盖集·补白(三)》《这个与那个》:称赞了韩非子的"不耻最后"的精神。

《学界的三魂》:积极主张发扬"民魂",认为"惟有民魂是值得宝贵的,惟有他发扬起来,中国才有真进步"。

《一件小事》:赞扬了人力车夫的高尚品德。

师探小测

1. (单项选择题)国民性弱点产生的原因有三个方面,属于三个方面之外的是(　　)。

　A. 封建等级制度　　　　　　B. 封建思想的毒害
　C. 伦理观念的影响　　　　　D. 屡受外来侵略

2. (单项选择题)"轿夫如果能对坐轿的人不含笑,中国也早不是现在似的中国了。"鲁迅这段话意在批判国民性的(　　)。

　A. 安于现状的奴才心理　　　B. 卑怯和势利
　C. "精神胜利法"　　　　　　D. "做戏"和讲"体面"

3. (填空题)鲁迅最早在_____中两处使用"国民性"一词,在这两处,国民性即等于民族性。

4. (简答题)简述鲁迅所批判的"国民性"弱点。

考点十五：鲁迅的伦理文化观

1. 鲁迅对封建伦常的批判。

鲁迅作为五四新文化运动的主将，是与他紧紧抓住"反封建伦常的大题目"分不开的。

鲁迅曾在比较了中西社会对于人伦关系和对于家庭的不同观念之后指出："欧美的家庭，专制不及中国。"这是因为，中国的家庭结构形态是一种"人伦"格局。在中国人的观念中，"伦"是不可违逆的。因此，中国的家庭特别注重以辈分、年龄区分亲疏贵贱。这养成了中国人文化心态中的名分思想和等级观念。既然伦有差序，划分等级就特别使中国人感兴趣。这种伦常秩序延伸到整个社会，就使中国的社会成了一张由人伦关系构织的网络，家庭的专制也扩大成为社会的专制。因此，在中国封建社会中，向来缺少一种全社会共同遵守的平等的道德，道德评价的价值标准也是随着被评价对象在人伦关系中的地位而加以相当程度的伸缩的，所谓"下不责上""为亲者讳"等，都是其具体表现。对此，鲁迅给予了猛烈的抨击和批判。比如鲁迅在《二十四孝图》一文中曾举"老莱子娱亲""郭巨埋儿"这两件事来抨击中国封建道德的虚伪性。

2. 鲁迅对封建家族制度弊端的解剖。

首先，鲁迅解剖了家族制度的弊端："历朝大抵'以孝治天下'"，所以形成了以家族为本位的伦理文化特征。这种家族制度对人们的各方面发展都有着严重的束缚。

其次，鲁迅指出，以差等的人伦关系为基础的社会结构形态中，必然产生封建专制主义和封建性的奴隶主义，因为人伦关系无法超越。而<u>专制性和奴性这两种对立的性格特点常常紧密地统一于一人身上</u>，成为深藏于中国人身上的某种根性。

3. 鲁迅对封建"孝道"观念的分析批判。

首先，鲁迅<u>从"父子"关系入手</u>，分析了封建伦理道德观念中的"孝道"。他在写<u>《我们现在怎样做父亲》</u>一文时，就曾开宗明义，说明自己的本意"其实是想研究怎样改革家庭"，批判了封建孝道和父权观念，提倡以<u>儿童本位</u>为代表的民主、平等、进化的思想。

其次，鲁迅认为，"孝道"是一种以长者为本位的<u>"古传的谬误思想"</u>。其谬误之处在于它是本末倒置的，它违背了生物进化论的规律。

最后，为了从根本上批倒所谓"孝道"，鲁迅对"孝道"赖以成立的所谓"依据"进行了彻底清算。

鲁迅对"孝道"的批判，十分合乎逻辑地上升到了社会进化和文化发展的高度，因而是雄辩有力的。

4. 鲁迅对封建"女德"的批判。

首先，在中国封建伦常中，妇女的地位是最低的。从这一方面，鲁迅进一步论证了中国封建伦理道德是专门"收拾弱者"的道德的结论。

其次，在强加于妇女身上的诸多"桎梏"中，最不人道的就是要求女子单方面保持"贞操"、单方面讲"节烈"。因此，在鲁迅的伦理文化批判中，有很大一部分是针对封建的"贞操"和"节烈"观念的，并进而指出，由于男子对女子抱有一种完全占有的欲望，所以他们常常是以对待自己的私有财产的心理来对待女子的。

再次，鲁迅认为，中国封建社会不仅以道德的形式规范女子，让其单方面"节烈"，而且这种道德心理在很大程度上延伸到了其他方面，不仅"失节"之事全归罪于女子，而且"别的事也是如此，所以历史上亡国败家的原因每每归咎于女子"。

最后，鲁迅揭示出一个更为残酷的事实：封建伦理道德不仅使中国妇女在身体上深受其害，而且在精神上也深受其毒化。

5. 鲁迅对新伦理道德观的提倡。

鲁迅提出了建立新型的道德观念的主张。他认为，新的道德观念应是建立在人格独立、相互间地位平等的基础之上的——"爱"的道德。

"开宗第一，便是理解"，不应当以成人的要求对待孩子，扼杀孩子的天性。

"第二，便是指导"，长者不能将自己既有的生活模式强加于后辈身上。

"第三，便是解放"，承认孩子们有独立的人格，"完全的解放"他们，使他们的一切权利"全都为他们自己所有"。

师探小测

1.（单项选择题）鲁迅认为，以长者为本位的"古传的谬误思想"是（　　）。

A. 女德　　　B. 王道　　　C. 孝道　　　D. 神道

2.（填空题）鲁迅在《我们现在怎样做父亲》一文中，分析了封建伦理道德观念中的"孝道"，首先入手的关系是_____。

3.（简答题）简述鲁迅对封建孝道观念的批判。

考点十六：鲁迅的宗教文化观

1. 鲁迅对宗教文化的总体认识。

鲁迅认为，宗教是特定历史阶段文化发展的产物，因此，它很可能随着文化的进一步发展而成为过去。为了去除宗教蒙昧，完成中国文化由旧向新的转换，鲁迅对宗教是持整体反对态度的。但是鲁迅对宗教文化的态度又是特别审慎的，他看到了宗教文化的复杂性，它与任何一种精神文化一样，有着与人们的精神生活难以剥离的因素。况且，宗教文化即使在内容方面，也不完全是荒谬和消极的东西。鲁迅认为，宗教文化作为精神文化的一种，它与其他精神文化有着密切的联系，研究宗教文化，不仅可以通过揭示宗教文化与其他精神文化的关系进而了解其他精神文化的一些内容和特点，而且也可以以宗教文化为"窗口"，进而把握作为宗教文化氛围的整体中国文化的诸多特点。

总之，鲁迅对待宗教文化的态度是谨慎的，其否定性态度远不如对待其他领域的封建文化那么强烈、决绝、干脆。鲁迅在整体格局上对宗教文化进行批判的同时，在有些场合是对宗教文化中的积极因素持肯定和"拿来"态度的。

2. 鲁迅与佛教文化的关系。

鲁迅在《我的第一个师父》一文中曾讲到自己与佛教的结缘。鲁迅真正开始接触佛教，是在日本留学时师从章太炎，受其影响，开始重视佛学研究的。

从反对儒家思想为主要精神支柱的专制制度和非人的伦理道德出发，鲁迅强调佛教中的平等观念；为呼吁反封建的勇猛的精神界战士，鲁迅希望佛教所张扬的"普度众生""唯识无境"等观点能够强化先觉们对外界压力的承受心理和主观战斗精神；而从改造国民性的愿望出发，鲁迅则又看到了佛教的"充足人心向上之需要"的一面。鲁迅认为，中国国民性的一大弱点是"无特操"、无专一的信仰，蝇营狗苟；"迷信"，但很少"坚信"。而佛教崇高，对于纯净人们的道德，使人清净专一等有积极作用。

鲁迅不仅以佛教思想中有益的东西为武器，用来批判封建儒家文化，也不仅试图通过运用佛教净化人心和道德的方式，来为完成改造国民性的任务服务，更具意义的是，他还从佛教中汲取了许多有益的精神养料，这种汲取对鲁迅的人格形成是很重要的。我们从鲁迅那种勇于探索、坚韧不拔、牺牲自己以拯救民众等精神人格中，可以看到佛教精神的有益影响。鲁迅就曾将"舍身求法"的玄奘列为"中国的脊梁"之列。

佛教思想的影响，还在某些方面带来了鲁迅作为文学家的某种深刻性。这种深刻性不仅体现在鲁迅的文学创作上，也体现在他对文学现象的认识和分析上。比如，佛教文化与鲁迅的文学创作，仅就最为明显的诸多作品中所运用的佛学典故、思想材料等，便可看出二者之间的联系。正是对佛教典故、词汇、寓言等的运用，常常增强了鲁迅作品的寓意思想深度和艺术感染力。诸如刹那、涅槃、轮回、华盖、摩罗等佛教用语在鲁迅作品中均可随手拈来。

佛教对于作为文学家的鲁迅的影响，不仅体现于具体的文学创作上，而且体现在他对各种历史和现实的文学现象的分析眼光上。在写作《中国小说史略》《汉文学史纲要》等文学研究论著时，鲁迅都曾分析了佛教与中国文学艺术的关系。

毫无疑问，鲁迅关注佛教，研究佛学，这是有着积极意义的，这种意义不仅仅属于鲁迅，而且属于自近代到"五四"整整两代的文化先驱者。在近代到"五四"这段历史时期佛教文化的受推重，无论从哪方面来说，都只能是文化转折时期的必然现象。

而且，在很多的情况下，鲁迅对佛教问题的评价，其目的其实往往与佛教自身无关，而只是以佛教为"窗口"，由此做文化的延伸，以达到文化批判的目的。例如，鲁迅对"大乘、小乘""居士佛子"的有关论述就是这样的。

总之，鲁迅与佛教文化的关系中，有着特别丰富的"文化"内容，这不仅是我们了解鲁迅的整体文化观的一个不可缺少的方面，而且，从鲁迅对佛教文化的种种分析中，我们可以得到诸多文化启示；同时，透过鲁迅的宗教文化观，我们还可以从一个侧面了解到近代思想文化的发展情况。

3. 鲁迅对道教文化的态度。

与对待佛教的态度不同，关于道教，无论是其思想，还是仪式和方法等各个方面，鲁迅都是坚决反对的。鲁迅论道教文化，通常是将它分为两个层次，一是指"道士思想"，另一是指"道家（老庄）思想"。鲁迅通过对"道士思想"的批判，一方面揭示了道教所体现的中国文化的特征，另一方面也通过批判道士思想来达到批判中国传统文化的目的。鲁迅曾指出，老庄道家思想深深影响了中国人的生活态度，或者说是体现了中国人的生活态度。鲁迅对它在生活理想和处世态度上对中国人的影响进行了批判。

师探小测

1.（单项选择题）从反对以儒家思想为主要精神支柱的专制制度和非人的伦理道德出发，鲁迅强调佛教中的（　　）。

A. 普度众生　　　B. 平等观念　　　C. 唯识无境　　　D. 因果业报

2.（填空题）鲁迅曾经在_____一文中谈到自己与佛教的结缘。

3.（单项选择题）鲁迅对宗教文化有其独特的看法，其中无论就其思想、仪式还是其他方面，都坚决反对的是（　　）。

A. 佛教　　　　B. 基督教　　　　C. 伊斯兰教　　　　D. 道教

4.（填空题）鲁迅论道教文化，通常是将它分为两个层次，一是指"_____思想"，另一是指"道家（老庄）思想"。

考点十七：鲁迅的民俗文化观

1. 鲁迅对民俗文化的关注。

（1）民俗文化是指与一个民族的正统的经典文化相对应的，普遍存在于民间的，存在于基层人民生活中的"俗"文化。它包括风俗、习惯、民间礼仪、民间信仰乃至民间艺术、民间文学，等等。

（2）早在1913年，鲁迅就在《拟播布美术意见书》一文中提出："国民文术，当立国民文术研究会，以理各地歌谣，俚谚，传说，童话等；详其意谊，辨其特性，又发挥而光大之，并以辅翼教育。"鲁迅所列的"国民文术"的内容，就属于民俗文化内容。鲁迅的这篇文章，曾被许多民俗学家认为是中国现代最早涉及"民俗学（Folklore）"的文章。当然，严格地说来，鲁迅这里还只是涉及了民俗文化中的"民间文艺"部分，但这毕竟体现出鲁迅对于民俗文化的重视。

（3）鲁迅与周作人、蔡元培等人倡导在北京大学成立了"歌谣研究会"，从征集、整理民间歌谣入手，开展对民俗文化的研究。

（4）1924年，北京大学歌谣研究会会刊《歌谣周刊》第71期曾刊出民俗征题《雷峰塔与白蛇娘娘》，曾以鲁迅已发表的杂文《论雷峰塔的倒掉》作为范例。

2. 鲁迅文学创作与民俗文化的关系。

如果客观地来看鲁迅与民俗文化的关系，最为明显的莫过于他的生平和创作。就生平经历而言，鲁迅自出生之后，就与绍兴的地方民俗结下了缘分。例如，鲁迅不到一岁，"便被领到长庆寺里去，拜一个和尚为师"，这也是一种民俗：中国民间认为，鬼神专喜欢杀害有出息的人。

当然，鲁迅与民俗文化的关系，更为重要的体现是他在文学创作上所受绍兴地方民俗文化的影响。这种影响，首先体现在创作素材上——在鲁迅的文学作品中，大量运用了民俗文化的资料。

鲁迅的文学创作之于民俗文化，还体现在创作技巧上受民间文学、民间艺术的影响。鲁迅最初关注民俗，是从注意民间文学艺术开始的，其目的在于让"衰颓"的"旧文学""因为摄取民间文学或外国文学而起一个新的转换"。从鲁迅的创作中，我们可以明显地看到，他在艺术技巧上除受外国文学和中国优秀古典文学的影响外，也深受民间文学的影响。

鲁迅如此热心于在文学作品中表现民俗，并在技巧中吸收民间艺术养分，这多少也有着鲁迅对地域文化与世界文化关系的某种思考。鲁迅曾多次谈到文学作品的地方色彩问题："现在的世界，环境不同，艺术上也必须有地方色彩，庶不至于千篇一律。"而作品中以民俗为素材或汲取地方民间艺术技巧是使之"有地方色彩"的途径之一。

3. 鲁迅小说中细节取自民俗文化的有：

《药》：以人血馒头治痨病；

《风波》：以出生重量取人名；

《故乡》：大祭祀；

《阿Q正传》：阿Q所唱的地方戏文；

《社戏》：社戏；

《祝福》：祝福场景；

《长明灯》：燃长明灯；

《离婚》：娘家人闹事，拆夫家炉灶。

鲁迅散文创作中直接以民俗文化内容为素材写成的有：

《送灶日漫笔》：送灶神；

《论雷峰塔的倒掉》：白蛇娘子的民间故事；

《风筝》《五猖会》《无常》《女吊》。

创作技巧上受民间文学、民间艺术影响的：

《故事新编》创作中的"油滑"写法与鲁迅汲取绍兴戏中的"二丑艺术"有很大关系。

4. 就浙东地区的民俗来说，许多浙东作家都曾写道一个民俗现象——典妻（如徐洁《赌徒吉顺》、柔石《为奴隶的母亲》）。

5. 20世纪中后期，鲁迅对一批致力于用文学作品表现自己故乡风俗习惯的乡土文学作家曾悉心扶持，鲁迅称赞蹇先艾的作品"展示了'老远贵州'的乡间习俗的冷酷"，赞扬台静农"将乡间的生死，泥土的气息移在纸上"，等等。

6. 鲁迅对民俗文化的解析和研究。

鲁迅对民俗文化的思考，正是他对整个中国文化思考的一个组成部分。他发现，由民俗文化所养育成的"风俗"和"习惯"，造成了最广大阶层的民众对改革的抗拒性心理。他得出结论：风俗和习惯的改革，将是更深层次的、更加艰难的改革。这是他对文化问题理解的深化。

在鲁迅的有关论述中，对于作为民俗文化重要内容的"风俗"和"习惯"，主要是从文化批判的角度去加以认识的，即主要抓住其"黑暗面"进行剖析。比如，在《五猖会》这篇作品中，鲁迅也曾饶有兴趣地记述了故乡迎神赛会的盛况。但鲁迅对迎神赛会这种民俗现象并未止于对其做一般的表层结构的展示，而是深入民俗文化的深层结构中去看问题，即挖掘风俗习惯中所潜藏的民族性格、思维方式与价值观念。在迎神、祭祀、赛会等活动中，中国普通人民身上的潜隐性格欲望都明显表现出来了，例如，人们那种对于信仰的狂热，是与中国人身上似乎非常明显的善良、老实、本分、知足等性格大不一致的，由此可见中国人性格的二重性。一方面，中国人在生活中是那样善良、老实、谦让、本分，如牛负重似的在土地上耕耘，欲望很少，性格温和，内向克制；但另一方面，却在狂热的信仰之中表现出一种极其迷醉的冲动，甚至表现出一种由潜藏极深的欲望的驱动力而导致的刻毒、自私和具有攻击性。

当然，鲁迅对民俗文化的论述和分析，与他对其他文化领域的研究和阐释相比，尚欠系统性。鲁迅虽然在理论上认清了"研究""解剖"民俗文化的重要性，并且在理论上论证了它与社会改革、文化革新的关系，但由于特定历史条件的限制，鲁迅自己尚未能真正着手对民俗进行深入的调查，他只能通过自己经历中所接触到的民俗现象以及报载的民俗现象，加以分析和解剖。尽管如此，这也给我们留下了诸多精辟的见解，尤其是鲁迅对民俗文化的重视，对民俗与文化革新关系的论述，对民俗文化深层意识进行剖析的尝试，给人以深刻的启发。甚至鲁迅的创作与民间文艺之间的关系，也能给人以启发。

师探小测

1.（单项选择题）鲁迅涉及"民间文艺"，被许多民俗学家认为是中国现代最早涉及"民俗学"的文章是（　　）。

1.《摩罗诗力说》　　　　　　B.《〈艺术论〉译本序》
C.《拟播布美术意见书》　　　D.《论雷峰塔的倒掉》

2.（单项选择题）1924年，北京大学歌谣研究会会刊《歌谣周刊》第71期曾刊出民俗征题，作为范例文章的鲁迅作品是（　　）。

A.《无常》　　　　　　　　　B.《社戏》
C.《论雷峰塔的倒掉》　　　　D.《送灶日漫笔》

3.（单项选择题）以下属于鲁迅直接以民俗文化内容为素材写成的散文是（　　）。

A.《风波》《女吊》　　　　　B.《风筝》《无常》
C.《故乡》《风筝》　　　　　D.《社戏》《女吊》

4.（填空题）鲁迅与周作人、蔡元培等人倡导在北京大学成立了_____。

师探小测·参考答案

考点十三：鲁迅的文化哲学思想

1. A 2. C 3. B

4. 第一，鲁迅文化反省具有多元性和多层次性特征。
   第二，鲁迅文化反省具有批判性特征。
   第三，鲁迅文化反省具有辩证性特征。
   第四，鲁迅文化反省具有过渡性特征。

考点十四：鲁迅的改造国民性思想

1. C 2. A 3.《摩罗诗力说》

4. 第一，是"瞒和骗"。
   第二，自我安慰的"精神胜利法"。
   第三，"做戏"和"讲体面"。
   第四，"看客"式的无聊。
   第五，卑怯和势利。
   第六，因自私自利而不惜破坏公众利益，乃至对断送国家利益、民族利益也无动于衷。
   第七，安于命运、安于现状的奴才心理。
   此外，还有诸如"五分钟热""中庸折衷""骄和谄相结合"的洋奴思想等等，也都是鲁迅所痛心疾首并竭力加以抨击的国民性弱点。

考点十五：鲁迅的伦理文化观

1. C 2. 父子关系

3.（1）鲁迅首先从"父子"关系入手，分析了封建伦理道德观念中的"孝道"。
（2）鲁迅认为，"孝道"是一种以长者为本位的"古传的谬误思想"。
（3）为了从根本上批判所谓"孝道"，鲁迅对"孝道"赖以成立的所谓"依据"进行了彻底清算。

考点十六：鲁迅的宗教文化观

1. B 2.《我的第一个师父》 3. D 4. 道士

考点十七：鲁迅的民俗文化观

1. C 2. C 3. B 4. 歌谣研究会

第四章 鲁迅的文艺观

考点十八：鲁迅的文艺本质论

1. 鲁迅早期对文艺本质的认识。

在"五四"以前，鲁迅对文艺本质的见解主要反映在<u>《摩罗诗力说》</u>和<u>《拟播布美术意见书》</u>两篇文章中。

这个时期，鲁迅对文艺本质的认识主要体现在三个方面：

第一，鲁迅注意到了文艺的社会功利性，看到了文艺能改变人的精神。

第二，鲁迅也认识到了文艺的愉悦作用（为了强调这一点，他有时甚至把文艺看成是与个人、国家的存亡无直接关系、无实利性的东西）。

第三，鲁迅看到了文艺区别于科学的独特性。

鲁迅这时期对文艺本质的认识出现了矛盾现象：一方面他肯定文艺的社会功用；另一方面又认为文艺的目的只在于"兴感怡悦"，与国家存亡"无所系属"。总之，鲁迅在"五四"之前对文艺本质的论述，基本上还是零散的，尚未形成较为系统的理论。

2. 鲁迅对文艺<u>审美特性</u>的强调。

鲁迅认为文艺的社会功用是通过<u>文艺的美感作用</u>来实现的。

3. 鲁迅功利主义文艺观的主要内容。

<u>第一，鲁迅突出发展了"五四"以前对文艺的社会功用的见解，并且在理论上对之加以深刻的阐发、论述，形成了作为鲁迅文艺思想核心的革命功利性的文艺观</u>。五四时期，鲁迅从反帝反封建斗争的需要出发，主张文艺创作应当"遵奉前驱者的命令"，要为改革社会而斗争。他反对"无所为而为"的文艺观，认为文艺应"是国民精神所发的火光，同时也是引导国民精神的前途的火花"，文艺"必须是'为人生'，而且要改良人生"。可以看出，鲁迅在这个时期，已自觉地将文艺看作"改革社会的器械"了。到了 30 年代，鲁迅已逐步成为一个马克思主义者。这时，他更注重从无产阶级的立场去论述文艺的本质。在<u>《〈艺术论〉译本序》</u>

一文中，鲁迅曾高度肯定和赞许普列汉诺夫的"并非人为美而存在，乃是美为人而存在"的"社会、种族、阶级的功利主义底见解"。

第二，关于文学的阶级性问题，鲁迅反复强调一点：既然文学创作都是通过作者头脑对现实所做出的或直接或间接或正确或歪曲的反映，那么就必然与作者的"思想和眼光"有关，与作者的阶级"地位"，"尤其是利害"有密切的关系。因此，"忠于他自己的艺术的人，也就是忠于他本阶级的作者，在资产阶级如此，在无产阶级也如此"。作家的阶级性决定了文艺作品必然带有阶级性。

第三，对于文学的社会性问题，鲁迅更是坚定地站在无产阶级革命的立场，对之做了深刻透彻的阐述。鲁迅认为，只要是文艺创作，就必然是有"社会性的"，"只要你一给人看"，"一写出"，"即使是个人主义的作品"，也"有宣传的可能"，"凡有文学，都是宣传，因为其中总不免传布着什么"。基于对文艺的这种社会性的认识，鲁迅指出，文艺"用于革命，作为工具的一种，自然也可以"，甚至可以而且也应该将无产阶级的文艺看作是"无产阶级斗争底一翼"，因为无产阶级文艺与整个革命事业有着密不可分的联系，一方面，"它跟着无产阶级的社会势力的成长而成长"，另一方面，它又可以"助革命更加深化，展开"。应该说，鲁迅这些有关文艺社会性问题的认识，的确达到了当时所能达到的马克思主义理论的高度。

第四，鲁迅从文艺的社会功利性出发，对艺术的起源以及制约着文艺发展的时代性问题，做了深入的研究和阐述。早在《中国小说的历史的变迁》中，鲁迅就试图对艺术的起源做出解释。他认为："诗歌起源于劳动和宗教。其一，因劳动时，一面工作，一面唱歌，可以忘却劳苦，所以从单纯的呼叫发展开去，直到发挥自己的心意和感情，并偕有自然的韵调；其二，是因为原始氏族对于神明，渐因畏惧而生敬仰，于是歌颂其威灵，赞叹其功烈，也就成了诗歌的起源。"这里，鲁迅已经把艺术的起源与劳动联系起来了。到1930年，鲁迅译了普列汉诺夫的《艺术论》后，深受普列汉诺夫"劳动起源说"的影响，更加深了自己对这个问题的认识。后来，他在《门外文谈》中，对艺术源于劳动生活与生产斗争的问题做了较系统的论述。鲁迅以通俗易懂的生动比喻，阐明了我们祖先最早的文艺创作活动，或直接产生于劳动的过程中，成为协调与鼓舞劳动的一种手段；或模仿与再现劳动生活的情景，以娱乐和教育周围的人们；或以幻想的形式来表现当时人们战胜自然，争取丰收的理想与愿望。

第五，从功利性的文艺观出发，鲁迅也很强调文艺的时代性。他曾通过对"文风"的变异、文体的盛衰的分析，来论证文艺的时代性特征。他指出，在我国历史上，不同时期"文风"的变异，无不与当时的时代风尚有着必然的联系。至于文体，也是如此。五四运动以后短篇小说的兴起，很重要的原因就是"由于社会的要求"。正是出于对文艺时代性的认识，鲁迅明确指出，文艺"有着时代的眉目",才能够让人们"从中寻出合于他的用处的东西"。正是由于鲁迅对文艺的时代性问题有较为自觉而深刻的认识,因此,他的作品中才那么强烈地闪烁着时代精神的光芒,具有唤起一代人激情的精神力量。

师探小测

1.（单项选择题）鲁迅特别强调文艺的审美特性,认为文艺的社会功用实现的途径是（　　）。

A. 美感　　　　B. 战斗　　　　C. 启迪　　　　D. 启蒙

2.（单项选择题）在"五四"以前,集中反映鲁迅对文艺本质的见解的两篇文章是（　　）。

A. 《摩罗诗力说》《我怎样做起小说来》
B. 《文艺与革命》《拟播布美术意见书》
C. 《文艺与革命》《我怎样做起小说来》
D. 《摩罗诗力说》《拟播布美术意见书》

3.（填空题）鲁迅早期对文艺本质的见解主要体现在三方面,文艺的愉悦作用、文艺区别于科学的独特性以及文艺的_____。

4.（单项选择题）鲁迅认为真正的文字源于（　　）。

A. 图画　　　　B. 劳动　　　　C. 结绳　　　　D. 甲骨

5.（单项选择题）鲁迅认为,"诗歌起源于（　　）"。

A. 劳动和宗教　B. 劳动　　　　C. 宗教　　　　D. 生产斗争

考点十九：鲁迅对艺术美的基本形态所作的阐释

1. 艺术美的基本形态有四种：崇高、优美、悲剧性和喜剧性。

2. 从文艺的功利性和文艺的审美性出发,鲁迅还对艺术美的几种基本形态做了颇为精到的论述。

（1）关于崇高,即中国美学思想史上所说的"阳刚之美"。艺术的崇高,是指艺术作品中,不但显示出一般的美,而且还带有一种特殊的威力,能引起人们敬畏、赞叹和紧张的情绪,使人们产生一种高居于平庸和渺小之上的感情,催人奋发,促使人们去同卑鄙的事物进行斗争。崇高这一美的形态,深为鲁迅所喜爱。因为鲁迅认为,美和艺术深深地扎根于现实社会生活的土壤里,有什么样的社会,就会有什么样的美和艺术的时尚。对于二三十年代国民党统治下的旧中国来说,最需要的是能够"呼唤血与火"的文艺,是能够鼓舞人心的"力之美"的艺术。

鲁迅在批评30年代的一些作家、作品时，就常常从这一美学偏爱出发。例如，他在给萧红的小说《生死场》作序时，就是从"力之美"的要求出发给予了较高的评价。鲁迅认为这部作品最大的成功之处就在于，作者将"北方人民的对于生的坚强，对于死的挣扎"，"力透纸背""明丽和新鲜"地展现在读者眼前，因而深深地感动着人们。对白莽作品的评价也是如此。他把白莽的诗比作"东方的微光""林中的响箭""冬末的萌芽""对于前驱者的爱的大纛""对于摧残者的憎的丰碑"，在它面前，"一切所谓圆熟简练、静穆幽远之作，都无须来作比方，因为这诗属于别一世界"。

（2）关于优美，即中国美学思想史上所说的"阴柔之美"。艺术上的优美，指作品内在的平衡、和谐以及所具有的自然、柔和、冲淡、纤巧、谐调、悦目的特征。鲁迅为了转变社会风尚，希望以艺术的美激发起人民群众特别是青年一代奋发昂扬的精神状态，因而他对艺术美的要求便自然而然地侧重于伟美。但鲁迅不推崇优美，他不大满意于纤巧的艺术。在对待优美的态度上，鲁迅有时不免过于偏激。但他抑优美，扬崇高，是从他革命的功利主义文艺观出发的，包含了历史的原因和时代的特点。

（3）鲁迅的悲剧观。鲁迅曾说过："悲剧是将人生有价值的东西毁灭给人看。"

首先，鲁迅认为，悲剧反映的对象是实体性的，是人类社会中客观存在着的。

其次，鲁迅指出悲剧是一个"毁灭"的过程，毁灭的对象是"人生有价值的东西"。同时，鲁迅的悲剧观中较为明显地体现出他对文艺社会功用的认识。他认为，悲剧将人生有价值的东西毁灭反映出来是要"给人看"的。"给人看"势必会产生效果。

鲁迅对悲剧的论述，涉及面广，他从以上对悲剧内容的美学特征的理解出发，在许多方面对悲剧创作提出了一系列主张：鲁迅要求悲剧的创作能够敢于正视淋漓的鲜血，切忌走向人为的"团圆主义"。鲁迅曾给予《红楼梦》作者曹雪芹以极高的评价，其原因就在于他在作品中不加讳饰地描写了"悲凉之雾，遍被华林"的景象，而且他构思中的《红楼梦》是"白茫茫大地一片真干净"的悲剧结局。鲁迅提倡写"几乎无事的悲剧"。"几乎无事的悲剧"，势必包含着人生有价值的东西的毁灭，但这种毁灭却发生在极其平常的事件之中，人们在日常生活中司空见惯，习以为常，渐生麻木，于焉不察。而将这类悲剧写出，可以振聋发聩，引导人们透过平淡无奇去认识其有价值的东西遭受毁灭的惊心动魄的事实。

（4）鲁迅的喜剧观。他曾说过："喜剧将那无价值的撕破给人看"。鲁迅对喜剧的实质做了明确的揭示。

首先，他认为喜剧描写的对象是"无价值"的东西，主要是上流社会的"伪"以及下层社会的"愚"。

其次，鲁迅还通过探求分析，指出了之所以"无价值"的原因（鲁迅指出，喜剧所描写的事情，虽然是公然和常见的，但"这事情在那时却已经是不合理，可笑，可鄙，甚而至于可恶"）。

再次，鲁迅还指出，喜剧对象的独特性在于它不是赤裸裸的丑恶事物，而是"把自己的过错加以隐瞒而勉强作出一派正经的面孔"，即以假象掩盖本质的事物、事情。

最后，鲁迅指出，揭穿"伪善"假象，是喜剧的任务。（喜剧有不同的表现形式，如幽默、讽刺等。鲁迅对幽默的论述较少，有关讽刺的论述很多。鲁迅认为，讽刺是喜剧的重要形式，"是喜剧变简的一支流"，因此在鲁迅的论述中，讽刺与喜剧不仅在实质上是相同的，而且其美学特征——以笑为特点的喜剧美——也是一致的。）

3. "笑中有刺"。这是鲁迅对讽刺的美学特征所做的最精确的概括，包含了两方面的意思：第一，对丑恶事物进行的鞭挞、贬斥是通过"笑"来体现的，"以笑叱正世态"，通过所引起的"笑"来达到针砭时弊、发人深思、引起疗救注意的社会效果。第二，既然是笑中有"刺"，那么在对"隐情"进行揭露时，就必须具有尖锐性，不调和，不折中，不遮掩，不姑息。

4. 鲁迅在强调讽刺的尖锐性的同时，特别提醒人们正确区分"有情的讽刺"与"无情的冷嘲"这二者的界限，二者的根本区别在于有无"善意"和"热情"，鲁迅提倡前者而反对后者。

师探小测

1.（单项选择题）艺术的美是丰富多样的，按其形态分，基本上有优美、悲剧性、戏剧性以及（　　）。

A. 阳刚　　　　B. 阴柔　　　　C. 中庸　　　　D. 崇高

2.（填空题）鲁迅对讽刺的美学特征最精确的概括是_____。

3.（单项选择题）鲁迅说过，将人生有价值的东西毁灭给人看的是（　　）。

A. 喜剧　　　　B. 闹剧　　　　C. 悲剧　　　　D. 滑稽剧

4.（简答题）简述鲁迅对喜剧实质的揭示。

考点二十：鲁迅的文艺创作论

1. 鲁迅对文艺创作的独特性的认识。

鲁迅认为文艺创作的独特性（用鲁迅的话说就是"创作抒写自己的心"）就在于它的情感性；创作根源于人的情感，必须有感而发；创作过程也是人的情感活动的过程，因此，创作必须遵循情感活动的规律。

2. 鲁迅对文艺创作真实性问题的阐述。

一是作家艺术家所表达情感的真实性，主要指作家艺术家在作品中所表达的必须是自己亲身体验过的情感经验和真诚的生活感受，同时在表达这种感情的过程中必须有诚心和勇气。

所谓情感的真实，也就是在创作中，作家必须表达自己的真情实感，而忌虚情、矫性和造作。鲁迅向来反对没有真情的创作，认为"无真情，亦无真相也"。何谓真情？真情就是指作家艺术家自己从生活体验中亲身感受到的情感经验。鲁迅认为，如果没有这种亲身体验，没有这种切身的感受，作家艺术家也就无法表现，假使想当然地去"表现"，那就绝不能真切、深刻，也就不能成为艺术。不是自己亲自获得的而是转达他人的情感，这只能是一种"依傍和模仿，决不能产生真艺术"。而作家艺术家要获得经历过的情感体验，并不一定要凡事亲自所作所为，通过所遇、所见、所闻，也能产生情感体验。作家艺术家对所写事物，不管是所作所为还是所遇、所见、所闻，都必须由之产生了真切的情感体验，这种情感必须是自己直接感受过的，是独到的，否则，一切事物之于他都不能成为艺术表现的对象。然后，作家艺术家还要敢于、善于将这种情感大胆地、真切地表现出来。鲁迅认为，"文艺家至少是须有直抒己见的诚心和勇气"的，没有这种表达真情实感的"诚心"和"勇气"，文艺创作中的情感真实也就成了一句空话，而要做到这一点，并不是很容易的事。鲁迅就曾指出："中国人向来因为不敢正视人生，只好瞒和骗，由此也生出瞒和骗的文艺来，由这文艺，更令中国人更深地陷入瞒和骗的大泽中，甚而至于已经自己不觉得。"这就要求作家艺术家在创作中能坚持从自己的独特感受出发，而不见风使舵，人云亦云。

二是作为情感表达载体的描写对象的真实性。描写对象的真实性依据不同性质的作品有着不同的要求，但都必须在规定的艺术情境中符合事理的真实。

在写实的作品中，要求描写的事物取现实本来的形式，要求人物、情节、细节的真实，否则就不符合事理。鲁迅很反对在写实的作品中对生活现象做不必要的夸张。而要在写实的作品中真实地再现生活现象，作家艺术家对于生活的实际经验以及准确地把握自然的能力是十分重要的。当然，对写实作品中描写对象的真实性，不可做机械地理解，它不是简单的照相似的酷似，而是要符合事理的真实。作者可以根据作品所规定的艺术境界的需要，把各种分散的不相关的众多社会生活现象抽取、缀合，然后写出。当然，这所据以缀合、抒写的材料，都是社会上的存在，从这些目前的人、事加以推断，使之发展下去，这便好像预言，因为后来此人此事确也正如所写那样。相反，依靠对事实的酷似来获得的真实性，反而容易失去：如果"一与事实相左，那真实性也随之死亡"。

至于非写实作品，所描写的对象则可以不必取生活本身的形式。作者为把自己的感情用特殊的方式表达出来，他可以幻想、虚构一些现实中并不存在的事物。例如，鲁迅的《野草》中所描述的事物和现象，有些根本不可能在现实中找到。即使作品所写的题材是非人间的，精神却必须是人间的。如鲁迅写狗的"驳诘"，实际是借狗来暗喻人，而写人死后有"思想"，则也是把对活人"思想"的合理推断，借"死人"表达出来，在现实的人中可以找到这类"狗"和"死人"的影子。因此，非写实性作品中描写对象的真实性，说到底，是取决于它是否具有现实精神，是否以社会人性为基础。

3. 鲁迅对文艺创作方法的论述。

（1）鲁迅论述得较多的是现实主义创作方法，早在《拟播布美术意见书》中，他就指出了现实主义反映现实的基本特点是"再现"客观事物。基于对中国社会历史的透彻了解，鲁迅一贯坚持清醒的现实主义原则，坚持艺术内容的真实性。

（2）鲁迅在提倡现实主义方法的同时，也兼容浪漫主义、象征主义等多种多样的创作方法。

浪漫主义曾经是鲁迅早年文艺思想中十分重要的一面。他写于1907年的文艺专论《摩罗诗力说》中所推崇的摩罗诗派，大多是积极浪漫主义文学流派。写于1926年的小说《奔月》和《铸剑》，精心塑造了具有"复仇和反抗"精神以及冷峻孤独的性格特征的浪漫主义英雄人物，成了公认的浪漫主义杰作。

象征主义创作方法也是鲁迅颇感兴趣的，他认为象征主义在本质上不应当脱离社会现实。鲁迅通过译介厨川白村的《苦闷的象征》，更多地接受了象征主义的影响。欧洲象征派的作品，特别是波特莱尔用象征主义方法写的散文诗，直接影响了鲁迅对《野草》的创作。鲁迅的部分小说中，象征主义的成分也是较为明显的：《狂人日记》《药》《白月光》是现实主义与象征主义相结合的作品，《长明灯》则基本通篇采用象征主义创作方法。

4. 鲁迅提出的文学作品塑造人物的有关技巧。

其一，作品中所写出的人物，必须是作者在心目中充分酝酿后的产物。

其二，要注意写出人物的灵魂来。

其三，采用"杂取种种人，合成一个"的方法来塑造人物。

5. 为了写出人物"灵魂的深"，鲁迅常采用的手法有三种。

第一，画眼睛。这里的画眼睛是一种形象的说法，实际上是指抓住人物最能传

神的因素，以形写神，达到揭示人物灵魂的目的。（《祝福》对祥林嫂眼睛的刻画）

第二，直接揭开人物心灵的秘密。（《阿Q正传》中阿Q的"革命狂想曲"，借人物幻想形成的幻觉，直接展示了阿Q的病态心理和偏狭的"革命"目的。）

第三，用个性化的语言来揭示人物的内心世界。鲁迅曾提及，"高尔基很惊服巴尔扎克小说里对话的巧妙，以为并不描写人物的模样，却能使读者看了对话，便好像目睹了说话的那些人"。

6. "杂取种种人，合成一个"：指对生活中的原型进行一定的艺术集中和概括，即将人物典型化，这样，虽然写出的只是一个，概括进去的却是一群，写出的人物所包蕴的社会意义也更广泛，更能在社会中产生广泛的影响。（鲁迅《阿Q正传》中塑造的阿Q形象，正是采用的这种手法。）

7. 鲁迅对文学创作应该"写什么和怎样写"问题的阐述。

对于"写什么"的问题，鲁迅强调必须写作家自己熟悉的东西，应当从作家独特的生活积累、社会经历和艺术表现能力的现状出发，去确定描写题材，并且作家写自己所熟悉的生活，能写什么就写什么，这与文艺作品反映时代风貌并不矛盾，因为时代风貌可以从不同侧面、不同角度去加以反映，写时代重大题材以及取重大社会矛盾加以直接表现并不是反映时代的唯一途径。例如，30年代中期，由于日本帝国主义的入侵，民族矛盾上升为主要矛盾，有不少人提出，文学要表现抗战，就应该反映"义勇军打仗，学生请愿示威"等，鲁迅认为"这当然是最好的"，但作为具体作品的题材，却"不应该是这样狭窄"，而应该更"广泛得多，广泛到包括描写现在中国各种生活和斗争的意识"。鲁迅坚持认为，应该看各个作者的具体条件，作家"倘不在什么旋涡中，那么，只表现些所见的平常的社会状态也好"。当然，鲁迅提出"能写什么，就写什么"，这只是对文艺创作中"写什么"的基本要求，鲁迅认为这是第一步。同时，任何作者又"不可安于这一点，没有改革，以致沉没了自己"，而应该"逐渐克服了自己的生活和意识看见新路"。尤其是"如果社会状态不同了，那自然也就不固定在一点上"。同时出于丰富文艺创作内容的考虑，鲁迅认为文艺创作的题材应该是多种多样的，从社会欣赏要求来看，也切忌单调。题材的单一，无疑是文艺的"自杀政策"。因此，鲁迅认为，作者除了一方面写自己已经熟悉的生活外，另一方面还应尽可能扩大视野，不断熟悉新的生活，开拓新的题材领域以便能够从多个侧面乃至从正面和全局去反映时代风貌，从而发挥文学"对时代的助力和贡献"，同时也就能够更好地适应社会丰富多样的欣赏要求。

而对于"怎样写"的问题，在某种意义上讲，是指写作技巧的问题。鲁迅很重视文艺创作中的技巧问题，他曾指出，对于技巧，"许多青年艺术家往往忽略了这一点，所以他的作品，表现不出所要表现的内容来。正如作文的人，因为不能修辞，于是也就不能达意"。当然，鲁迅同时也指出："如果内容的充实，不与技巧并进，是很容易陷入徒然玩弄技巧的深坑里去的。"他是将技巧问题与内容的充实摆在同等重要的位置来看待的。鲁迅认为，所谓技巧，最重要的是在于对表现对象有"明确的判断力和表现的能力"。这里的"明确的判断力"，是指对表现对象进行准确观察和研究之后所做出的透彻理解。只有善于观察和研究事物，才会获得"准确的判断力"，从而真正把握自己在作品中所要表现的对象。"表现才能"的获得，按鲁迅的体会，"是由于多看和练习，此外并无心得或方法的"。"凡是已有定评的大作家，他的作品，全部都说明着'应该怎么写'"，从成功的作品中学习和借鉴是丰富自己创作表现力的重要手段之一。但更重要的是必须经过自己的实践和锻炼，并从中总结和积累创作经验，最终形成自己独特的表现技巧。鲁迅自己的创作最能说明这一问题。在最初的创作中他的作品多少受外国作家的影响，但随着不断地创作实践，他的技巧更为圆熟，刻画更加深刻。而具体的创作技巧所包含的内容是丰富而复杂的，就鲁迅谈得较多的人物塑造相关技巧为例，要求：其一，作品中所写到的人物，必须是作者在心目中充分酝酿后的产物；其二，要注意写出人物的灵魂来，鲁迅通常会采用画眼睛、直接揭开人物心灵的秘密和用个性化的人物语言来揭示人物内心世界等方法；其三，采用"杂取种种人，合成一个"的方法来塑造人物。

师探小测

1. （单项选择题）鲁迅论述较多的创作方法是（　　）。
A. 浪漫主义　　B. 现实主义　　C. 象征主义　　D. 现代主义
2. （单项选择题）通篇采用象征主义方法的鲁迅小说是（　　）。
A. 《长明灯》　　B. 《白光》　　C. 《药》　　D. 《狂人日记》
3. （单项选择题）鲁迅曾经翻译过《苦闷的象征》，更多地接受了象征主义的影响，这部作品的原作者是（　　）。
A. 厨川白村　　B. 普列汉诺夫　　C. 爱罗先珂　　D. 卢那察尔斯基
4. （单项选择题）鲁迅的作品集中受波特莱尔的象征主义直接影响的是（　　）。
A. 《野草》　　B. 《朝花夕拾》　　C. 《呐喊》　　D. 《彷徨》

考点二十一：鲁迅的文学文体论

1. 鲁迅在文体选择中出现的文体意识。

诗歌、小说、散文、杂感文等文体形式，在鲁迅的创作中都曾先后被采用过，但他对杂感文特别钟爱。鲁迅对杂感文的选择，充分体现了鲁迅自觉的"文体意识"，应看作是他追求时代性与文学性相统一、"功能意识"与"文体意识"双重价值实现的必然结果。鲁迅独创了杂感文这一文体形式。

2. 鲁迅对新诗文体的思考。

鲁迅之于新诗，在一开始就抱定了一种不彻底介入的态度。但是鲁迅又希望能以新诗助新的白话语言方式的确立，而苦于当时诗坛的寂寞，所以亲自实践。可是很快就退出了新诗创作的队伍。

在鲁迅看来，新诗的形式问题，最基本的方面就在于它的节调和音韵。对于这二者的有意无意地忽略，将会导致新诗的失败。不仅如此，鲁迅还意识到，诗歌这一文学种类，其文体要求的实现事实上还要受制于特殊的时代条件。

3. 鲁迅对小说文体的理解。

鲁迅之于小说，其文体意识是很自觉的。这里有两点值得注意：第一，鲁迅很注重对白话语言的提炼和加工；第二，鲁迅很强调"读得顺口""总希望有人会懂"。这两点都标示了鲁迅的现代白话小说与"五四"那场语言革命的关系。

同时，从文学形式的独特性要求来看，小说也有自身的文体要求，鲁迅对此有着精到的理解。但是鲁迅感觉到，受制于时代条件，小说的文体要求难以完满实现：一方面，鲁迅明知小说自身的文体要求是重形象塑造而忌议论过多，重含蓄而忌直说；但另一方面，在实际的创作中，鲁迅自己似乎很难摆脱议论与直说。在鲁迅的小说创作中，议论性笔调是比较明显的，尤其是他最初的小说。

鲁迅在小说创作中摆脱不了非文体化倾向的原因与时代条件以及鲁迅受制于时代而从理性出发形成的"功能意识"密切相关：面对当时的环境、当时的读者需求、普遍的社会心理，文学的第一位的任务不在于自身的艺术要求以及文体要求的实现，而在于直剖明示地反映时代的内容和民众的呼声。

4. 鲁迅在批评《官场现形记》等清末谴责小说艺术上的不足时，主要指出了它们的"辞气浮露，笔无藏锋，甚且过甚其辞，已合时人之嗜好"的缺点；在批评《二十年目睹之怪现状》艺术上的不足时，主要是指出了它们的"描写失之张皇，时或伤于溢恶，言违真实，则感人之力顿微"的缺点，这里所谓的"辞气浮露，笔无藏锋"和"伤于溢恶"，都是指出了这些小说过于直说，过多议论，而少形象、不含蓄的弊病。鲁迅曾高度赞扬《儒林外史》在"指摘时弊"方面的成就，却避免了直说、议论等小说文体之大忌："无一贬词，而情伪毕露，诚微辞之妙选，亦狙击之辣手矣。"

5. 在鲁迅的小说创作中，议论性笔调是比较明显的，尤其是他最初的小说创作。例如，《狂人日记》中，几乎通篇都是狂人对历史和现实中"吃人"现象的直语式的抨击；《阿Q正传》第一章"序"中用讥讽的语言对国粹派做风趣、诙谐的嘲笑；《端午节》中方玄绰对"索薪""亲领"的大段牢骚性议论；《兔和猫》中对造物主的"将生命造得太滥，毁得太滥"的责备性议论；尤其是《头发的故事》，全篇都是借"N先生"之口直接发表议论。

6. 鲁迅对杂感文文体特点的论述。

杂感文是鲁迅独创的一种文学形式，以其"议论"为主要特征，注重的是"理趣"，是思维的理性化、陈述的直接性和行文的逻辑性，等等。这些文体特征，要求用于杂感文的语言也必须相应地具有直语性、精确性、明示性、界定性。

鲁迅对于杂感文的理性化、直语性、逻辑性等特点有过诸多议论。他曾说，自己的杂感文"凡有所说所写，只是就平日见闻的事理里面，取一点心以为然的东西"，这是突出杂感文的"理趣"特征。

杂感文形式成了鲁迅努力追寻"功能意识"与"文体意识"双重价值实现的一条途径，既有助于巩固五四初期语言革命的成果，又在最大程度上避免了因强调语言的明确性而可能给文学带来的不利影响。

师探小测

1.（填空题）在文体选择中，鲁迅对_____特别钟爱，不仅创作数量庞大，而且最终几乎舍弃了其他文学样式。

2.（单项选择题）既有助于巩固五四初期语言革命的成果，又在最大程度上避免了因强调语言的明确性而可能给文学带来不利影响的文体是（　　）。

　　A. 小说　　　　B. 散文　　　　C. 诗歌　　　　D. 杂感文

3.（单项选择题）鲁迅说自己的杂感文"凡有所说所写，只是就平日见闻的事理里面，取一点心以为然的道理"，这里突出的杂感文的特征是（　　）。

　　A. 议论　　　　B. 明示　　　　C. 理趣　　　　D. 幽默

4.（单项选择题）鲁迅给予《儒林外史》很高的赞誉，认为其（　　）。

　　A."盛陈祸福，专主惩戒"　　　　B."指摘时弊，抨击习俗"

　　C."提挈经训，诛锄美辞"　　　　D."辞气浮露，笔无藏锋"

5.（单项选择题）鲁迅认为有"辞气浮露，笔无藏锋，甚且过甚其辞，以合时人之嗜好"缺点的小说是（　　）。

　　A.《儒林外史》　　　　　　　　B.《官场现形记》

　　C.《二十年目睹之怪现状》　　　D.《孽海花》

考点二十二：鲁迅的文学欣赏论

1. 鲁迅对读者在文学欣赏活动中作用的阐释。

作者写出作品，目的是要给人看，是试图通过作品与读者进行情感的交流。

要使文学作品的潜在价值变为现实价值，必须经过读者的阅读和欣赏。由此，鲁迅提出了"作者和读者互相为因果"的命题，所谓作者与读者互为因果，在某种程度上可以说读者的一方更为重要，它往往能够起到左右文学发展的作用。

<u>重视读者，是鲁迅文学欣赏的核心</u>，最突出地表现为对读者负责。他自己创作时，注意时时从读者的角度去考虑问题，并且为读者的大多数着想，还常常依据普遍的读者的审美要求做相应的调整。

2. 鲁迅对"<u>趣味</u>"在文学欣赏活动中作用的强调。

鲁迅认为，谈欣赏，必须理直气壮地讲"趣味"。欣赏是读者自愿的心灵活动，使读者进入欣赏状态的是趣味。作者尊重读者，首先应是尊重读者的趣味，而不能采用任何强制性的方法让读者去接受其作品。鲁迅指出："看客的去舍，是没法强制的，他若不要看，连拖也无益。"

但他同时指出，"迎合大众，媚悦大众"是"不会于大众有益"的，尤其是对一些不正确的欣赏态度和不健康的欣赏趣味，作家不但不能迎合，而且还应对之开展批评和引导。

3. 鲁迅对文学欣赏活动中读者的艺术"<u>再创造</u>"问题的论述。

鲁迅认为，应该正视文学欣赏活动中读者的艺术"再创造"，因为欣赏者正是在这种"再创造"中感受到艺术欣赏的乐趣，与作者"一样的感受到创作的欢喜"。因此，尊重读者，重视读者，实际上也应包括对读者欣赏过程中的艺术再创作能力的尊重和重视。

"巴尔扎克的小胡须的清瘦的老人，到了高尔基的头里，也许就变成了粗蛮壮大的络腮胡子。"这体现了文学欣赏中读者的再创造。

鲁迅希望文学作品能贴近读者，引发读者的参与意识，但却很<u>反对读者对作品的过于"钻入"</u>，鲁迅曾列举过种种过于"钻入"的表现，主要有三个方面：

其一，自充作品中的角色。（"所以青年看《红楼梦》，便以宝玉、黛玉自居；而年老人看去，又多占据了贾政管束宝玉的身份，满心是利害的打算，别的什么也看不见了。"）

其二，按图索骥，视文学作品为实录。（"只求没有破绽，那就以看新闻记事为宜，对于文艺，活该幻灭。而其幻灭也不足惜，因为这不是真的幻灭，正如查不出大观园的遗迹而不满足于《红楼梦》相同。"）

其三，视文学作品为泼秽水的器具。（鲁迅的《阿Q正传》曾使一些人坐立不安，以为自己就是这篇小说的讽刺对象。）

4. 鲁迅对文学欣赏的<u>复杂性和差异性</u>问题的阐述。

文学欣赏在某种意义上是读者的艺术"再创造"的活动，所以在对具体文学作品的欣赏中，也常常会出现仁者见仁、智者见智的复杂性和差异性。鲁迅指出，由于读者所处的时代、环境、地位不同，以及读者经历、心境、欣赏习惯、艺术偏好、审美趣味等的不同，便会形成欣赏效果的差异。

鲁迅指出欣赏活动的复杂性和差异性，首先是为了让作者能针对不同的读者层次，写出"种种难易不同的文艺"，但同时鲁迅也认为，应该正确分析读者欣赏效果差异的原因，从而创造条件让更多的读者能够欣赏真正的艺术。为此，他也向读者提出了相应的要求，因为欣赏活动的主体是读者，读者并不是被动地接受作品，读者自身也必须具备相应的条件，否则便难以进入文学欣赏的状态中去。

5. 鲁迅文学欣赏活动的主要特点：
（1）对文学欣赏主体的重视和尊重。
（2）强调"趣味"在文学欣赏活动中的作用。
（3）正视文学欣赏活动中读者的艺术"再创造"。
（4）把握文学欣赏的复杂性和差异性。

师探小测

1.（单项选择题）鲁迅指出："看客的去舍，是没法强制，他若不要看，连拖也无益。"这说明鲁迅重视读者的（　　）。
　　A. 趣味性　　　B. 主体性　　　C. 主动性　　　D. 指导性

2.（单项选择题）"巴尔扎克的小胡须的清瘦的老人，到了高尔基的头里，也许就变成了粗蛮壮大的络腮胡子。"这体现了文学欣赏中读者的（　　）。
　　A. 再创造　　　B. 趣味　　　　C. 体验　　　　D. 比对

3.（填空题）欣赏是读者自愿的心灵活动，使读者进入欣赏状态的是_____。

4.（单项选择题）下列不属于鲁迅认为"钻入"的表现的是（　　）。
　　A. 自充作品中的角色
　　B. 按图索骥，视文学作品为实录
　　C. 视文学作品为泼秽水的器具
　　D. 参与艺术作品的"再创造"

考点二十三：鲁迅的文学批评论

1. 鲁迅对文学批评作用的论述。

鲁迅十分重视文学批评的作用，他认为，"文艺必须有批评"，"必须更有真切的批评，这才是真的新文艺和新批评产生的希望"。这里，鲁迅是把文艺批评与文艺创作摆在同等重要的地位来看待的。

鲁迅认为，文学批评可以帮助读者进行选择，可以帮助读者深入理解那些有益的文学作品的思想意义和艺术价值。并进而指出，文学批评不仅对于读者来说是重要的，而且对于作家来说也是必不可少的。好的文学批评之于作家，是"很有可以借鉴之处"的。

同时，文学批评之于文学发展的意义是体现在各个方面的，不仅是文学作品内容的好坏，需有正确的真切的批评来加以匡正、提倡、引导，而且文学的"形式的探求"，除"必须艺术学徒的努力的实践"外，"理论家或批评家是同有指导、评论、商量的责任的"。文学翻译工作也是如此。

2. 鲁迅对文学批评任务的论述。

鲁迅曾说，他"所希望于批评家的，实在有三点：一，指出坏的；二，奖励好的；三，倘没有，则较好的也可以"。这里所谈及的，正是文学批评的任务。说到底，文学批评的任务就是通过揭示文学作品的美点和缺点，从而达到促进文学健康发展的目的。同时，文学批评的任务不仅是指批评家对作家作品的批评，它还应该包括作家的"反批评"。

3. 鲁迅对批评家应有的科学态度的阐述。

鲁迅大力提倡"真切的批评"，并坚决主张在文学批评中必须坚持实事求是的态度。

对于批评中的实事求是，他指出：（1）批评家要抱着严肃认真的态度，有独立的自主意识，要敢于讲真话，鲁迅不赞成那种"不关痛痒的文章"。（2）在提倡论争的同时，也提出了论争中批评家应实事求是，并无卑劣行为的问题。（3）鲁迅批评过种种"浅薄卑劣荒谬"的批评态度，其中最为突出的是乱捧和乱骂式的批评，因为"乱骂与乱捧"都会使批评失了威力。（4）鲁迅尤其痛恨那些"在嫩苗的地上驰马"的"恶意的批评家"，称赞那些甘作护花泥土的批评家为"不容易做"的"艰苦卓绝者"。他主张，对文学新人的新作，批评家应尽可能持宽容的态度。因此，在培养文学新人方面，他一方面亲自做大量工作，另一方面也希望广大文学批评家能有实事求是的批评态度，希望文学批评家能够起到助文学新人成长、发展的作用。

4. 鲁迅对文学批评标准的论述。

关于文学批评标准的问题，鲁迅强调两点：一是强调文学批评必须依据一定的标准；二是强调文学批评标准的正确性要求。

在论及文艺批评标准时，鲁迅首先强调的是批评家的定见和批评标准的明晰性、确定性。

在鲁迅看来，能否正确使用批评标准，起码可以从两个方面来考察：一是看使用标准的批评家本身的素质如何，他是否有锐利的眼光，是否有使用该标准所相应要求的修养；二是看使用的标准与批评对象是否契合。

另外，批评标准的取用与批评对象是否契合，这也是一个不应忽略的问题。

5. 鲁迅主张的文学批评方法。

（1）全面地看问题：鲁迅强调全面了解作家、作品的重要性，指出了"选本"的局限性；指出陶渊明"除论客所佩服的'悠然见南山'之外，也还有'精卫衔微木，将以填沧海。刑天舞干戚，猛志固常在'之类的'金刚怒目'式，在证明他并非整天整夜的飘飘然"。

（2）历史地看问题："想要研究某一时代的文学，至少要知道作者的环境"，要了解作者"所处的社会状态"，还要"从文学史上看看他在史上的位置"。

（3）辩证地看问题："倘要完全的书，天下可读的书怕要绝无，倘要完全第二，天下配活的人也就有限。"文学批评对于作家和作品不能"求全责备"。

（4）有比较地看问题：鲁迅曾以识别金子为例，他说，有人"常常误认一种硫化铜为金矿，空口和他说不明白的，或者还会赶紧藏起，疑心你要白骗他的宝贝。但如果遇到一点真的金矿，只要用手掂一掂轻重，他就死心塌地明白了"。鲁迅列举了两种比较的方法：一种是取公认的、经过历史检验的优秀的作品，作为自己所要批评的作品的参照系；另一种是取其他一般的作品为参照系。

师探小测

1.（单项选择题）反对求全责备，体现了鲁迅文学批评观的（　　）。
A. 历史性　　　B. 全面性　　　C. 辩证性　　　D. 比较性

2.（填空题）鲁迅认为文学批评的任务不仅是指批评家对作家作品的批评，它还应该包括作家的_____。

3.（填空题）鲁迅充分意识到文学批评的重要性，同时又分明看到了文学批评现状的不尽如人意，因此他大力地提倡_____。

4.（单项选择题）鲁迅说，有人"常常误认一种硫化铜为金矿，空口是和他说不明白的，或者还会赶紧藏起，疑心你要白骗他的宝贝。但如果遇到一点真的金矿，只要用手掂一掂轻重，他就死心塌地明白了"。这表现了鲁迅对文学批评中看待问题的（　　）。
A. 全面性　　　B. 历史性　　　C. 比较性　　　D. 辩证性

师探小测·参考答案

考点十八：鲁迅的文艺本质论

1. A　2. D　3. 社会功利性　4. B　5. A

考点十九：鲁迅对艺术美的基本形态所作的阐释

1. D 2. 笑中有刺 3. C

4. 首先，他认为喜剧描写的对象是"无价值"的东西。

其次，鲁迅在指出喜剧对象的"无价值"的同时，还通过探求分析指出了之所以"无价值"的原因。

再次，鲁迅还指出，喜剧对象的独特性在于它不是赤裸裸地丑化事物，而是"把自己的过错加以隐瞒而勉强作出一派正经的面孔"，即以假象掩盖丑恶本质的事物、事情。

最后，鲁迅指出，揭穿"伪善"假象，是喜剧的任务。

考点二十：鲁迅的文艺创作论

1. B 2. A 3. A 4. A

考点二十一：鲁迅的文学文体论

1. 杂感文 2. D 3. C 4. B 5. B

考点二十二：鲁迅的文学欣赏论

1. A 2. A 3. 趣味 4. D

考点二十三：鲁迅的文学批评论

1. C 2. 反批评 3. 真切地批评 4. C

第五章　鲁迅的小说

考点二十四：鲁迅小说的文学史地位

1. 鲁迅创作白话小说之前的小说创作概况。

（1）1903 年，鲁迅在日本留学时，翻译了文言小说《斯巴达之魂》，但有一定的创作成分。作品描写了古希腊城市国家斯巴达国王带领市民及同盟军英勇抗敌的故事，歌颂了他们反抗外来侵略的尚武精神，充满着激越情调和悲壮气氛，显示出明显的浪漫主义倾向。这篇小说中最早提到了"国民"二字。

（2）1911 年冬，鲁迅创作了文言小说《怀旧》。小说描写地主金耀宗与私塾先生仰圣，在"长毛"即将来到时所表现出的种种丑态，初步显示了鲁迅反封建的战斗精神与善于讽刺的艺术个性。

2. 鲁迅用白话文创作小说开始于1918 年 5 月。其取材于现实生活的作品，结集为《呐喊》和《彷徨》；后来所写的取材于历史、神话和传说的作品，则结集为《故事新编》。

3. 鲁迅小说的文学史地位。

鲁迅的小说应时而生，在很短的时间里，在思想与艺术两方面都标志着中国现代小说的成熟，登上了世界小说艺术的峰峦，对我国现代小说的产生、成熟与发展产生了重大的影响。

鲁迅自评："《狂人日记》《孔乙己》《药》等，陆续地出现了，算是显示了'文学革命'的实绩。"

郑振铎评：在现代文学发展的第一个十年中，小说创作发展很快，但只有鲁迅的诸作始终无人能够超越。

胡适评：这一时期的小说创作"以鲁迅的成绩最大"。

3. 鲁迅小说创作的历史使命感。

鲁迅小说肩负起以文学推动历史前进的伟大使命。

首先，鲁迅更新了小说观念，确立了利用小说"来改造社会"的创作目的。

其次，鲁迅的小说是彻底地面向现实的。

再次，鲁迅的小说传达着时代的最强音。

4. 鲁迅小说在形成我国现实主义文学主潮方面的贡献与特点。

鲁迅对我国现实主义文学思潮、流派的形成起了主帅作用，他是这一文学思潮、流派的奠基者与旗手。不过，鲁迅的现实主义还有他独特的表现形态。

现实主义要求作家按照生活的本来面目客观地再现生活。在这一方面，鲁迅表现出异常的冷静。他的小说，尽管同时描写了"上流社会的堕落和下流社会的不幸"，但其着眼点主要是后者。在他的笔下，出现得更多的是作为生活主体的劳苦大众，不幸的妇女，下层的知识分子，等等。特别值得指出的是，在当时绝大多数作品热衷于描写青年婚姻恋爱题材的情况下，鲁迅率先将农民作为自己小说创作的主要对象，这无疑具有开创意义。鲁迅写这些凡人凡事，似乎信手拈来，不猎奇、不做作、不修饰，如实、客观地再现了生活的本色；即便写深重的悲剧，也属"几乎无事的悲剧"。

现实主义并非绝对的客观主义，它不是要求作家对生活不做评判，而是限制作家主见的外露，情感的外溢，要求将主观的判断隐藏于客观的描写之中。在这方面鲁迅表现出的对生活的理解特别清醒，充满理性，但又伴随着沉重的感情。他对封建制度与礼教本质的揭露，高屋建瓴，义愤填膺；他对劳苦大众既哀其不幸，更怒其不争，这种含泪的"哀"与"怒"蕴蓄深沉，发人深思；他对活跃而动摇的"新式"知识阶层，既不是单纯的肯定或嘲讽，又不是为之哀哀切切，而是在作品所描写的主、客观的交会点上，殷切地表现其寻求人生道路的惶惑和苦恼。

现实主义强调刻画典型环境中的典型人物。鲁迅的小说，成功地刻画了阿Q等一群出色的人物形象，他们性格鲜明、独特而又有极大的普遍意义。鲁迅为这些人物提供了一个赖以生存的典型环境。他笔下的鲁镇、未庄，其经济状况、生活方式、人际关系、文化氛围、风情习俗等，无不真实地再现了"老中国"的本相。鲁迅笔下的人物就是这"老中国的儿女"。

鲁迅虽然是我国现代文学中现实主义的奠基者和旗手，但他的现实主义并不是封闭的，而是开放的，具有很大的包容性。鲁迅早期曾钟情于浪漫主义，曾热烈地赞美过一批外国的浪漫主义作家。1903年创作的《斯巴达之魂》充满着激越情调和悲壮气氛，显示出明显的浪漫主义倾向。从《狂人日记》起，尽管基调是现实主义的，但并不意味着其中全无浪漫主义的因素。除了浪漫主义，鲁迅对象征主义也颇有兴趣：阅读过许多外国象征主义作家的作品，在自己的小说创作中也糅进了不少象征主义的成分。他的开篇之作《狂人日记》运用有关"迫害狂"的精神病学知识和象征手法，对封建社会、封建礼教"吃人"本质的理性思考表现得鲜明生动、鲜血淋漓。

尽管我国现代文学史上出现过各种思潮与流派，但是，现实主义一直是其主流。鲁迅小说所特有的质朴、清醒深沉，使他的现实主义在我国现代文学史上大放异彩，影响及于几代作家。

5. 鲁迅对创作崭新的中国现代小说艺术的贡献。

鲁迅小说对我国传统小说艺术实现了大突破，创造了崭新的中国现代小说艺术。

<u>首先，在人物与故事关系上，鲁迅的小说突破了传统短篇小说的格局。</u>他的小说淡化情节，注重对人物性格的刻画，完成了从情节小说向性格小说的转化。他的许多作品，特别是《狂人日记》《孔乙己》《在酒楼上》等，故事极为简单平淡，但人物却令读者久久难忘。

其次，在艺术手法上，鲁迅"博采众家，取其所长"，他的小说综合运用了中西方小说的艺术技巧，从作品内容出发，灵活而多变，有的截取生活的横断面，有的直现生活的纵剖面，有的多用对话，有的近于速写，有的采用由主人公自述的日记、手记体，有的采用由见证人回述的第一人称，有的则完全采用由作者进行客观描写的第三人称，等等。

再次，在小说语言上，鲁迅小说彻底地摆脱文言，改用白话，形成了独特的风格。

师探小测

1. （单项选择题）最早提到"国民"的鲁迅作品是（   ）。

A.《斯巴达之魂》　　　　　　B.《摩罗诗力说》
C.《文化偏至论》　　　　　　D.《论睁了眼看》

2. （单项选择题）创作于1903年，充满着激越情调和悲壮气氛，显示出明显的浪漫主义倾向的鲁迅作品是（   ）。

A.《湘灵歌》　　B.《斯巴达之魂》　C.《春末闲谈》　　D.《灯下漫笔》

3. （简答题）鲁迅小说创作的历史使命感有哪些？

考点二十五：《呐喊》《彷徨》的思想内容

1. 《呐喊》：《呐喊》收入了鲁迅1918年至1922年所写的14篇小说。鲁迅把这个集子题为《呐喊》，意思是指他受新文化运动的鼓舞，听"前驱者"的"将领"而"呐喊几声"。《呐喊》中的小说具有充沛的反封建的热情，与"五四"的时代精神一致，表现了文化革新和思想启蒙的特色。这些作品尖锐地揭露了宗法制度和封建文化传统的弊害，描写了劳动人民命运特别是农民命运的不幸，揭示了旧民主主义革命失败的历史教训。

2. 《彷徨》：《彷徨》收入了鲁迅1924年至1925年所写的11篇小说。《彷徨》的反封建内容与《呐喊》相承续，艺术上则更加成熟。这些作品在对旧制度、旧传统进行更加细致揭露的同时，比较集中地描写了在历史变动中挣扎沉浮的知识分子的命运，以及他们的软弱、动摇和孤独、颓唐的思想性格弱点。

3. 《呐喊》初版时收入15篇，1930年1月第13次印刷时将《不周山》抽出，后转入《故事新编》，改题《补天》。

4. 就影响而言《呐喊》大于《彷徨》，就艺术成就而言《彷徨》高于《呐喊》。

5. 鲁迅后来所写的《题〈彷徨〉》一诗充分表现并准确阐释了"彷徨"之感："寂寞新文苑，平安旧战场。两间余一卒，荷戟独彷徨。"这也便是《彷徨》的题意。

6. 《呐喊》《彷徨》的主题和思想内容。

（1）深刻揭露封建制度、封建礼教"吃人"的本质。

这一主题集中表现在《呐喊》的开篇之作《狂人日记》里。

《狂人日记》"吃人"主题在《呐喊》《彷徨》其他各篇中，从各个不同的角度或侧面得到了延伸与扩展。从"吃人"的手段来说，有用"钢刀子"杀人的，也有用"软刀子杀人"的；就"吃"的对象来说，鲁迅展现了广泛的社会阶层和多样的人物的悲剧命运：《孔乙己》和《白光》展示了封建社会下层旧式知识分子被封建科举制度所"吃"的命运，《阿Q正传》《药》《故乡》《明天》《祝福》等篇广泛地描写了各类劳苦大众被"软刀子"杀害的残酷情景。

论及劳苦大众被"吃"的命运时，不能不特别注意鲁迅笔下的劳动妇女。由"节烈"引发出来的悲剧，在旧中国常演不断。《明天》里的主人公单四嫂子体现了寡妇"守节"的悲剧，《祝福》中的祥林嫂体现了寡妇"失节"的悲剧。

（2）对劳动人民"哀其不幸，怒其不争"，尖锐地指出改造国民性的紧迫性。

据茅盾统计，1920年第二季发表的小说，98%都是描写青年婚姻恋爱的，然而《呐喊》中竟无一篇描写青年恋爱的故事，绝大多数描写的是劳动农民，在《彷徨》中，这一题材仍然占有一定的比例。鲁迅的小说在描写劳动农民题材方面具有开创之功。

（3）努力探索知识分子的人生道路。

宽泛地说，鲁迅小说中的知识分子大体可以分为旧式与新式两大系列。

旧式系列是封建型的知识分子，又可分为两类：一类是封建文化卫道者、文化流氓之类，另一类是封建科举制度的崇拜者和殉葬品。属于新式系列的是一批形形色色的小资产阶级知识分子，这是鲁迅主要描写的对象。

鲁迅的关于知识分子题材的小说具有以下两个鲜明特点。

第一，鲁迅笔下的这些知识分子形象大多是悲剧形象。

第二，鲁迅的这些小说具有鲜明的"寻路"的特点。

7. 鲁迅在小说中关心农民命运的原因：首先，中国是个农业大国，农民是中华民族的主体，他们的生活状况、精神面貌直接关系着中华民族的前途，自小就忧国忧民的鲁迅必然对他们特别关注；其次，鲁迅从少年时期起就与农民有较多接触，与农家孩子建立了友谊，对农民的状况尤其是他们的不幸与痛苦深有体会。

8. 鲁迅的劳动人民题材小说的特点。

鲁迅在描写劳动农民时表现出了独特的视角。

其一，鲁迅在描写劳动人民不幸命运时，不仅同情他们生活的贫困，更主要的是揭露他们精神上所受的毒害，他们的愚昧、麻木、不思抗争；既"哀其不幸"，更"怒其不争"。而且，鲁迅发现农民的这种愚昧、麻木、不思抗争带有极大的普遍性，体现着整个中华民族的精神。因此，鲁迅在表现劳动人民的不觉悟时，往往将其与改造国民性的问题联系起来。

其二，鲁迅的小说在描写农民"不幸""不争"的时候，常常与对资产阶级领导的旧民主主义革命的批判联系在一起。这样一方面便于从群众对革命的认识与态度的角度，揭示劳动人民的不觉悟，另一方面便于抓住革命者对群众的态度这一要害问题，总结辛亥革命的经验教训，进而探索有效的革命道路。

9. 鲁迅小说把新型知识分子作为重要描写对象的原因。

首先，因为这个特殊的社会阶层反映出诸多的时代动向。

其次，鲁迅早年就呼唤"精神界之战士"，这种"战士"主要出自知识分子阶层。

再次，"五四"前后活跃在鲁迅身边的正是知识分子阶层，鲁迅对他们的了解非常深刻。

10. 鲁迅小说中的知识分子形象两大系列。

鲁迅小说中的知识分子大体可以分为旧式与新式两大系列。

旧式系列是封建型的知识分子，又可分为两类：一类是封建文化卫道者、文化流氓之类，如《肥皂》中的四铭、《高老夫子》中的高干亭等；另一类是封建科举制度的崇拜者和殉葬品，如《孔乙己》中的孔乙己、《白光》中的陈士成等。

属于新式系列的是一批形形色色的小资产阶级知识分子，这是鲁迅主要描写的对象。这一系列的知识分子情况不一，面貌各异，反映了那个时代的许多动向与信息。

11. 鲁迅新型知识分子题材小说的特点。

第一，鲁迅笔下的这些知识分子形象大多是悲剧形象。他们曾感受到时代精神，有理想、有追求，是反封建的思想革命的积极力量。但是，黑暗的社会、丑恶的现实将他们的理想扼杀、毁灭，其结局多是可悲的。

第二，鲁迅这些小说具有鲜明的"寻路"的特点。鲁迅在表现客观社会给知识分子造成悲剧的同时，更侧重于对知识分子自身的思想状况和人生态度做冷静的、深刻的描写和考察，在主客观的结合点上，在种种不同人生态度的对比中，寻求知识分子正确的人生道路。

12. 鲁迅小说对辛亥革命前后社会生活的描写与思考。

资产阶级革命党人的革命愿望与热情固然值得肯定，但他们对革命敌人的斗争很不彻底，又未能放手发动群众，以至这场革命未能给中国带来大的变动，反动势力时时都有复辟的可能；而广大民众对自身命运、对国家大事漠不关心，茫然无知，他们贫穷、愚钝，但又麻木、健忘而且自尊，永远安于闭塞、沉闷、贫困、落后。

13. 鲁迅小说对新型知识分子走入人生"歧途"与"穷途"的态度的描写与思考。

许多人遇到这两关"歧途"与"穷途"往往大哭而返，但鲁迅表示不管遇到何种难关，他总是要择路而走，而且他对世上是否真有所谓"穷途"是怀疑的。他的这一组小说，就形象地展示了知识分子面对人生长途上的"难关时"所做的种种选择以及由此而造成的悲喜剧。

师探小测

1. 鲁迅第一部小说集《呐喊》的出版时间是（　　）。
A. 1924 年　　　B. 1922 年　　　C. 1923 年　　　D. 1925 年

2.（名词解释）《呐喊》

3.（简答题）简述鲁迅小说《呐喊》《彷徨》的主要思想内容。

考点二十六:《呐喊》《彷徨》的艺术成就

1. 鲁迅小说的艺术成就。
（1）在总体构思上选材严、开掘深,作品简洁而凝重。
（2）在人物刻画上,"杂取种种人","烂熟于心",塑造了出色的艺术典型。
（3）情节结构单纯质朴而又灵活多变。
（4）艺术手法以传神的白描为主,富有民族特色。
（5）作品语言简朴,含蓄而又幽默。
（6）悲、喜剧因素奇妙的融合。

2. 鲁迅小说深入开掘主题的经验。

鲁迅在《关于小说题材的通信》中说:"选材要严,开掘要深,不可将一点琐屑的没有意思的事故,便填成一篇,以创作丰富自乐。"

（1）由于鲁迅创作小说出于严肃的"改良社会"的目的,而且鲁迅是个严谨的脚踏实地者,所以他在创作小说时必然严格地选取与"改良社会"直接相关的题材。

（2）鲁迅善于选择最佳角度,向纵深开掘。面对黑暗、残忍的封建社会,他的目光集中于封建精神统治的罪恶。

（3）鲁迅往往将平凡的故事摆在重大的背景下加以考察。正如法捷耶夫所说:"鲁迅是短篇小说的能手。他善于简短地、明了地、朴素地把思想形象化,以插曲表演大的事件。"《药》《阿Q正传》《风波》《端午节》等,不仅避免了就事论事的描写,开掘出民众"不争"的觉悟问题,而且巧妙地将其与辛亥革命挂上了钩。

（4）鲁迅非常注意对"老中国"社会人情世态的描写。在鲁迅的小说里,我们所看到的"鲁镇""未庄"和"吉光屯"都是一片死气沉沉,这种对社会世态的描写,使得故事更有历史感和社会性,显示出了非凡的思想力量。

（5）有时还运用象征手法,使作品更为意味无穷,令人读后触目惊心。《药》中华、夏两个普通家庭的悲剧,使人们联想到我们古老的华夏民族的大悲剧,并以阴冷的气氛使人战栗。

由于鲁迅选材严格,深入挖掘,使作品显得特别简洁而凝重,虽貌似平淡,但其味无穷。

3. 人物塑造。

《呐喊》《彷徨》主要刻画了三个系列的人物形象,每个系列都有一批出色的人物形象。其一,封建统治阶级的各色人等,如鲁四老爷、赵太爷、四铭等;其二,劳动人民,其中以阿Q、祥林嫂、爱姑、九斤老太等形象最为出色;其三,知识分子,孔乙己、狂人、吕纬甫、魏连殳、涓生、子君等便是其中塑造得最为成功的形象。

4. 白描手法。

（1）贯穿于鲁迅小说中种种艺术手法之中的手法：传神的白描。

（2）鲁迅在《我怎么做起小说来》中说："要极省俭的画出一个人的特点，最好是画他的眼睛……"人们习惯于用"画眼睛"表示传神的手法。

（3）鲁迅小说白描、传神手法的表现。

在人物刻画上，人物的主导性格特征便是"神"。由于鲁迅总能把握、突出这"神"，所以鲁迅笔下的人物个个都生龙活虎，栩栩如生。鲁迅在对具体的事件、细节、相貌、动作、心理乃至梦境等进行具体描写时，总是不铺张、不虚饰，而以简朴的文字，寥寥数笔，即显示出人物主要的性格特征，传出其"神"。

鲁迅小说的背景描写，文字不多，不长，十分简练，像水墨画，淡淡几笔，不仅展现了人物活动的环境，更渲染了气氛，烘托了心情。

传神的白描手法的广泛运用，使《呐喊》《彷徨》显得特别朴素、简洁，富有民族特色。

师探小测

1.（简答题）简述鲁迅小说的艺术成就。

考点二十七：《故事新编》

1.《故事新编》：《故事新编》共收小说 8 篇，写作时间是从 1922 年到 1935 年。其中《补天》《奔月》《铸剑》三篇写于 1922 年至 1926 年，属于鲁迅的前期作品；《理水》《采薇》《出关》《非攻》和《起死》五篇写于 1934 年至 1935 年，是鲁迅后期之作。

2. 学术界对《故事新编》文体性质的几种意见：其一，认为《故事新编》不是历史小说，而是以"故事"形式写的讽刺现实的杂文、寓言、小品，是卓越的讽刺文学；其二，认为《故事新编》是历史小说；其三，认为《故事新编》是"故"事"新"编。

3. 前期 3 篇作品《补天》《奔月》《铸剑》的共同主题。

《补天》作于1922年冬天，原名《不周山》，取材于女娲开天辟地，以黄土抟人、采石补天的神话。小说细致地描写女娲创造了人类，而后人类却互相残杀，共工与颛顼争权夺利，共工败，怒触不周山，天柱为之折断。女娲只得再"炼石补天"，苦心经营地修补世界。作者着重描写了女娲进行创造工作时的辛苦和喜悦，借助女娲这个形象，热情赞颂了中国古代人民的劳动创造精神和创造毅力。

　　而《奔月》与《铸剑》均写于1926年岁末，是鲁迅经历了"女师大"学潮和"三一八"惨案，离京南下后，在厦门和广州写成的。

　　《奔月》取材于民间流传的嫦娥奔月的神话，以传说中的一个善射的英雄夷羿作为小说的主人公。据说尧的时候，十日并出，民不聊生。于是尧命羿射九日，杀尽野兽，为民除害。鲁迅据此题材，对羿这个人物进行了再创造，一方面表现了他惊人的射箭本领和英雄气概，另一方面则描绘了他在功成业就之后的寂寞与孤独。小说突出的不是羿的成功，而是他完成历史功绩后的落魄。小说还塑造了羿的对立面形象：一个贪图安乐的妻子嫦娥和一个忘恩负义、"干着剪径的玩艺儿"的学生逢蒙。作品突出了羿勇敢豪迈的性格，虽然寂寞孤独，但并不悲观，而且渴望着战斗。

　　《铸剑》取材于古代一个动人的复仇故事。眉间尺的父亲是一位有名的铸剑师，在奉命为大王铸剑的任务完成之日，被多疑而残忍的大王杀害。他有预见，只给了大王一把雌剑，而为已怀孕的妻子留下一把雄剑，让未来的儿子为自己复仇。在复仇过程中，眉间尺得一黑衣义士宴之敖者舍命相助，他们用自己的头颅来反抗暴政，向国王讨还血债，最后与统治者同归于尽。小说在描写眉间尺的复仇行为时，着力描写了黑衣人宴之敖者的冷峻，令人战栗的冷峻。他是一个久经锻炼的侠者，他的全部精力集中在一个目标上，就是要为一切遭受苦难的人民复仇。《铸剑》作于"三一八"惨案约半年之后，惨案的血痕使鲁迅总结出"血债必须用同物偿还"的经验。从辛亥革命的酝酿起直至它的失败，鲁迅目睹了不少革命者流的血，从而萌生出顽强的复仇意志，这也是鲁迅思想性格的一个重要特点。

　　综上所述，前期所写的三篇历史小说《补天》《奔月》《铸剑》主要是通过"改造"古代的神话传说，歌颂了古代劳动人民伟大的创造精神和复仇精神。赞扬了那些淳朴、正直、坚强的英雄人物，同时也无情地嘲笑和鞭挞了现实生活中的市侩习气和庸俗作风等。

　　4. 后期五篇小说中，《非攻》与《理水》是歌颂性的小说，《采薇》《出关》与《起死》三篇以批判为主，是用历史小说的形式来进行深刻的社会批判。

　　5.《故事新编》的写作特点。

　　（1）既依据古籍又容纳现代。

　　（2）赋予古人以活的形象。

　　（3）运用"油滑"手段，在穿插性的喜剧人物身上赋予现代化的细节，以起

"借古讽今"之效。

6.《故事新编》中的"油滑"的利弊。

(1)"油滑"之利。

首先,这些糅入古人古事中的现代细节可以借古讽今,引发人们对现实生活中丑恶、迂腐的现象和人物的憎恶。

其次,创造了独特的艺术效果,在历史小说的体裁上也不失为一种有益的探索。

(2)"油滑"之弊。

其一,作为历史小说,其现实战斗性主要在于主题对现实的渗透与深入,而不在于让一些人物、细节游离于古代环境之外,生硬地与现实"接轨",否则就失之于浅。

其二,神话、传说、历史题材与过多的明明白白的生活细节混杂,有损艺术的完整性,冲淡了典型环境与主要人物性格的关系。

师探小测

1.（简答题）简述《故事新编》的写作特点。

2.（简答题）简述鲁迅历史小说《故事新编》"油滑"手法的利与弊。

考点二十八：《狂人日记》

1. 1918年5月,《狂人日记》发表于《新青年》,是中国新文学史上的第一篇白话小说。

2.《狂人日记》的文学价值。

(1) 主题触目惊心。小说通过一个精神病患者内心的感受和活动,一针见血地揭露了封建社会、封建家庭、封建礼教"吃人"的本质。为了充分表现这一主题，作品多层次、多角度地展现了狂人的心理活动。作品还通过狂人的感受，写出对中国封建社会及其"文明"之本质的判断，这一判断极为准确、深刻而又形象。作品从现实到历史，从他人到自我、到全民族，从被"吃"到"吃人"，由表及里，由此及彼地对封建制度和封建礼教吃人的本质做了鞭辟入里的揭露。

（2）《狂人日记》成功地塑造了一个性格鲜明、蕴藉深厚的狂人形象。作品中的狂人尽管精神失常，情绪烦躁，语无伦次，常有错觉，但是透过这些表象，又可以清晰地看到一个活生生的、颇有思想和个性的先知先觉者：首先，狂人思维敏捷，具有五四时代的怀疑与否定精神；其次，狂人具有清醒的认识，这是他习惯于怀疑传统、独立思考的结果；再次，狂人具有不屈的反抗与斗争精神。

（3）《狂人日记》在艺术手法上别具一格。

首先，作品采用了现实主义与象征主义相结合的创作方法，形成了独特的艺术效果。《狂人日记》主题思想的深刻开掘，得力于这两者的结合，其奥妙全在于对狂人形象的塑造。作品将肉体上的吃人上升到社会与礼教"吃人"，将狂人的妄想症引申为对历史和现实的清醒认识，靠的是象征主义。作者巧妙地在狂人的疯话里，用象征、隐喻的手法，一语双关地寄寓了读者完全能够领略的反封建的深意；作品巧妙地在狂人的环境氛围、人物关系中融注了催人联想的事物和情景，突出其象征意义。

其次，小说采用日记体，又给作品带来了许多艺术上的优势。日记使用第一人称，也是自己思想感情最真实的记录，它不求情节的完整，可以灵活地记录零星的事件和感受。况且，这不是常人的日记，而是一个虽然发狂但尚能书写日记的人的日记，他思维活跃，联想奇特，思维的跳跃性强。让这样的人在日记中断断续续地、毫无顾忌地记下自己的感受是最适合表现既定主题的。

师探小测

1. （填空题）_____是中国新文学史上的第一篇白话小说。
2. （简答题）为什么说《狂人日记》在艺术手法上别具一格？

考点二十九：《阿Q正传》

1. 小说《阿Q正传》共九章，最初分章发表于1921年12月4日至1922年2月12日的《晨报副刊》，是鲁迅唯一一部中篇小说。

2. 阿Q的性格特征。

阿Q首先是一个被剥夺得一无所有的贫苦农民。

同时，阿Q又是一个深受封建观念侵蚀和毒害，带有小生产者狭隘保守特点的落后、不觉悟的农民。他不敢正视现实，常以健忘来解脱自己的痛苦；同时又妄自尊大；他身上有"看客"式的无聊和冷酷；他身上有着畏强凌弱的卑怯和势利。

阿Q思想性格最突出的特点是他的精神胜利法。

3. 《阿Q正传》的思想意义。

（1）作者把探索中国农民问题和考察中国革命问题联系在一起，通过对阿Q的遭遇和阿Q式革命的描写，深刻总结了辛亥革命的失败教训。

（2）《阿Q正传》具有广泛的社会意义，它画出了国人的灵魂，暴露了国民的弱点，达到了"揭出病苦，引起疗救的注意"的效果。

（3）它还具有深远的历史意义，作品所揭示的"阿Q精神"作为一种历史的和社会的"病状"，将在相当长的一个历史阶段中存在，它将作为一面"镜子"，使人们从中窥测到这种精神的"病容"而时时警戒。

4. 《阿Q正传》的艺术特色。

一是外冷内热。作者将思想启蒙者的高度热情，在小说中转化为对阿Q的痛苦生活、愚昧无知和悲剧命运的深切同情，哀其不幸，怒其不争；转化为对辛亥革命中途夭折的无比痛惜；转化为对赵太爷、假洋鬼子之流凶残暴虐、横行乡里的憎恶与鄙视。他把一颗火热的心深深地埋藏在胸膛里，以犀利的解剖刀冷峻地解剖着一切。这种冷，是"不见火焰的白热"，是"热到发冷的热情"。

二是以讽抒情。鲁迅善用讽刺手法，在《阿Q正传》中，他以讽刺手法批判了阿Q的落后、麻木和精神胜利法，鞭挞了赵太爷、假洋鬼子等人的凶残、卑劣，谴责了知县大老爷、把总、"民政帮办"的反动实质。而其讽刺，又贵在旨微而语婉，虽无一贬词，而情伪毕露，同时在讽刺背后处处隐含着作者改革社会、重铸国魂的革命热情。

三是形喜实悲。作品展示了一出出喜剧：阿Q种种可笑的行径，未庄人的种种可笑与可鄙，阿Q的衙门受审，等等。但在这些喜剧性场面的后面却都隐藏着深刻的悲剧意识。

师探小测

1. （单项选择题）《阿Q正传》的最初发表时间是（　　）。
   A. 1921—1922 年　B. 1920—1922 年　C. 1918—1919 年　D. 1923—1924 年
2. （论述题）试论《阿Q正传》的艺术特色。

考点三十：《祝福》

1. 《祝福》写于 1924 年 2 月，是鲁迅第二本小说集《彷徨》中的第一篇。
2. 《祝福》的深刻性和独创性。

(1) 主题视角新颖而又开掘深刻。

《祝福》对"吃人"主题的开掘：《祝福》通过描写祥林嫂命运的一波三折，全面揭露了代表中国封建宗法制度和思想的政权、族权、夫权、神权四道"枷锁"对劳动人民的迫害，重点突出了夫权和神权对农村劳动妇女的残酷压迫和无情摧残，从而从一个新的角度深入揭露了封建主义"吃人"的罪恶。

《祝福》主题的深刻性与独创性还表现在全面、深刻地揭示了封建权力之所以有如此"吃人"神威的原因。

其一，它有以鲁四老爷为代表的封建权力的制定者和执行者。鲁四老爷并不像常见的地主老财那样凶神恶煞、面目可憎，然而，从他陈腐的居室环境，从他与"我"交谈中的大骂所谓"新党"，从他对祥林嫂守寡、外逃、赎罪、死亡的态度，一皱眉，一吐字，无不反映他是顽固不化、道貌岸然的封建阶级、封建思想的代表人物，他是封建"四权"在鲁镇的体现者。

其二，它有以善女人柳妈为代表的鲁镇民众作为群众基础。他们不假思索就信服"四权"，对受苦受难的祥林嫂不仅不予关心，反而捅她的伤疤，嘲笑取乐。更有甚者，柳妈竟成为协助封建阶级施行权力的得力帮凶，是她给祥林嫂带来了最难以忍受、最无法摆脱的伴随她走向死亡的恐怖。

其三，受害者祥林嫂本人也自觉就范，按封建"四权"来规范自己的思想。抵抗婆婆逼她改嫁，用全部积蓄到土地庙捐门槛等，都是以服从"四权"尤其是夫权和神权为前提的顽强、自觉的行为。有鲁四老爷式的顽固的制定者和执行者，有柳妈式的愚昧的群众，还有受害者自身的自觉就范，封建权力岂能不通行无阻，威力无穷？祥林嫂的悲剧命运是注定的。

（2）人物性格独特而又发人深思。

祥林嫂性格的反抗性与奴隶性：作者精心刻画了祥林嫂倔强、反抗的性格，她有追求，有主见，肯努力，不服从别人对她命运的安排，希望凭自己勤劳的双手创造独立自主的生活。为此，她一次又一次地向命运抗争。但潜伏在祥林嫂顽强、抗争性格背后的是奴隶性。她固然有理想，有追求，但这种理想与追求又是十分渺小和可怜的，她是"从一而终"封建道德的忠实实践者。祥林嫂就是这样一个活生生的真实可信的人物。她平凡而又很不寻常，她安分而又倔强，她颇有主见而又十分糊涂，她不服从命运却又不自觉地维护既定的命运。祥林嫂倔强地抗争，一波三折，但还是被冷酷的社会害死了。

（3）艺术手法别具一格而又魅力无穷。

首先，标题的确定独具匠心。"祝福"是指那些买得起福礼爆竹之类的人家必须举行的年终大典。乞丐祥林嫂偏偏就死在这富人祝福，烟气缭绕的街头，一喜一悲，使祥林嫂的悲剧获得了强烈的对照，使其命运悲上加悲，使这个社会显得冷而又冷，有力地表达出作者对封建神权，对那些剥夺了别人幸福还永不满足，又正在贪婪"祝福"的人们的无比憎恨。

其次，倒叙结构引人入胜。开篇写祥林嫂在祝福之夜冻饿而死，然后追叙她一生的悲惨经历，揭示其阐释的原因，最后在祝福气氛里结束全文。以祥林嫂的死为开头，制造了一种悲剧气氛，使之笼罩全篇，给作品定下基调，对人物性格的刻画和主题的表现，都起了很好的作用。

再次，肖像描写，性格毕露。鲁迅配合着对祥林嫂身世发展过程的描写，绘出不同境遇中的三幅肖像，给读者以深刻的印象。不同时期祥林嫂的三幅肖像，显示了封建"四权"的重压，一步步地摧残了她的肉体，熬煎着她的生命，给她的心灵带来了无尽的恐怖和悲哀。

最后，环境描写，真实典型。作品十分注重对主要人物周围环境的描写，突出周围群众对祥林嫂不幸遭遇的冷漠和嘲弄。婆婆的凶残、短工的麻木、大伯收屋时的蛮横、鲁镇群众的奚落、柳妈关于死后的恐怖的宣教，构成了祥林嫂的生存环境。这些人物和祥林嫂同属受压迫、受剥削的劳动人民，然而偏偏又是他们维护着"三纲五常"，并用统治阶级的观念审视、责备、折磨着祥林嫂，使之处于孤立无援的地步。整个鲁镇，就像一座没有门的牢笼，祥林嫂周围的人，不管亲的、疏的、怀有恶意的、并无恶意的，统统将她往死路上逼，更使读者感到封建思想的强大压力，心情格外沉重。

师探小测

1. （单项选择题）造成《祝福》中祥林嫂悲剧命运的祸根是（　　）。
A. 夫权与神权　　B. 政权与神权　　C. 父权与夫权　　D. 族权与政权
2. （单项选择题）《祝福》被收入在作品集（　　）中。
A.《彷徨》　　B.《呐喊》　　C.《故事新编》　　D.《野草》
3. （论述题）从主题的视角论述《祝福》的深刻性和独创性。

考点三十一：《伤逝》

1. 《伤逝》写于 1925 年 10 月，是鲁迅唯一以知识青年的爱情生活为题材的小说。

2. 挪威剧作家易卜生的剧本《玩偶之家》中，女主人公娜拉过着优裕的生活，但发现自己不过是丈夫的一个玩偶，为了争取人格独立，娜拉毅然离家出走了。这个剧本宣扬了人格独立、妇女解放的思想，在"五四"时期深受青年男女的欢迎，并接受其思想的影响。在创作《伤逝》的前两年，鲁迅在北京女子高等师范学校做了一次著名的演讲，题目是《娜拉走后怎样》。鲁迅精辟地指出，娜拉走后只有两条路：不是堕落就是回来。两年以后，鲁迅将这一精辟的见解化为形象，这便是《伤逝》。它既是鲁迅对新型知识分子人生道路的深入探索，又是他对这一类知识分子婚恋问题的一锤定音式的回答；同时，在鲁迅的所有小说中，《伤逝》在艺术上可谓独具一格。

3. 酿成涓生、子君爱情悲剧的原因。

《伤逝》的独特意义就在于深刻地揭示了造成涓生与子君爱情悲剧的原因，显示了深远的思想意义。

（1）造成涓生与子君爱情悲剧的原因之一，是因为家庭之外有一个可怕的社会。涓生和子君自相恋之日起，就置身于一个蛮横、冷酷、庸俗、无聊的社会环境之中。子君的胞叔就当面骂过涓生，最终竟然不认这个侄女；涓生原先住的会馆中的邻居们对他们也都猥琐至极，不怀好意，涓生最后甚至被解雇失去经济来源。可以说，社会上的庸俗势力对他们的打击接踵而至，使他们最终陷入绝境。可见庸俗、无聊、黑暗的社会对新生的、纯正的、向上的思想与行为极尽扼杀之能事。鲁迅通过涓生与子君的爱情悲剧，表达了对旧社会的愤怒。

（2）涓生与子君的爱情之所以成为悲剧，还在于他们基本上是爱情的盲者。首先，他们没有正确地认识爱情在全部人生中的位置，当一切都为了爱情，而爱情这个目标已经得手时，人生也就失去了动力，生活就失去了光彩。其次，他们把同居结合当作爱情的终极目标，而实际上，婚姻是一个漫长的过程，"爱情必须时时更新、生长、创造"。再次，他们不懂爱情的维持与创新离不开负责的精神。子君没有考虑过对家庭做出更实质性的贡献，涓生也在逃避自己开导妻子、支撑家庭的责任，最终使这个家庭无法维持下去。

（3）《伤逝》悲剧的成因，还在于男女主人公过高地估计了个人的力量。涓生和子君对自己能力的估计脱离实际，对未来颇多幻想，然而最后只剩下悲剧的结局。这充分显示，个性解放的思想虽然有一定反封建的威力，但并不是锐不可当的思想武器，社会未解放之前，个性不可能获得彻底解放。表现了鲁迅对个性解放的局限性的批判，要求在"穷途"之后"向着新的生路跨进第一步去"，给鲁迅长期探索的知识分子人生态度问题做出了应有的结论，而且对当时青年恋爱的热门问题给出了精辟的回答，充分显示了鲁迅作为伟大思想家的思想风貌。

涓生与子君的悲剧充分显示，个性解放的思想虽有一定的反封建的威力，但毕竟不是锐不可当的武器，在社会尚未解放之前，个性不可能获得彻底的解放。

4.《伤逝》独特的艺术形式和手法。

《伤逝》的独创意义还在于创造性地运用了独特的艺术形式和手法，取得了最佳效果。

首先，作者采用"手记体"，给作品带来了浓郁的抒情色彩。涓生带着心灵的伤痛，满怀悔恨，在手记中回忆、检讨自己与子君恋爱的历程，有欣喜，有烦恼，有兴奋，有沉默。随着情节的展开，人物的性格和心灵得到生动的展示，无论是情节的描写还是人物的刻画，无不抹上手记主人公浓浓的感情。由于手记主人公不仅悼念作为亲人的死者，而且满怀着对死者的内疚和对自己的悔恨，所以通篇如诉如泣，写尽了哀伤悔恨之情，颇为感人。这是一篇具有浓郁抒情散文风格的小说，在现代文学史上颇为引人注目。

其次，作品一系列真实的细节描写极为生动感人。小说描写的是一对青年男女从热恋到同居最后又分手的过程。他们的生活圈子很小，除了涓生失业，并未碰到大的事件与矛盾。作品侧重表现他们思想感情的变化，以及随之而来的家庭氛围的变化，这些变化往往是默默的，微妙的。鲁迅善于通过夫妻间的一个眼神、一个姿态，一个小动作，细致入微地写出人物的心灵、思想、情感及其心灵距离的变化。

师探小测

1. （单项选择题）与挪威剧作家易卜生的剧本《玩偶之家》有一定联系的鲁迅小说是（　　）。
   A. 《幸福的家庭》　　　　　　B. 《娜拉走后怎样》
   C. 《伤逝》　　　　　　　　　D. 《风波》
2. 鲁迅小说《伤逝》采用的结构是（　　）。
   A. 问答体　　　B. 对话体　　　C. 散文体　　　D. 手记体
3. （论述题）试述鲁迅小说《伤逝》的独创意义。

师探小测·参考答案

考点二十四：鲁迅小说的文学史地位

1. A　2. B

3. 首先，鲁迅更新了小说观念，确立了利用小说"来改造社会"的创作目的。
   其次，鲁迅的小说是彻底地面向现实的。
   再次，鲁迅的小说传达着时代的最强音。

考点二十五：《呐喊》《彷徨》的思想内容

1. C

2. 《呐喊》收入了鲁迅1918年至1922年所写的14篇小说。鲁迅把这个集子题为《呐喊》，意思是指他受新文化运动的鼓舞，听"前驱者"的"将领"而"呐喊几声"。《呐喊》中的小说具有充沛的反封建的热情，与"五四"的时代精神一致，表现了文化革新和思想启蒙的特色。这些作品尖锐地揭露了宗法制度和封建文化传统的弊害，描写了劳动人民命运特别是农民命运的不幸，揭示了旧民主主义革命失败的历史教训。

3. （1）深刻揭露封建制度、封建礼教"吃人"的本质。
   （2）对劳动人民"哀其不幸，怒其不争"，尖锐地指出改造国民性的紧迫性。

（3）努力探索知识分子的人生道路。

考点二十六：《呐喊》《彷徨》的艺术成就

1. （1）在总体构思上选材严、开掘深，作品简洁而凝重。
（2）在人物刻画上，"杂取种种人"，"烂熟于心"，塑造了出色的艺术典型。
（3）情节结构单纯质朴而又灵活多变。
（4）艺术手法以传神的白描为主，富有民族特色。
（5）作品语言简朴，含蓄而又幽默。
（6）悲、喜剧因素的奇妙融合。

考点二十七：《故事新编》

1. （1）既依据古籍又容纳现代。
（2）赋予古人以活的形象。
（3）运用"油滑"手段，在穿插性的喜剧人物身上赋予现代化的细节，以起"借古讽今"之效。

2. "油滑"之利。

首先，这些糅入古人古事中的现代细节可以借古讽今，引发人们对现实生活中丑恶、迂腐现象和人物的憎恶。

其次，创造了独特的艺术效果，在历史小说的体裁上也不失为一种有益的探索。

"油滑"之弊。

其一，作为历史小说，其现实战斗性主要在于主题对现实的渗透与深入，而不再让一些人物、细节游离于古代环境之外，生硬地与现实"接轨"，否则就失之于浅。

其二，神话、传说、历史题材与过多的明明白白的生活细节混杂，有损艺术的完整性，冲淡了典型环境与主要人物性格的关系。

考点二十八：《狂人日记》

1. 《狂人日记》
2. 首先，作品采用了现实主义与象征主义相结合的创作方法，形成了独特的艺术效果。《狂人日记》主题思想的深刻开掘，得力于这两者的结合，其奥妙全在于对狂人形象的塑造。作品将肉体上的吃人上升到社会与礼教"吃人"，将狂人的妄想症引申为对历史和现实的清醒认识，靠的是象征主义。作者巧妙地在狂人的疯话里，用象征、隐喻的手法，一语双关地寄寓了读者完全能够领略的反封建的深意；作品巧妙地在狂人的环境氛围、人物关系中融注了催人联想事物和情景，突出其象征意义。

其次，小说采用日记体，又给作品带来了许多艺术上的优势。日记使用第一人称，也是自己思想感情最真实的记录，它不求情节的完整，可以灵活地记录零星的事件和感受。况且，这不是常人的日记，而是一个虽然发狂但尚能书写日记的人的日记，他思维活跃，联想奇特，思维的跳跃性强。让这样的人在日记中断断续续地、毫无顾忌地记下自己的感受是最适合表现既定主题的。

考点二十九：《阿Q正传》

1. A

2. 一是外冷内热。作者将思想启蒙者的高度热情，在小说中转化为对阿Q的痛苦生活、愚昧无知和悲剧命运的深切同情，哀其不幸，怒其不争；转化为对辛亥革命中途夭折的无比痛惜；转化为对赵太爷、假洋鬼子之流凶残暴虐、横行乡里的憎恶、鄙视。他把一颗火热的心深深地埋藏在胸膛里，以犀利的解剖刀冷峻地解剖着一切。这种冷，是"不见火焰的白热"，是"热到发冷的热情"。

二是以讽抒情。鲁迅善用讽刺手法，在《阿Q正传》中，他以讽刺手法批判了阿Q的落后、麻木和精神胜利法，鞭挞了赵太爷、假洋鬼子等人的凶残、卑劣，谴责了知县大老爷、把总、"民政帮办"的反动实质。而其讽刺，又贵在旨微而语婉，虽无一贬词，而情伪毕露，同时在讽刺背后处处隐含着作者改革社会、重铸国魂的革命热情。

三是形喜实悲。作品展示了一出出喜剧：阿Q种种可笑的行径，未庄人的种种可笑与可鄙，阿Q的衙门受审，等等。但在这些喜剧性场面的后面却都隐藏着深刻的悲剧意识。

考点三十：《祝福》

1. A 2. A

3. 《祝福》通过祥林嫂命运的一波三折，全面揭露了代表中国封建宗法制度和思想的政权、族权、夫权、神权四道"枷锁"对劳动人民的迫害，重点突出了夫权和神权对农村劳动妇女的残酷压迫和无情摧残，从而从一个新的角度深入揭露了封建主义"吃人"的罪恶。

《祝福》主题的深刻性与独创性还表现在全面、深刻地揭示了封建权力之所以有如此"吃人"神威的原因。

其一，它有以鲁四老爷为代表的封建权力的制定者和执行者。鲁四老爷并不像常见的地主老财那样凶神恶煞、面目可憎，然而，从他陈腐的居室环境，从他与"我"交谈中的大骂所谓"新党"，从他对祥林嫂守寡、外逃、赎罪、死亡的态度,一皱眉,一吐字,无不反映他是顽固不化、道貌岸然的封建阶级、封建思想的代表人物,他是封建"四权"在鲁镇的体现者。

其二,它有以善女人柳妈为代表的鲁镇民众作为群众基础。他们不假思索就信服"四权",对受苦受难的祥林嫂不仅不予关心,反而捅她的伤疤,嘲笑取乐。更有甚者,柳妈竟成为协助封建阶级施行权力的得力帮凶,是她给祥林嫂带来了最难以忍受、最无法摆脱的伴随她走向死亡的恐怖。

其三,受害者祥林嫂本人也自觉就范,按封建"四权"来规范自己的思想。抵抗婆婆逼她改嫁,用全部积蓄到土地庙捐门槛等,都是以服从"四权"尤其是夫权和神权为前提的顽强、自觉的行为。有鲁四老爷式的顽固的制定者和执行者,有柳妈式的愚昧的群众,还有受害者自身的自觉就范,封建权力岂能不通行无阻,威力无穷?祥林嫂的悲剧命运是注定的。

考点三十一:《伤逝》

1. C 2. D

3.(1)《伤逝》的独特意义就在于深刻地揭示了造成涓生与子君爱情悲剧的原因,显示了深远的思想意义。

造成涓生与子君爱情悲剧的原因之一,就是家庭之外有一个可怕的社会。鲁迅通过涓生与子君的爱情悲剧,表达了对旧社会的愤怒。

涓生与子君的爱情成为悲剧的原因,还在于他们基本上是爱情的盲者。尽管他们因相爱而同居,从精神到物质都付出了极大的代价,但他们其实都不真正懂得爱情。首先,他们没有正确认识爱情在全部人生中的位置。其次,他们把同居结合当作爱情的终极目标。

《伤逝》悲剧的成因,还在于男女主人公过高地估计了个人的力量。"我是我自己的,他们谁也没有干涉我的权利",既表现出子君争取个性解放、婚姻自由的勇气和决心,但也反映出她对自己的力量估计过高。

涓生与子君的悲剧充分显示,个性解放的思想虽有一定的反封建的威力,但毕竟不是锐不可当的武器,在社会尚未解放之前,个性不可能获得彻底的解放。

(2)《伤逝》的独创意义还在于创造性地运用了独特的艺术形式和手法,取得了最佳效果。

首先,作者采用"手记体",给作品带来了浓郁的抒情色彩。涓生带着心灵的伤痛,满怀悔恨,在手记中回忆、检讨自己与子君恋爱的历程,有欣喜,有烦恼,有兴奋,有沉默。随着情节的展开,人物的性格和心灵得到生动的展示,无论是情节的描写还是人物的刻画,无不抹上手记主人公浓浓的感情。由于手记主人公不仅悼念作为亲人的死者,而且满怀着对死者的内疚和对自己的悔恨,所以通篇如诉如泣,写尽了哀伤悔恨之情,颇为感人。这是一篇具有浓郁抒情散文风格的小说，在现代文学史上颇为引人注目。

其次，作品一系列真实的细节描写极为生动感人。小说描写的是一对青年男女从热恋到同居最后又分手的过程。他们的生活圈子很小，除了涓生失业，并未碰到大的事件与矛盾。作品侧重表现他们思想感情的变化，以及随之而来的家庭氛围的变化，这些变化往往是默默的，微妙的。鲁迅善于通过夫妻间的一个眼神，一个姿态，一个小动作，细致入微地写出人物的心灵、思想、情感及其心灵距离的变化。

第六章 鲁迅的杂文

考点三十二：鲁迅杂文的文学史地位

1. 鲁迅一生共创作杂文 700 多篇，结为 16 集，约 135 万字，在其 170 万字的全部著作中，占将近百分之八十。其文学史地位是：

（1）举起"匕首"与"投枪"，"和读者一同杀出一条生存的血路"。

（2）展示"时代的眉目"的"诗史"。

（3）"侵入高尚的文学楼台"。

2. 就对现实的态度而言，在所有的现代文体中，杂文无疑是最敏感的文体。杂文的文体特征决定了它对急剧变化中的现实必须迅速地、直接地做出反应。正如鲁迅所说，杂文"是感应的神经，是攻守的手足"，"是匕首，是投枪，能和读者一同杀出一条生存的血路的东西"。战斗性是杂文的灵魂。

3. 鲁迅的杂文是展示"时代的眉目"的"诗史"。

首先，鲁迅的杂文形象地记录了当时社会的主要动向和重大的历史事件。

其次，鲁迅的杂文中活现着一批栩栩如生的中国近现代历史人物。

再次，鲁迅的杂文形象地描绘了许多社会世相和心态。

最后，鲁迅的杂文还给我们留下了许多宝贵的历史经验。

鲁迅的杂文展示着"时代的眉目"，是内容丰富，思想深刻，值得后人认真研读的一代"诗史"。

4. 鲁迅杂文的中、外艺术渊源。

鲁迅的杂文出色地继承了我国传统散文中的杂文因素。以《庄子》为代表的古代散文，对于鲁迅杂文思想与艺术无疑产生过潜移默化的影响。并且，鲁迅是继承我国古代散文、杂文的光辉榜样，鲁迅的杂文之所以特别丰富、脱俗，其重要原因是它深深地扎根于我国古代散文的土壤之中。

鲁迅的杂文也取法、借鉴了外国散文中类似文体的艺术经验。英国的随笔、日本的小品、德国尼采的格言、俄国屠格涅夫的散文诗等，都对鲁迅的杂文创作产生过积极的影响。

5. 鲁迅的杂文理论。

鲁迅在创作杂文的同时,十分注意总结和建立杂文艺术的理论体系,除了在每一个杂文集的前言、后记中不断总结与概括出杂文理论以外,还写了许多关于杂文艺术的专论,如《小品文的危机》《小品文的生机》《杂谈小品文》《做"杂文"也不易》《徐懋庸作〈打杂集〉序》等。

鲁迅总结出的杂文理论相当丰富而完整,主要有以下几点:

其一,杂文是"匕首"、是"投枪",而不是"小摆设",具有独特的战斗性。

其二,杂文不仅以理服人,而且"移人情",以情动人,无论议论还是描叙,都渗透着作者的爱憎。

其三,杂文中常须塑造形象,其方法"常取类型"。

其四,杂文在内容上"纵意而谈",在形式上灵活多变,在写法上嬉笑怒骂、冷嘲热讽皆成文章。

师探小测

1.(单项选择题)鲁迅一生共创作杂文(　　)多篇。
A. 800　　　　B. 500　　　　C. 600　　　　D. 700

2.(单项选择题)杂文的灵魂是(　　)。
A. 论战性　　　B. 战斗性　　　C. 攻击性　　　D. 说服性

3.(简答题)为什么说鲁迅的杂文是展示"时代的眉目"的"诗史"?

考点三十三:鲁迅前期杂文的思想内容

1. 鲁迅的前期杂文是指写于1918年至1926年间的杂文,主要收入《热风》《坟》《华盖集》《华盖集续编》中。这些集子的名称都有深刻的寓意。

《热风》:指作者改革愿望之"热",与此形成对比的是社会环境之"冷"。冷冽的环境催发了"热风",其中颇含辩证法则。

《坟》:"将糟粕收敛起来,造成一座小小的新坟,一面是埋藏,一面也是留恋。""坟"含有埋葬过去,开拓未来之意。

《华盖集》《华盖集续编》：取自绍兴民俗中的"华盖运"一词，里面的杂文大多作于"女师大事件"之中或以后，因其战斗锋芒而遭来"学者文人""正人君子"的讨伐。以"华盖"为名，含有自嘲、反讽之意。

2. 鲁迅前期杂文的主要内容特点。

（1）批判封建道德，宣扬民主思想。

（2）批判封建迷信，提倡科学精神。

（3）批判愚弱的国民性，启发国民觉醒。

（4）反对旧文学，提倡新文学。

（5）反对北洋军阀政府及为其辩护的文人，总结斗争的经验与教训。

3. 鲁迅前期杂文对愚弱的国民性的批判。

（1）鲁迅批判了愚弱的国民性的种种表现：其一，盲目自大；其二，瞒和骗；其三，满足于"暂时坐稳了奴隶"的现状；其四，即便不满于奴隶地位，也只图消极泄愤。

（2）鲁迅深入挖掘造成这种愚弱状态的历史原因。他指出，导致国民愚弱的原因，首先在于封建的等级制度，其次在于封建"文明"的统治。

4. 鲁迅前期杂文中对复古派所作的斗争。

1919年，以林纾为代表的"国粹派"攻击白话文，鲁迅在《随感录五十七 现在的屠杀者》中揭露了他们对待白话态度的虚伪相。

1921年，以吴宓为代表的"学衡派"攻击新文学，鲁迅在《估〈学衡〉》中予以回击。

1925年，以章士钊为首的"甲寅派"充当新文化运动的拦路虎，鲁迅写了<u>《答KS君》《十四年的"读经"》</u>等文予以揭露。

1923年，在胡适支持的"整理国故"运动中，鲁迅撰写了一系列杂文剖析这一运动的实质与危害。

5. 代表篇章及其特殊含义。

（1）《我之节烈观》：批判了以封建"节烈"观念为集中表现的封建伦理道德，提倡以平等、民主为核心的新道德。

（2）《我们现在怎样做父亲》：主要批判封建孝道思想的父权观念，提倡以"儿童本位"为代表的平等、民主、进化的思想。

（3）《娜拉走后怎样》：关于妇女解放的专论，从挪威剧作家易卜生的剧本《玩偶之家》谈起，指出个人反抗式的出走并非妇女解放真正的出路。他认为，娜拉走后只有两条路，<u>不是堕落，就是回来</u>，因为家庭之外还有一个更可怕的社会。妇女要真正解放，必须实现整个社会经济制度的改革。

（4）《智识即罪恶》：反改革的势力为了维持愚民政策，必须诋毁西方科学，于是就胡扯出"西方科学破产"论，进而鼓吹"智识即罪恶"。鲁迅在《智识即罪恶》一文中编了一个荒诞的故事，对这种险恶用心和浅薄花招做了形象的揭露。

（5）《春末闲谈》《灯下漫笔》：批判遇弱的国民性，启发国民觉醒。

（6）《估〈学衡〉》：将"学衡派"美化文言文的文言文在表达上的不通之处一一列出，讽刺他们自以为满腹学问，可以衡量他人学问，其实自己连称量也未钉好。

（7）《答KS君》：列举"甲寅派"文言文中的漏洞以示文言文的"气绝"。

（8）《十四年的"读经"》：揭露章士钊1925年掀起的读经运动别有用意，其意即在"敷衍，偷生，献媚，弄权，自私，然而能够假借大义，窃取美名。"

（9）《无花的蔷薇之二》《记念刘和珍君》：围绕"女师大事件""五卅运动""三一八惨案"而写，一方面严正斥责段祺瑞执政府"当局者的凶残"，另一方面揭露那些为政府当局辩护的文人即"流言者的卑劣"。

（10）《论"费厄泼赖"应该缓行》：深刻总结了历史上特别是辛亥革命的血的经验教训，提出"痛打落水狗"的重要原则。

师探小测

1.（单项选择题）属于鲁迅前期杂文集的作品是（　　）。
A.《华盖集》　　B.《而已集》　　C.《三闲集》　　D.《二心集》

2.（填空题）鲁迅的杂文集题为《坟》，既意味着埋藏过去，也意味着_____。

3.（简答题）简述鲁迅前期杂文的主要内容特点。

考点三十四：鲁迅后期杂文的思想内容

1. 鲁迅的后期杂文指的是写于1927年至1936年间的杂文。鲁迅后期的杂文结集为10本，还有一些杂文收在《集外集》和《集外集拾遗》中。

2. 鲁迅杂文集的名称有一定的寓意。

《而已集》：包含着对国民党反动统治的指斥和抗议。

《三闲集》：对成仿吾错误指责鲁迅为"有闲阶级"的反讽。

《二心集》：表示自己是反动统治阶级的"逆子贰臣"。

《南腔北调集》：表示自己坚决不与国民党反动派及其帮闲文人同腔合调。

《伪自由书》：对国民党反动派钳制人民言论自由的揭露。

《准风月谈》：表示对国民党反动派文化高压政策的反抗。

《花边文学》：有对攻击者加以揶揄的意思。

《且介亭杂文》《且介亭杂文二集》《且介亭杂文末编》："且介亭"意为"半租界"。

3. 鲁迅后期杂文的主要内容特点。

（1）愤怒声讨国民党反动派的反共祸国行径和帝国主义的侵略罪行。

（2）坚持文化战线上的思想斗争。

（3）大力倡导和扶植左翼文艺。

（4）歌颂中国共产党并庄严地宣示自己的政治信仰。

（5）丰富、广泛、深刻的"社会批评"和"文明批评"。

4. 鲁迅后期杂文对国民党反动派反共卖国罪行的揭露。

首先，鲁迅指出国民党反动派实行反革命大屠杀是个大阴谋，他们为此寻找借口，给共产党人捏造了种种莫须有的罪名。

其次，鲁迅愤怒声讨国民党反动派扼杀左翼文学，屠杀左翼革命作家的残暴罪行。

最后，鲁迅写了大量的杂文揭露国民党反动派对外消极抵抗，对内积极剿共的丑恶行径。

5. 从鲁迅后期杂文看鲁迅对左翼文艺的倡导和扶植。

其一，在1928年的"革命文学"论争中，鲁迅尽管是"革命文学"倡导者的论敌，但他却在《文艺与革命》等文中对如何建立无产阶级革命文学提出了许多有益的意见。

其二，从"左联"成立之日起，鲁迅即为坚持正确的文艺方向而进行了不懈的努力。

其三，为了扶植青年作家队伍，繁荣左翼文学的创作，鲁迅替许多青年作家的作品撰写过序言。

其四，鲁迅常常总结、回顾自己的创作经历，回答、总结与创作和翻译有关的问题，为左翼文学提供了宝贵的经验与理论。

师探小测

1.（单项选择题）《且介亭杂文》一名中"且介亭"的含义是（　　）。

A. 半租界的亭子间　　　　　　B. 一个叫且介亭的亭子

C. 批判国民党政府的凶残　　　　　　D. 没有什么特殊含义

2.（简答题）简述鲁迅后期杂文的主要思想特点。

考点三十五：鲁迅杂文的艺术成就

1. 对鲁迅杂文集中所收文章的文体的理解。

鲁迅所说的"只按作成的年月，不管文体，各种都夹在一处"，是广义的杂文，鲁迅杂文集中的文章便是这种广义的杂文。

2. 鲁迅杂文的艺术特色。

（1）逻辑性。

杂文既然是"文艺性论文"，因此必须具有政论文独有的严密的逻辑性。鲁迅的杂文特别擅长论证说理，层次清晰，说理透彻，显示出无可辩驳的逻辑力量。

鲁迅善于分析事物的内在矛盾。鲁迅的《估〈学衡〉》《答 KS 君》等文章将对方文言文中表达不"简明"之处——加以分析，于是一味美化文言文的观点便不攻自破。

鲁迅善于分析不同事物或现象之间的本质联系。这种联系，表面上往往并不存在，或不甚明显但只需略加评析，其内在联系便显而易见。

鲁迅善于分析相似事物之间的本质区别。鲁迅在《华德焚书异同论》中指出秦始皇与希特勒焚书的本质区别：一个是为统一中国的"大事业"，一个是为强化独裁统治。

鲁迅善于分析事物的发展趋势。《对于左翼作家联盟的意见》，关于"'左翼'作家是很容易成为'右翼'作家的"这一命题的提出，便得力于这种分析。

鲁迅善于分析一种倾向掩盖下的另一种倾向。写于"四一二"大屠杀前两天的《庆祝沪宁克复的那一边》，从人们陶醉于北伐胜利的"这一边"，看到了其背后敌人磨刀霍霍的"另一边"。

鲁迅善于抓住最能体现本质特征的主要矛盾。在《论秦理斋夫人事》一文中指出，不应当一味指责弱者，而应当看到导致弱者自杀的环境。

（2）形象性。

杂文既然是"文艺性论文"，必定不仅要有逻辑性，而且要有形象性，也就是须将抽象的道理形象化，也可说是形象化地说道理。这包括两层意思，一是让抽象的道理带上一定的形象性，一是刻画具有典型意义的形象。

鲁迅杂文的形象化手法是多种多样的：

其一，比喻。以"落水狗"比暂时失利的作恶者，以"叭儿狗"比"中庸之态可掬者"。一经鲁迅比喻，便使所喻对象的神情和实质昭然若揭。由于鲁迅习惯取比于日常生活，所以这种比喻通俗易懂，明白晓畅。

其二，说故事。故事本身生动形象，寓意深刻，一经引用，便使相关的道理新鲜活泼起来。《谈蝙蝠》引用《伊索寓言》，《扁》则引用了一则笑话。

其三，生动地描叙完整的日常生活现象或情景，突出其象征意义，催人联想，发人深思。

其四，描摹零星的人物神情、事态、情景，将其插入说理之中。

鲁迅杂文形象化的手法多样，运用灵活，与论证说理融为一体，使抽象的道理显得新鲜活泼，生动感人。

（3）讽刺性。

鲁迅杂文的讽刺手法。

其一，夸张。这是"放大镜"，将客观存在的特点放大，使人感到惊异或可笑。比如，鲁迅将"第三种人"比作拔着自己的头发、叫嚷着要离开地球的人，极具戏剧效果，又将当"第三种人"的不切实际体现出来并且起到加强效果。

其二，反语。在《答托洛茨基派的信》中，鲁迅对托派分子的谬误十分蔑视，故意说："你们的'理论'确比毛泽东先生们高超得多"，"一在天上，一在地下"。捧得越高，越显荒谬。

其三，摹拟，先故意承认对方的逻辑，按照对方腔调推理，将其逻辑神态再现并放大，充分显示其荒谬和可笑。比如面对陈西滢嘲笑群众，鲁迅在《并非闲话》中模仿他："这样的中国人，呸！呸！！！"使得论敌的语言反成了攻击他自己的武器。

其四，谐趣。鲁迅常采用多种艺术手段制造诙谐趣味，从而产生讽刺幽默的效果。比如讲缠足陋习时说，女士们"勒令"自己的脚小起来。

（4）抒情性。

鲁迅的杂文一向感情强烈，爱憎分明，常常运用各种抒情手段，造成丰富多变的抒情格调。

在大多数情况下，鲁迅的感情并不外溢，而是蕴藏在论述、描叙之中。

有时直抒胸臆，怒不可遏，愤怒的激情如火山爆发的熔岩。有时虽然也直抒胸臆，但却是抒发对友人、对先烈的无限崇敬与深深怀念之情。有时通篇如散文诗。

（5）多样性。

（6）常用曲笔。

曲笔是杂文常用的手法之一，而鲁迅用得更多，更"曲"。这与他所处的时代与环境有关。尤其是30年代中期，政治环境险恶，国民党反动当局对左翼文艺采用种种专制手段，作家失去了在作品中说真话、表真情的自由，不得不采用曲折的笔法，隐晦曲折地表达自己的是非观念与爱憎之情。比如《夜颂》，用歌颂诚实的黑夜来表示对黑暗的现实世界的愤怒与蔑视。又如《文章与题目》，巧妙地用历史上吴三桂等汉奸的行为来影射现实中蒋介石"以夷制夷"论的本质；《隔膜》《买〈小学大全〉记》等借研究清代的文字狱，既论古，也讽今，讽刺了反动当局查禁进步书刊、屠杀左翼作家的文化专制主义。使用曲笔，增添了读者对鲁迅杂文阅读和理解的难度，但也给鲁迅的杂文艺术增添了特异的光彩。

师探小测

1. 最能够体现鲁迅杂文"逻辑性"艺术特点的作品是（　　）。
   A.《论"费厄泼赖"应该缓行》　　B.《对于左翼作家联盟的意见》
   C.《二丑艺术》　　D.《并非闲话》
2. （简答题）举例说明鲁迅杂文的讽刺性。

师探小测·参考答案

考点三十二：鲁迅杂文的文学史地位

1. D　2. B
3. 首先，鲁迅的杂文形象地记录了当时社会的主要动向和重大历史事件。
其次，鲁迅的杂文中活现着一批栩栩如生的中国近现代历史人物。
再次，鲁迅的杂文形象地描绘了许多社会世相和心态。
最后，鲁迅的杂文还给我们留下了许多宝贵的历史经验。
鲁迅的杂文展示着"时代的眉目"，是内容丰富、思想深刻，值得后人认真研读的一代"诗史"。

考点三十三：鲁迅前期杂文的思想内容

1. A　2. 开拓未来

3. （1）批判封建道德，宣扬民主思想。
　　（2）批判封建迷信，提倡科学精神。
　　（3）批判愚弱的国民性，启发国民觉醒。
　　（4）反对旧文学，提倡新文学。
　　（5）反对北洋军阀政府及为其辩护的文人，总结斗争的经验与教训。

考点三十四：鲁迅后期杂文的思想内容

1. A
2. （1）愤怒声讨国民党反动派的反共祸国行径和帝国主义的侵略罪行。
　　（2）坚持文化战线上的思想斗争。
　　（3）大力倡导和扶植左翼文艺。
　　（4）歌颂中国共产党并庄严地宣示自己的政治信仰。
　　（5）丰富、广泛、深刻的"社会批评"和"文明批评"。

考点三十五：鲁迅杂文的艺术成就

1. B
2. 其一，夸张。这是"放大镜"，将客观存在的特点放大，使人感到惊异或可笑。比如，鲁迅将"第三种人"比作拔着自己的头发、叫嚷着要离开地球的人，极具戏剧效果，又将当"第三种人"的不切实际体现出来并且起到加强效果。

其二，反语。在《答托洛茨基派的信》中，鲁迅对托派分子的谬误十分蔑视，故意说："你们的'理论'确比毛泽东先生们高超得多"，"一在天上，一在地下"。捧得越高，越显荒谬。

其三，摹拟，先故意承认对方的逻辑，按照对方腔调推理，将其逻辑神态再现并放大，充分显示其荒谬和可笑。比如面对陈西滢嘲笑群众，鲁迅在《并非闲话》中模仿他："这样的中国人，呸！呸！！！"使得论敌的语言反成了攻击他自己的武器。

其四，谐趣。鲁迅常采用多种艺术手段制造诙谐趣味，从而产生讽刺幽默的效果。比如讲缠足陋习时说，女士们"勒令"自己的脚小起来。

第七章 鲁迅的散文

考点三十六：《野草》的文学史地位

1. 《自言自语》：1919年八九月间，鲁迅创作并发表了总题为《自言自语》的七篇散文诗，这是他写作散文诗的最早尝试。

2. 《野草》：共收录写于1924年9月至1926年4月的散文诗23篇，这些作品曾陆续发表于《语丝》周刊，1927年4月在广州编定，并写《题词》。

3. 《野草》问世前中国现代散文诗集出版情况：1925年出版的焦菊隐的《夜哭》，1926年出版的高长虹的诗与散文诗合集《心的探险》。这两个集子虽然在一定程度上反映了青年郁闷痛苦的呼声，艺术上也各有特色，但其思想尚欠深刻，艺术上也缺乏更多的创新。

4. 《野草》的文学史地位：《野草》是中国现代文学百花园里的一朵奇葩，在我国现代文学史上具有独特的地位。它是中国散文诗走向成熟的标志；是心灵矛盾与时代斗争紧密联系的典范；是象征主义与现实主义两种方法相结合的艺术范本。

5. 《野草》与波特莱尔象征主义诗作的联系与区别：尽管鲁迅受到波特莱尔散文诗象征主义的影响，但二者存在本质的区别。波特莱尔在创作中表现的是资产阶级"世纪末"颓废、厌世的思想和情绪，而鲁迅此时却是个坚定的革命民主主义者，尽管彷徨、苦闷，但总趋向是积极向上的。但这并不排斥他对波特莱尔散文诗艺术的借鉴。这种借鉴采用了大量的象征主义手法，为作品抹上了浓烈的象征主义色彩。

师探小测

1. （填空题）_____是他写作散文诗的最早尝试。
2. （简答题）简述《野草》的文学史地位。

考点三十七:《野草》的思想内容

1.《野草》连同《题词》共24篇,按每篇思想的主题倾向,可分为三类。
(1) 揭露社会的黑暗和病态。
揭露社会之黑暗犹如地狱(《失掉的好地狱》)。
嘲讽"中庸"和奴才哲学(《立论》《聪明人和傻子和奴才》《求乞者》)。
抨击精神麻木的"戏剧的看客"(《复仇》《复仇(其二)》)。
鞭挞青年空虚无聊、忘恩负义的灵魂(《我的失恋》《颓败线的颤动》)。
揭穿"正人君子"虚伪的假面(《狗的驳诘》《死后》)。
(2) 歌颂韧性战斗精神。
为刚强不屈的战斗者唱赞歌(《秋夜》)。
赞美坚忍不拔的探索精神(《过客》)。
颂扬无私无畏的献身品格(《死火》)。
热情歌颂叛逆的猛士(《这样的战士》《淡淡的血痕中》)。
(3) 严于解剖自我,真诚坦露心胸。

师探小测

1. (简答题)简述《野草》思想的主题倾向。

考点三十八:《野草》的艺术成就

1.《野草》的艺术成就。
(1) 精巧奇特的构思。
《野草》中许多篇章的构思都很奇特,各具特色,互放异彩,显示了作者非凡的想象力,从而表现出艺术独创性。
首先,作者总能奇幻地构想出常人意想不到的故事。
其次,作者善于发挥神奇的想象,设想新奇的画面和细节。
再次,作者特别擅长描写种种奇特的梦。
(2) 浓郁的诗情与深警的哲理结合。

（3）大量运用象征主义手法。

象征手法的运用使《野草》大放异彩。《野草》正是将各种具有物质感的意象，赋予鲜明的象征主义色彩，从而独特地表现某种抽象的思想情感或寄寓某种哲理性的思考。其途径有以下几种。

其一，自然景物的象征。

其二，突出自然景物或者某种事物的自然特征，从而引申、阐发其精神实质；

其三，直接诉诸人和事，赋予某些人物或故事以象征的意义。

象征手法的成功运用，使《野草》中不少篇章能够以短小的篇幅而取得含蓄凝练、耐人寻味的艺术效果，给人以美的享受。

（4）优美瑰丽的语言艺术。

《野草》的语言文字显得特别优美和瑰丽。

《野草》的语言精练而警拔，往往精练得近于浓缩，有的成为警句。

《野草》的语言又是含蓄而曲折的。

《野草》中的对话往往也寓意深刻，不管是讽刺还是抒情，常常闪现着诗意的光彩。

《野草》的语言还富有音乐美，常用排比句式和多结构相似的短语，关键性句子尤其是警句每见重复，等等。

师探小测

1.（简答题）简析《野草》的语言艺术。

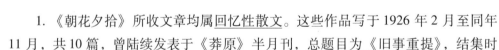

考点三十九：《朝花夕拾》

1.《朝花夕拾》所收文章均属回忆性散文。这些作品写于 1926 年 2 月至同年 11 月，共 10 篇，曾陆续发表于《莽原》半月刊，总题目为《旧事重提》，结集时改名为《朝花夕拾》。

2.《朝花夕拾》的主要内容。

（1）学龄以前生活的回忆：《狗·猫·鼠》《阿长和〈山海经〉》（深情地描述了"长妈妈"的淳朴与善良）；《二十四孝图》（作者通过描述儿童阅读此书所感

到的恶心与恐惧，批判了反动、荒谬的封建孝道，并联系现实，猛烈抨击了那些反对白话、毒害儿童的封建读物）。

（2）私塾阶段生活印象的描绘：《五猖会》《无常》《从百草园到三味书屋》（批判了封建教育制度）。

（3）记述青少年时代的生活片段：《父亲的病》（回忆少年时为父亲寻找各种"奇特的药引"和"特别的丸散"所做的徒劳奔走，揭露庸医骗人、害人的罪恶行径）；《琐记》（回忆、描述一位令人憎恶的衍太太对孩子的欺骗、戏弄和伤害）。

（4）怀师恋友，回顾"从文"经历：《藤野先生》（深切地怀念与歌颂对中国人民有着友好感情，严谨热诚、诲人不倦的藤野先生）；《范爱农》（回忆和悼念青年时代的挚友范爱农，既为旧友的遭遇鸣不平，更沉痛地批判了辛亥革命未予反动势力以致命的打击的不彻底性）。

3. 鲁迅创作《朝花夕拾》的动机。

鲁迅写这组回忆性散文的原因是多方面的。

其一，在紧张的战斗空隙，回顾自己所走的生活道路。

其二，在现实斗争直接触发下，兼用这组文章参与对现实的斗争。

其三，更重要的是给青年提供认识中国历史和社会的教材。

4.《朝花夕拾》的文献价值。

首先，它是关于鲁迅生平史实的第一手资料。

其次，《朝花夕拾》作为参考文献，为我们理解和研究鲁迅小说提供了重要的、有用的资料。

再次，《朝花夕拾》为中国近代史提供了比一般历史记载更为鲜明和准确的形象化的社会资料。

5.《朝花夕拾》的艺术特色。

（1）回忆往事与批判现实的融合。

（2）叙事与议论、抒情的结合。

（3）清新活泼与讽刺幽默的统一。

师探小测

1.（简答题）鲁迅创作《朝花夕拾》的动机是什么？

2.（简答题）简述《朝花夕拾》的艺术特色。

师探小测·参考答案

考点三十六:《野草》的文学史地位

1. 《自言自语》
2. 《野草》是中国现代文学百花园里的一朵奇葩,在我国现代文学史上具有独特的地位。它是中国散文诗走向成熟的标志;是心灵矛盾与时代斗争紧密联系的典范;是象征主义与现实主义两种方法相结合的艺术范本。

考点三十七:《野草》的思想内容

1. (1) 揭露社会的黑暗和病态。
   (2) 歌颂韧性战斗精神。
   (3) 严于解剖自我,真诚坦露心胸。

考点三十八:《野草》的艺术成就

1. 《野草》具有优美瑰丽的语言艺术。
《野草》的语言文字显得特别优美和瑰丽。
《野草》的语言精练而警拔,往往精练得近于浓缩,有的成为警句。
《野草》的语言又是含蓄而曲折的。
《野草》中的对话往往也寓意深刻,不管是讽刺还是抒情,常常闪现着诗意的光彩。
《野草》的语言还富有音乐美,常用排比句式和结构相似的短语,关键性句子尤其是警句每见重复,等等。

考点三十九:《朝花夕拾》

1. 鲁迅写这组回忆性散文的原因是多方面的。
其一,在紧张的战斗空隙,回顾自己所走的生活道路。
其二,在现实斗争直接触发下,兼用这组文章参与对现实的斗争。
其三,更重要的是给青年提供认识中国历史和社会的教材。
2. (1) 回忆往事与批判现实的融合。
   (2) 叙事与议论、抒情的结合。
   (3) 清新活泼与讽刺幽默的统一。

第八章 鲁迅的诗歌

考点四十：鲁迅诗歌的创作历程

1. 鲁迅诗歌的分类。

鲁迅共创作有诗歌七十多首。就诗体来说有三种：旧体诗、新诗和民歌体诗。

2. 鲁迅诗歌创作的三个阶段。

鲁迅的文学创作始于诗歌。从1900年春写《别诸弟三首》开始，到1935年底写《亥年残秋偶作》，诗歌创作几乎贯穿了他的一生。从时间上看，可分为早期、中期和后期三个阶段。

（1）早期（1900—1912年），即南京求学至辛亥革命前后。这一阶段的诗作均为旧体诗，涉及的社会面不宽，思想缺乏深度，技巧较为稚嫩。主要是抒写早年的感时愤世之情或表现对高尚理想的追求。

（2）中期（1918—1926年），即"五四"前夕至"五四"退潮期。这一阶段偶有旧体诗作，但大多是新诗，从思想上到形式上显然受到"五四"新潮及其诗风的影响。

（3）后期（1928—1935年），即大革命失败至30年代国民党白色恐怖时期。这是鲁迅诗歌创作的高峰期和成熟期，其作品主要是旧体诗，也有新诗与民歌体诗。这些诗作的基调是反映与国民党反动派的艰苦卓绝的斗争。

2. 鲁迅诗歌是"诗史"与"心史"的统一。

鲁迅诗歌的内容涉及中国现代史上近半个世纪的沧桑变化，从清光绪年间到抗日战争爆发前夕，其间戊戌变法、辛亥革命、倒袁运动、五四运动、北伐战争、"四一二"政变、反对蒋介石法西斯统治以及日本帝国主义侵华战争等，这些重要时事在其诗作中都有所反映。从这个意义上说，鲁迅的诗歌具有"诗史"的性质。这些诗作，又清晰而形象地记录了鲁迅的心灵历程，从中可以看到他从一个热诚的爱国青年到激进的革命民主主义者，最后成为坚定的左翼文化战士的心灵演进过程。从这个角度上讲，鲁迅的诗歌又是诗人的"心史"。

师探小测

1.（填空题）鲁迅共有诗歌七十多首。就诗体来说有三种：旧体诗、新诗和_____。

考点四十一：鲁迅诗歌的思想内容

1. 鲁迅诗歌的思想内容。
（1）抒发献身祖国的豪情壮志。
（2）揭露国民党反动派的残暴和丑恶。
（3）为革命风雷唱赞歌。
（4）抒写与亲人、友人的真挚情谊。
2. 鲁迅诗歌对国民党反动派实行反革命"围剿"的揭露与抨击。

面对国民党反动派实行的反革命军事"围剿"和文化"围剿"，鲁迅写过许多诗篇加以猛烈的抨击。写于1931年3月的《湘灵歌》便是侧重于揭露反革命军事"围剿"的优秀诗篇；《无题·惯于长夜过春时》是揭露反动派的文化"围剿"；而《无题·大野多钩棘》则将矛头同时指向反革命的军事"围剿"和文化"围剿"。

师探小测

1.（填空题）_____是鲁迅写于1931年3月的侧重于揭露反革命军事"围剿"的优秀诗篇。
2.（简答题）简述鲁迅诗歌的思想内容。

考点四十二：鲁迅诗歌的艺术成就

1. 鲁迅诗歌的艺术成就。
（1）浓郁、深厚与激越的统一。
（2）楚骚的遗响。

（3）辛辣的讽刺。

（4）娴熟的手法。

2. 鲁迅诗歌的讽刺形式。

其一，"活剥"古诗，注入今人今事。

其二，采用旧体，半文半白，以通俗浅显的文字，收讽刺幽默之效。

其三，采用轻松活泼的民歌体，使之与严肃的内容形成不协调，从而产生幽默感和讽刺性。

3. 鲁迅诗歌的艺术手法。

鲁迅诗歌艺术的完美性，还表现在许多具体手法的娴熟运用上，主要有：

（1）对比映衬（用相反的事物或意境构成对比）。

（2）气氛烘托（通过浓烈的环境气氛烘托主旨）。

（3）反复强调（同一意向的反复出现，起到了很好的强调作用）。

（4）用典贴切。

（5）对仗工整。

鲁迅诗歌在艺术手法的运用上，完全达到了"得心应手"的境界。

师探小测

1.（简答题）简述鲁迅诗歌的讽刺形式。

师探小测·参考答案

考点四十：鲁迅诗歌的创作历程

1. 民歌体诗

考点四十一：鲁迅诗歌的思想内容

1.《湘灵歌》

2.（1）抒发献身祖国的豪情壮志。

（2）揭露国民党反动派的残暴和丑恶。

（3）为革命风雷唱赞歌。

（4）抒写与亲人、友人的真挚情怀。

考点四十二：鲁迅诗歌的艺术成就

1. 其一，"活剥"古诗，注入今人今事。

其二，采用旧体，半文半白，以通俗浅显的文字，收讽刺幽默之效。

其三，采用轻松活泼的民歌体，使之与严肃的内容形成不协调，从而产生幽默感和讽刺性。

第九章 鲁迅的学术研究

考点四十三：鲁迅的文学史研究

1. 鲁迅文学史研究的主要实践。

鲁迅在文学史方面劳绩甚大，建树颇多，他写的一系列文学史研究的专著和文章，开辟了中国文学历史研究的新途径、新方法。鲁迅最先从事的是中国小说史的研究。约从 1920 年起，他就多方搜集中国小说史料，以便编写中国小说史讲义。1923 年 12 月出版了《中国小说史略》（上），1924 年 6 月出版了《中国小说史略》（下），这是中国小说史研究的奠基之作。1924 年 9 月，其《中国小说的历史的变迁》记录稿修改订正并出版。1926 年 9 月间，编写了十章的《汉文学史纲要》。他还曾在一系列文章中论及中国近现代文学的发展，较为突出的是写于 1931 年的《上海文艺之一瞥》，该文大体勾勒了近现代文学发展的线索，此外，鲁迅为《中国新文学大系·小说二集》所写的序，以及他为许多现代作家、作品所写的小传、序跋等，也可以看作他对中国现代文学的研究成果。

其中，《中国小说史略》是第一部系统地论述我国两千年小说发展历史的专著，是中国小说史研究的奠基之作。它的诞生，结束了中国小说研究长期止于零散点评或评论的状况，改变了"中国之小说自来无史"的局面。

2. 鲁迅文学史研究的原则和精神。

第一，在鲁迅的文学史研究中充满了革命的批判精神，这主要表现在敢于冲破以儒家正统观念为准绳的框框，广泛而深刻地批判了封建传统思想。

第二，在鲁迅的文学史研究中充满了现代意识。

第三，鲁迅在文学史的研究中，特别注重对文学发展规律的探讨，即充分显示其"史"的特点。

第四，鲁迅在研究中国文学时，特别注意把作家作品和文学现象摆到特定的历史背景之下去考察，从影响文学发展的诸多时代因素中去揭示文学现象和文学作品形成的原因。

第五，鲁迅在对中国文学史的研究中，能以其卓越的史识，正确区分中国文学的精华和糟粕，并对之做出实事求是的价值评判。

师探小测

1.（简答题）简述鲁迅文学史研究的原则和精神。

考点四十四：鲁迅的翻译和古籍整理

1. 鲁迅的文学翻译活动及其目的。

在鲁迅一生的文学活动中，翻译、介绍外国文学始终占有十分重要的地位。早在日本求学时期，他便翻译了大量文学作品，并出版了<u>与周作人合译的两本《域外小说集》</u>。可以说，鲁迅的文学生涯是从译介外国文学开始的。"五四"以后，其重点是翻译俄罗斯文学及十月革命后的苏联文学。他曾译过果戈理的《死魂灵》、法捷耶夫的《毁灭》、爱罗先珂的《童话集》、普列汉诺夫的《艺术论》、卢那察尔斯基的《艺术论》及《文艺与批评》《文艺政策》等大量苏俄文学作品和理论著作。他的译作总计达300多万字。

鲁迅译介外国文学的指导思想是很明确的，他怀着普罗米修斯"偷火给人类"似的目标，企望通过翻译的作品来唤醒和激发中国人民的斗争意识。另一方面，鲁迅还希望通过译介外国文学的精品，来为中国新文学的发展提供借鉴。

另外，他还写了不少有关翻译理论的文章，较为详尽地阐述了自己对翻译的见解。这些文章主要有：《"硬译"与"文学的阶级性"》《几条"顺"的翻译》《风马牛》《再来一条"顺"的翻译》《关于翻译的通讯》《"题未定"草（一至三）》《关于翻译》《拿来主义》，等等。

2. 鲁迅辑录整理古籍的基本特点。

第一，以"正史"为主，兼采杂书。

第二，"考而后信"。

第三，钩沉辑佚，细密拼补。

第四，考订工作注重文、物互证。

3. 鲁迅"宁信而不顺"的翻译原则及其评价。

第一，鲁迅"宁信而不顺"的翻译原则，是针对 30 年代翻译界出现的"宁错而务顺"的观点提出来的。30 年代初，翻译界出现过一番"信"与"顺"的争论。梁实秋于《新月》月刊发表了一篇题为《论鲁迅先生的"硬译"》的文章，对鲁迅进行攻击，把鲁迅的译作说成是"硬译""死译"，实质上是企图以此来对翻译和传播马克思主义文艺理论及革命文学提出非议。面对挑战，鲁迅写了《"硬译"与"文学的阶级性"》及一系列相关的文章，对梁实秋等人的主张加以驳斥，并针锋相对地提出了"宁信而不顺"的翻译主张，以"宁信"来反击他们"宁错"的要害。

第二，鲁迅是本着对读者负责的认真严肃态度而提出"宁信而不顺"的翻译主张的。他认为"宁错而务顺"的主张，是翻译界的一股胡译乱译的歪风邪气，是对读者不负责任的做法。这种翻译固然可能使人读起来感到"爽快"，但读者恰恰会在这种"爽快"中不知不觉地被愚弄和欺骗。

第三，鲁迅在翻译理论上把"信"放在首位，是为了强调忠实于原著的思想内容和忠实地传达原著的精髓。在"信"与"顺"的关系上，如果二者一时还不可兼得，必须有所取舍的话，鲁迅认为理所当然应选择"宁信而不顺"，这样做，起码能保证不改变原著的基本意思。从忠实于原著考虑，鲁迅始终坚持"直译"。

第四，鲁迅主张"宁信而不顺"，还包含希望在译文中尽可能保存外国文学风格的目的。鲁迅认为，"凡是翻译，必须兼顾着两面，一则当然力求易解，一则保存原作的丰姿"，"但这保存，却又常常和易懂相矛盾"。翻译绝不能因为有人看不惯或者看不懂，而去"削鼻剜眼"，以求"归化"，即将之完全中国化。也就是说，外国之为外国，就是因为有那么一些与中国不尽相同的地方，为了保存外国作品中的异国情调和风格特色，宁可译得不顺口。

第五，鲁迅主张"宁信而不顺"的直译，也是为了向外国学习语言文法，以便丰富现代中国语言。这就要求在翻译中尽可能"直译"，尽可能多保存些外国语言文法的原样，以便使读者有可供学习、借鉴的东西，进而使现代汉语在词汇、文法等方面得到丰富和发展。

正是基于以上种种考虑，鲁迅才提出了"宁信而不顺"的翻译原则。应该看到，这是鲁迅在 30 年代特定历史条件下，针对"宁错而务顺"观点而提出的带有矫枉过正性质的主张，这在当时是起了积极作用的，而且鲁迅对这一原则所作的种种解释，至今看来仍是基本正确的。但是，同时我们也应看到，鲁迅为了论战的需要，有时不免有些偏激。虽然"信"与"顺"是在翻译中常常遇到的一对矛盾，有时确实难以两全，但作为理想的好的译文，无疑是应该，也可以达到两全其美的。离开了鲁迅所处的特定历史时期，如果我们今天仍一味强调宁信而不顺，就显得过于片面并无助于翻译事业的发展了。

师探小测

1. （填空题）鲁迅与_____合译了两本《域外小说集》。
2. （简答题）简述鲁迅辑录整理古籍的基本特点。

考点四十五：鲁迅与语言文字改革

1. 鲁迅对语言文字问题的阐述。

第一，鲁迅从历史唯物主义的观点出发，阐述了语言文字的起源与发展，并指出了文字改革的必然性。

第二，鲁迅分析了汉字的繁难，以及形成汉字繁难的原因，并从"将汉字交给大众"的目的出发，指出了汉字改革的必要性。

第三，鲁迅总结了汉字改革的历史经验，一方面提倡简化汉字，另一方面又提出了根本改革汉字的拉丁化方向。

第四，鲁迅从纯洁和统一祖国语言的目的出发，还坚决主张发展普通话和提倡实现汉语规范化。

2. 鲁迅对语言文字与中国传统文化关系的阐述。

首先，鲁迅认为，一个民族的语言，与该民族在长期的文化历史过程中所形成的思维方式有着密切的关系。

其次，鲁迅还对中国语言文字与中国民族心理的关系做了考察，从而通过一些语言现象，揭示和批判了落后的民族心理素质。比如，鲁迅认为，在"国骂"——"他妈的"的背后，隐藏着的是一种"精神胜利"的自欺心态。

此外，鲁迅还对中国语言文字与文化发展的相背离，中国传统语言文字所带有的旧文化机质，以及中国语言文字与新的文化节奏的不相适应等问题，作了精到的分析，从而使语言文字改革问题进一步在文化发展这一更为广阔的历史背景上被提出来，使之得到充分的强调。

师探小测

1.（简答题）简述鲁迅从哪些方面阐述了语言文字问题。

考点四十六：鲁迅与自然科学

1. 鲁迅与自然科学的关系主要体现在四个方面。

第一，鲁迅早期专门从事过自然科学的学习和研究，翻译介绍过一些外国的先进科学成就。

第二，鲁迅对自然科学的某些领域曾有过一定的研究，并撰写、编著过专业性很强的科学论文和论著。

第三，鲁迅一生高举科学的旗帜，自然科学构成了他的宇宙观、方法论的重要基础和内涵，他又以科学为武器，反对束缚科学发展的封建文化。

第四，鲁迅以精博的自然科学知识来丰富自己的文艺创作。

2. 鲁迅的自然科学论著。

1903年发表了《说鈤》《中国地质略论》两篇科学论文，前者是我国最早介绍法国居里夫人发现镭的经过的论文，后者论述了中国地质的发展历史和矿产的分布。与此同时，鲁迅转译了法国科幻小说家儒勒·凡尔纳的科学幻想小说《月界旅行》和《地底旅行》，翻译了《北极探险记》，与顾琅共同编著了《中国矿产志》一书。

1907年，写了《人之历史》和《科学史教篇》，前者介绍了达尔文的生物进化论及其发展史略，后者考察西方自然科学发展的历史，说明了科学的本质及其在改造自然和改造社会方面所起的作用。

师探小测

1.（填空题）鲁迅写的_____介绍了达尔文的生物进化论及其发展史略。

2.（填空题）鲁迅与_____共同编著了《中国矿产志》一书。

师探小测·参考答案

考点四十三：鲁迅的文学史研究

1. 第一，在鲁迅的文学史研究中充满了革命的批判精神，这主要表现在敢于冲破以儒家正统观念为准绳的框框，广泛而深刻地批判了封建传统思想。

   第二，在鲁迅的文学史研究中充满了现代意识。

   第三，鲁迅在文学史的研究中，特别注重文学发展规律的探讨，即充分显示其"史"的特点。

   第四，鲁迅在研究中国文学时，特别注意把作家作品和文学现象摆到特定的历史背景之下去考察，从影响文学发展的诸多时代因素中去揭示文学现象和文学作品形成的原因。

   第五，鲁迅在中国文学史的研究中，能以其卓越的史识，正确区分中国文学的精华和糟粕，并对之作出实事求是的价值评判。

考点四十四：鲁迅的翻译和古籍整理

1. 周作人
2. 第一，以"正史"为主，兼采杂书。
   第二，"考而后信"。
   第三，钩沉辑佚，细密拼补。
   第四，考订工作注重文、物互证。

考点四十五：鲁迅与语言文字改革

1. 第一，鲁迅从历史唯物主义的观点出发，阐述了语言文字的起源与发展，并指出了文字改革的必然性。

   第二，鲁迅分析了汉字的繁难，以及形成汉字繁难的原因，并从"将汉字交给大众"的目的出发，指出了汉字改革的必要性。

   第三，鲁迅总结了汉字改革的历史经验，一方面提倡简化汉字，另一方面又提出了根本改革汉字的拉丁化方向。

   第四，鲁迅从纯洁和统一祖国语言的目的出发，还坚决主张发展普通话和提倡实现汉语规范化。

考点四十六：鲁迅与自然科学

1. 《人之历史》   2. 顾琅

三、全真模拟演练

"鲁迅研究"全真模拟演练（一）

一、单项选择题（每小题1分，合计30分）

1. 下列小说篇目中不属于《彷徨》的是（　　）。
   A. 《祝福》　　　B. 《白光》　　　C. 《在酒楼上》　　　D. 《长明灯》
2. 在鲁迅身上，超常的"热情和性格"通常凝聚在一起，集中体现为（　　）。
   A. 韧性的战斗精神和雄伟的人格力量
   B. 多才多艺与学识渊博
   C. 对传统文化"吃人"本质的发现
   D. 对活着的文化传统中培育出的"阿Q现象"的发现
3. 鲁迅认为自己的第一位老师是（　　）。
   A. 母亲鲁瑞　　　B. 保姆"长妈妈"　C. 塾师寿镜吾　　　D. 章太炎
4. 《进化论与论理学》的作者是（　　）。
   A. 达尔文　　　B. 赫胥黎　　　C. 严复　　　D. 波特莱尔
5. 鲁迅一生给我们留下的著作达（　　）。
   A. 2 000万字　　　B. 170万字　　　C. 80万字　　　D. 800多万字
6. 鲁迅以张勋复辟为故事背景的作品是（　　）。
   A. 《头发的故事》　B. 《药》　　　C. 《风波》　　　D. 《离婚》
7. 鲁迅诗歌《湘灵歌》的主题是（　　）。
   A. 歌颂湘水女神　　　　　　　B. 声讨国民党的反革命文化"围剿"
   C. 悼念左联五烈士　　　　　　D. 揭露国民党的反革命军事"围剿"
8. 1903年，鲁迅发表的两篇科学论文是《中国地质略论》和（　　）。
   A. 《化学卫生论》　　　　　　B. 《中国矿业志》
   C. 《说鈤》　　　　　　　　　D. 《进化和退化》
9. 鲁迅在1904年秋季确立的理想是（　　）。
   A. 文学救国　　　B. 教育救国　　　C. 科学救国　　　D. 医学救国
10. 1915年，创办《新青年》杂志，掀起五四新文化运动的思想家是（　　）。
    A. 陈独秀　　　B. 胡适　　　C. 鲁迅　　　D. 李大钊

11. 下列群体流派中，（　　）不是新文化运动的主要反对者。
    A. "桐城派"　　　B. "国粹派"　　　C. "甲寅派"　　　D. "学衡派"
12. 鲁迅创办的《语丝》杂志是中国第一个专门的（　　）刊物。
    A. 散文　　　　　B. 小说　　　　　C. 戏剧　　　　　D. 漫画
13. 鲁迅七岁开蒙读书，读的第一本书是（　　）。
    A.《鉴略》　　　B.《论语》　　　C.《三字经》　　　D.《山海经》
14.《野草》中的代表作，诗剧形式，赞美韧性战斗精神的作品是（　　）。
    A.《秋夜》　　　B.《这样的战士》　　C.《过客》　　　D.《死火》
15. 鲁迅的"多才多艺和学识渊博"，不仅仅是指文化素养，而且是指（　　）。
    A. 文化识见　　　B. 文化底蕴　　　C. 文学功底　　　D. 涉猎广泛
16. 中国的资产阶级改良主义者严复"译述"了赫胥黎著作《进化论与伦理学》，定名为（　　）。
    A.《天伦火化》　B.《生物起源》　C.《起源学说》　　D.《天演论》
17. 鲁迅认为有"指摘时弊""抨击习俗"优点的小说是（　　）。
    A.《儒林外史》　　　　　　　　　B.《官场现形记》
    C.《二十年目睹之怪现状》　　　　D.《孽海花》
18. 创作于1903年，充满着激越情调和悲壮气氛，显示出明显的浪漫主义倾向的鲁迅作品是（　　）。
    A.《湘灵歌》　　B.《斯巴达之魂》　C.《春末闲谈》　D.《灯下漫笔》
19. "有感于文人学士们帮助军阀而作"的鲁迅散文诗是（　　）。
    A.《复仇》　　　B.《这样的战士》　C.《求乞者》　　D.《秋夜》
20. 鲁迅的《朝花夕拾》在结集前，曾陆续发表于（　　）。
    A.《新青年》　　B.《新生》　　　C.《语丝》　　　D.《莽原》
21. 鲁迅对待宗教文化的态度是（　　）。
    A. 否定的　　　B. 认同的　　　C. 谨慎的　　　D. 排斥的
22. 在鲁迅笔下，因发表宣扬中国国粹文章而登上讲台、丑态百出的封建流氓是（　　）。
    A. 四铭　　　　B. 蓝皮阿五　　C. 高干亭　　　D. 红鼻子老拱
23. 鲁迅笔下最刚强泼辣，敢于反抗的女性是（　　）。
    A. 子君　　　　B. 七斤嫂　　　C. 单四嫂子　　D. 爱姑
24. 鲁迅小说《伤逝》中的知识分子走出了"穷途"的是（　　）。
    A. 四铭　　　　B. 魏连殳　　　C. 涓生　　　　D. 吕纬甫
25. 杂文的灵魂是（　　）。
    A. 论战性　　　B. 战斗性　　　C. 攻击性　　　D. 说服性

26. 就叙述顺序而言，鲁迅的小说《故乡》是（　　）。
   A. 顺序　　　　B. 倒叙　　　　C. 补叙　　　　D. 插叙

27. "鲁迅式思维"的特点，最主要的体现为思维的（　　）。
   A. 开放性　　　B. 反叛性　　　C. 包容性　　　D. 逻辑性

28. 提倡社会批评与文明批评，与《语丝》站在一条战线，向旧势力、旧文明发起攻击的杂志是（　　）。
   A.《新青年》　B.《未名月刊》　C.《莽原》　　　D.《现代评论》

29. 鲁迅认为，文艺创作的独特性就在于它的（　　）。
   A. 情感性　　　B. 逻辑性　　　C. 戏剧性　　　D. 揭示性

30. 被鲁迅称赞为"抽写哀怨，郁为奇文""放言不惮，为前人所不敢言"的是（　　）。
   A. 李白　　　　B. 杜甫　　　　C. 曹雪芹　　　D. 屈原

二、填空题（每小题 1 分，合计 10 分）

31. 1907 年鲁迅发表文言论文《摩罗诗力说》主要介绍欧洲文学史的浪漫主义诗人及其作品，刊登这篇文章的杂志是（　　　　）。

32. 鲁迅《起死》这篇作品尖锐地鞭挞了 30 年代某些文人所宣扬的"无是非观"，抓住了一系列喜剧性的矛盾冲突，采用的形式是（　　　　）。

33. 灵台无计逃神矢，（　　　　　　　）。

34. 鲁迅在"左联"成立大会上一针见血地指出，"左翼"作家其实是很容易成为"右翼"作家的，这篇演讲题为（　　　　）。

35. 劝鲁迅不要再抄古碑，应当加入新文化战线的《新青年》编辑部成员是（　　）。

36. 1926 年，鲁迅到（　　）任文科教授，并创作了一组忆旧散文。

37. 结束了中国小说研究长期止于零散评点或评论的状况，改变了"中国之小说自来无史"的局面的专著是（　　　　）。

38. 鲁迅小说《弟兄》中新旧特点兼而有之的知识分子是（　　）。

39. 毛泽东在（　　　　）中高度称赞鲁迅是伟大的思想家、革命家和文学家。

40. 被鲁迅自己评价为"神话，传说及史实的演义"的小说集是（　　　）。

三、名词解释题（每小题 2 分，合计 6 分）

41. 未名社

42. "国民文术"

43. 叭儿狗

四、简答题（每小题 6 分，合计 24 分）

44. 简述鲁迅在小说中关心农民命运的原因。

45. 简述鲁迅文学创作中的真实性所包括的内容。

46. 简述《野草》的主要思想内容。

47. 简述《故事新编》的写作特点。

五、论述题（每小题 10 分，合计 30 分）

48. 分析"鲁迅式思维"的基本特点。

49. 分析鲁迅关于知识分子题材的小说的特点。

50. 《呐喊》与《彷徨》为什么被称为中国反封建思想革命的一面镜子？

"鲁迅研究"全真模拟演练（二）

一、单项选择题（每小题 1 分，合计 30 分）

1. "鲁迅除了天才以外，主要的在于他对中国社会的深刻了解。我们左联之中包括很多很好的同志，很有名的人，在这一点上是不如他的。"这是（　　）对鲁迅的评价。

   A. 毛泽东　　　B. 许寿裳　　　C. 郭沫若　　　D. 周扬

2. 出现"叭儿狗阿随"这一精彩情节的鲁迅作品是（　　）。

   A. 《论"费厄泼赖"应该缓行》

   B. 《"丧家的"资本家的乏走狗》

   C. 《狗的驳诘》

   D. 《伤逝》

3. "要极省俭的画出一个人的特点，最好是画他的眼睛……"出自鲁迅作品（　　）。

   A. 《我怎么做起小说来》　　　B. 《关于小说题材的通信》

   C. 《答北斗杂志问》　　　　　D. 《呐喊》

4. 《彷徨》扉页引用的诗句的作者是诗人（　　）。

   A. 李白　　　B. 杜甫　　　C. 毛泽东　　　D. 屈原

5. 鲁迅认为，知（　　）是人的觉醒的第一步。

   A. "发展"　　B. "苦痛"　　C. "反思"　　D. "兴替"

6. 1930 年，"中国左翼作家联盟"正式成立的地方是（　　）。

   A. 上海　　　B. 南京　　　C. 北京　　　D. 广州

7. 胡适的《文学改良刍议》和陈独秀的（　　）为五四文学革命拉开了序幕。

   A. 《新青年》　　　　　　B. 《敬告青年》

   C. 《文学革命论》　　　　D. 《人权与约法》

8. 包括《故事新编》在内，鲁迅创作的小说总篇数是（　　）。

   A. 33　　　B. 30　　　C. 25　　　D. 36

9. 在小说（　　）中，鲁迅赞扬了人力车夫的高尚品德。

   A. 《一件小事》　　B. 《风波》　　C. 《头发的故事》　　D. 《非攻》

10. 鲁迅笔下的知识分子形象大多是（　　）。

A. 喜剧形象　　B. 正剧形象　　C. 理想形象　　D. 悲剧形象

11. 鲁迅在 30 年代写作《小品文的危机》等文，主要的论争对手是（　　）。

A. 梁实秋　　B. 周作人　　C. 林语堂　　D. 胡秋原

12. 被认为是中国现代最早涉及"民俗学"的文章是鲁迅的（　　）。

A.《论雷峰塔的倒掉》　　　　B.《送灶日漫笔》

C.《拟播布美术意见书》　　　D.《门外文谈》

13. 下列属于鲁迅认为"钻入"的表现之外的是（　　）。

A. 自充作品中的角色　　　　B. 按图索骥，视文学作品为实录

C. 视文学作品为泼秽水的器具　　D. 参与艺术作品的"再创造"

14. 鲁迅认为他译介的目的是在于"使大家看看各种议论，可以和中国的新的批评家的批评和主张相比较"，出自（　　）。

A.《文艺政策》　　　　　B.《〈艺术论〉作品序》

C.《〈穷人〉小引》　　　D.《论雷峰塔的倒掉》

15. 经历了"女师大"学潮和"三一八"惨案，鲁迅在 1926 年岁末写下了（　　）。

A.《采薇》和《理水》　　B.《奔月》和《铸剑》

C.《非攻》和《奔月》　　D.《采薇》和《铸剑》

16. 鲁迅散文诗集《野草》的开篇之作是（　　）。

A.《过客》　　B.《秋夜》　　C.《死火》　　D.《腊叶》

17. 鲁迅说有人"常常误认一种硫化铜为金矿，空口是和他说不明白的，或者还会赶紧藏起，疑心你要白骗他的宝贝。但如果遇到一点真的金矿，只要用手掂一掂轻重，他就死心塌地明白了"。这表现了鲁迅对文学批评中看待问题的（　　）。

A. 全面性　　B. 历史性　　C. 比较性　　D. 辩证性

18. 鲁迅去南京求学的时间是（　　）。

A. 1895 年　　B. 1896 年　　C. 1897 年　　D. 1898 年

19. 在鲁迅著作中最早提到"国民"的是（　　）。

A.《文化偏至论》　　　B.《摩罗诗力说》

C.《斯巴达之魂》　　　D.《"友邦惊诧"论》

20. 鲁迅弃医从文的目的，就是企冀用文艺来改造国民性，以拯救"沉沦益速"的中华民族，这决定了鲁迅必然在实际上要承认和维护文艺的（　　）

A. 阶级性　　B. 独特性　　C. 时代性　　D. 社会功利性

21. 鲁迅认为，文艺创作的独特性就在于它的（　　）。

A. 情感性　　B. 逻辑性　　C. 戏剧性　　D. 揭示性

22. 被鲁迅评价为"激楚之言，奔放之词""怨愤责数"的"呐喊"之声的作品是（ ）
    A.《诗经》 B.《离骚》 C.《史记》 D.《儒林外史》

23. 1924 年，北京大学歌谣研究会会刊《歌谣周刊》第 71 期曾刊出民俗征题，作为范例文章的鲁迅作品是（ ）。
    A.《无常》   B.《社戏》
    C.《论雷峰塔的倒掉》   D.《送灶日漫笔》

24. 鲁迅与自然科学关系密切，他曾与顾琅共同编著了（ ）。
    A.《中国地质略论》   B.《中国矿产志》
    C.《北极探险记》   D.《人之历史》

25. 在现代文学史上，瞿秋白第一次用马克思主义的观点对鲁迅杂文的意义及其思想的发展道路作全面分析的文章是（ ）。
    A.《鲁迅杂感文的技巧》 B.《〈鲁迅杂感选集〉序》
    C.《鲁迅之杂感文》   D.《论鲁迅的杂文》

26. 以下作品中，鲁迅为其中译本撰写了后记的是（ ）。
    A.《浮士德与城》 B.《毁灭》
    C.《死魂灵》   D.《俄罗斯的童话》

27. 从反对以儒家思想为主要精神支柱的专制制度和非人的伦理道德出发，鲁迅强调佛教中的（ ）。
    A. 普度众生 B. 平等观念 C. 唯识无境 D. 因果业报

28. 1925 年，北洋军阀政府教育总长章士钊复刊他创办的周刊，充当新文化运动的拦路虎，人称（ ）。
    A. 学衡派 B. 国故派 C. 甲寅派 D. 国粹派

29. 鲁迅揭露"民族主义文学"充当国民党反动文艺别动队的本质的作品是（ ）。
    A.《"丧家的""资本家的乏走狗"》
    B.《论"第三种人"》
    C.《小品文的危机》
    D.《沉滓的泛起》

30. 鲁迅早期发表在《河南》杂志上、介绍和赞扬欧洲浪漫主义诗人的文章是（ ）。
    A.《人之历史》   B.《摩罗诗力说》
    C.《我的文学观》 D.《南腔北调集》

二、填空题（每小题 1 分，合计 10 分）

31. 曾经在《新民主主义论》一文中称鲁迅是"中华民族新文化的方向"的人是（　　）。

32. （　　　　　　），于无声处听惊雷。

33. 1935 年，瞿秋白英勇就义，为了哀悼，鲁迅全面负责编辑、校对、装帧瞿秋白的翻译遗著，并将这部译稿定名为（　　　　）。

34. 瞿秋白曾在 30 年代编选了一本（　　　），并为之写了长篇序言。

35. 鲁迅后来通过译介厨川白村的（　　　），更多地接受了象征主义的影响。

36. 鲁迅曾将"舍身求法"的（　　）列为"中国的脊梁"之列。

37. 鲁迅的文学创作始于（　　　　）。

38. 鲁迅所论述的文艺创作中的真实性包括两个方面，一是作家艺术家所表达的情感的（　　　），二是作为情感表达载体的描写对象的真实性。

39. 鲁迅文学欣赏观的核心是（　　　　）。

40. 欣赏是读者自愿的心灵活动，使读者进入欣赏状态的是（　　　）。

三、名词解释题（每小题 2 分，合计 6 分）

41. 中间物

42. 国民性

43. 吃人

四、简答题（每小题 6 分，合计 24 分）

44. 简述鲁迅辑录整理古籍的基本特点。

45. 简述《朝花夕拾》的文献价值。

46. 简析阿Q形象的基本特征。

47. 《野草》中象征主义手法的运用有哪些途径？

五、论述题（每小题 10 分，合计 30 分）

48. 结合对《野草》的阅读理解，试分析论述《野草》"反抗黑暗，反抗绝望"的思想特点。

49. 试述鲁迅思想和精神对当下的启迪意义。

50. 试述鲁迅的文学批评观。

"鲁迅研究"全真模拟演练（三）

一、单项选择题（每小题1分，合计30分）

1. 与倡导主体精神文化建设相联系，鲁迅以极大的精力关注并思考了（　　）这一历史命题。
   A. 大力反传统　　　　　　B. 批判封建因素
   C. 改造国民性　　　　　　D. 宣扬马克思主义

2. 鲁迅揭露封建科举制度"吃人"本质的作品是（　　）。
   A.《狂人日记》　B.《高老夫子》　C.《端午节》　D.《白光》

3. 鲁迅曾经讲到，人生有两大难关，一个是歧路（十字路口），一个是穷途（穷途末路），提及此的书是（　　）。
   A.《坟》　　B.《野草》　　C.《两地书》　　D.《朝花夕拾》

4. 1898年，鲁迅在南京求学时，进入洋务派创办的（　　）。
   A. 江南水师学堂　　　　　B. 路矿学堂
   C. 江南陆师学堂　　　　　D. 师范学堂

5. 1903年鲁迅在日本留学时，翻译了文言小说（　　），这虽是译作，但有一定的创作成分。
   A.《怀旧》　　　　　　　B.《斯巴达之魂》
   C.《摩罗诗力说》　　　　D.《人的历史》

6. 主要表现寡妇"失节"的悲剧的鲁迅小说是（　　）。
   A.《明天》　B.《祝福》　C.《离婚》　D.《伤逝》

7. 恩格斯在谈及"巨人的特征"时，把"（　　）"也作为内容之一，这是值得注意的。
   A. 热情和性格　B. 创作和宣扬　C. 理想和信念　D. 文化和思想

8. 属于鲁迅直接以民俗文化内容为素材写成的散文是（　　）。
   A.《风波》《女吊》　　　　B.《风筝》《无常》
   C.《故乡》《风筝》　　　　D.《社戏》《女吊》

9. 在"五四"以前，集中反映鲁迅对文艺本质的见解的两篇文章是（　　）。
   A.《摩罗诗力说》《我怎样做起小说来》
   B.《文艺与革命》《拟播布美术意见书》

C.《文艺与革命》《我怎样做起小说来》

D.《摩罗诗力说》《拟播布美术意见书》

10. 在1936年的"两个口号"之争中，鲁迅主张的是（   ）。

A. 革命文学   B. 国防文学

C. 民族革命战争的大众文学   D. 无产阶级大众文学

11. 鲁迅指出"选材要严，开掘要深"的文章是（   ）。

A.《关于小说创作的通信》   B.《关于小说题材的通信》

C.《谈小说创作》   D.《谈小说选材》

12. 鲁迅认为在文化建设上须"去其偏颇"，显示了其文化反省的（   ）。

A. 辩证性特征   B. 多层次性特征   C. 批判性特征   D. 过渡性特征

13. 鲁迅小说中，以绝望、变态，以及躬行先前所反对的一切采取"自我灭亡"式结局的知识分子是（   ）。

A. 孔乙己   B. 魏连殳   C. 吕纬甫   D. 张沛君

14. 鲁迅指出封建伦理道德戕害女性不仅在身体上，而且在精神上，揭示这一问题的最典型的小说是（   ）。

A.《伤逝》   B.《祝福》   C.《风波》   D.《离婚》

15. 1918年5月，鲁迅在《新青年》上发表的，堪称是中国新文学史上的第一篇白话小说的是（   ）。

A.《秋夜》   B.《狂人日记》   C.《故乡》   D.《孔乙己》

16. 鲁迅的小说在描写（   ）题材方面具有开创之功。

A. 劳动农民   B. 家庭妇女   C. 知识分子   D. 青年学生

17. "爱情必须时时更新，生长，创造。"这句话出自鲁迅小说（   ）。

A.《幸福的家庭》   B.《在酒楼上》   C.《伤逝》   D.《孤独者》

18. 借书名公开表示自己是反动统治阶级的"逆子贰臣"的鲁迅作品是（   ）。

A.《三闲集》   B.《我们现在怎样做父亲》

C.《二心集》   D.《准风月谈》

19. 鲁迅以张勋复辟为故事背景的作品是（   ）。

A.《头发的故事》   B.《药》   C.《风波》   D.《离婚》

20. 在鲁迅笔下，因发表宣扬中国国粹文章而登上讲台、丑态百出的封建流氓是（   ）。

A. 四铭   B. 蓝皮阿五   C. 高干亭   D. 红鼻子老拱

21.《呐喊》中采用了双线结构的小说篇目是（   ）

A.《狂人日记》   B.《药》   C.《白光》   D.《一件小事》

22. 近于速写，没有完整的情节和主要人物，写一群麻木、呆钝的人群，展示国人愚弱心灵的鲁迅作品是（　　　）。
　　A.《呐喊》　　　B.《示众》　　　C.《彷徨》　　　D.《在酒楼上》
23. 鲁迅著名小说《伤逝》采用的结构是（　　　）。
　　A. 问答体　　　B. 对话体　　　C. 散文体　　　D. 手记体
24. "我以为画普罗列塔利亚，应该是写实的，照工人原来的面貌，并不须画得拳头比脑袋还要大。"这是鲁迅反对在写实的作品中对生活现象做不必要的（　　　）。
　　A. 渲染　　　B. 描摹　　　C. 铺垫　　　D. 夸张
25. 鲁迅的文学创作始于（　　　）。
　　A. 小说　　　B. 杂文　　　C. 诗歌　　　D. 散文
26. 在左联五烈士被害两周年之际，鲁迅再次赞扬先烈，声讨反动派的文章是（　　　）。
　　A.《无题·惯于长夜过春时》　　　B.《中国无产阶级文学和前驱者的血》
　　C.《可罪恶》　　　D.《为了忘却的记念》
27. 鲁迅为其中译本撰写后记的苏联作品是（　　　）。
　　A.《毁灭》　　　B.《死魂灵》　　　C.《俄罗斯的童话》　　　D.《铁流》
28. 在"题记"中寓意为"一面是埋葬，一面也是留恋"的鲁迅杂文集是（　　　）。
　　A.《坟》　　　B.《且介亭杂文》　　　C.《热风》　　　D.《随感录》
29. （　　　）10 月 19 日凌晨，一代文化伟人鲁迅与世长辞。
　　A. 1936 年　　　B. 1935 年　　　C. 1934 年　　　D. 1933 年
30. 下列小说人物对应关系错误的是（　　　）
　　A.《白光》——陈士成　　　B.《风波》——赵太爷
　　C.《明天》——蓝皮阿五　　　D.《故乡》——杨二嫂

二、填空题（每小题 1 分，合计 10 分）

31. 在（　　　）一文中，鲁迅肯定革命先驱的精神与血肉培育出了幸福的"花果"，同时指出"但需警惕有人赏玩、攀折这花，摘食这果实"。

32. 鲁迅的"文化发现"中最具代表性的是对中国传统文化（　　　）的发现和对活着的文化传统所培育出的"阿Q现象"的发现。

33. 鲁迅与周作人、蔡元培等人倡导在北京大学成立了（　　　）。

34. 早在 1919 年八九月间，鲁迅创作并发表了总题为（　　　）的七篇散文诗，这是他写作散文诗的最早尝试。

35. （　　　）是鲁迅成为马克思主义者、左翼文化英勇旗手的起点。

36. 鲁迅论道教文化，通常是将它分为两个层次，一是指"（　　　）思想"，另一是指"道家（老庄）思想"。

37. 鲁迅应史沫莱特之约，为美国《新群众》杂志作（　　　　），将国民党当局的暴行公之于世界舆论。

38. 鲁迅在（　　　）一文中，深刻总结了历史上，特别是辛亥革命的血的经验教训，提出"痛打落水狗"的重要原则。

39. 鲁迅的杂文集题为《坟》，既意味着埋藏过去，也意味着（　　　）。

40. 鲁迅于1898年在南京求学时改名为（　　　）。

三、名词解释题（每小题2分，合计6分）

41. 莽原社

42. 中国左翼作家联盟

43. "两个口号"

四、简答题（每小题6分，合计24分）

44. 简述《呐喊》《彷徨》主要刻画的人物形象系列。

45. 简述《野草》与波特莱尔象征主义诗作的联系与区别。

46. 简述《过客》中的"过客"形象。

47. 简述鲁迅创作《朝花夕拾》的动机。

五、论述题（每小题 10 分，合计 30 分）

48. 阐述鲁迅小说在形成我国现实主义文学思潮方面的贡献与特点。

49. 试析鲁迅的劳动人民题材小说的特点。

50. 论述鲁迅后期杂文对国民党反动派反共卖国罪行的揭露。

"鲁迅研究"全真模拟演练（四）

一、单项选择题（每小题 1 分，合计 30 分）

1. "没有丝毫的奴颜和媚骨"是（   ）对鲁迅雄伟人格的基本概括。
   A. 周扬　　　　B. 毛泽东　　　　C. 章太炎　　　　D. 萧红
2. 鲁迅的《故事新编》中与《非攻》一起称为姊妹篇的歌颂小说是（   ）。
   A.《铸剑》　　B.《采薇》　　　C.《起死》　　　D.《理水》
3. 国民性弱点产生的原因有三个方面，属于三个方面之外的是（   ）。
   A. 封建等级制度　　　　　　　B. 封建思想的毒害
   C. 伦理观念的影响　　　　　　D. 屡受外来侵略
4. "鲁迅的道路，典型地反映了 20 世纪中国优秀知识分子不断追求真理、不断前进的道路，不断地从爱国主义、现实主义走向社会主义、共产主义的道路。"对鲁迅做出这样评价的人是（   ）。
   A. 毛泽东　　　B. 周扬　　　　C. 胡风　　　　D. 冯雪峰
5. 鲁迅著名杂文《娜拉走后怎样》论述的问题是（   ）。
   A. 子女　　　　B. 妇女　　　　C. 家庭　　　　D. 伦理
6. 在翻译理论上，被鲁迅放在首位的是（   ）。
   A. 信　　　　　B. 达　　　　　C. 雅　　　　　D. 顺
7. 《野草》中的代表作，诗剧形式，赞美韧性战斗精神的作品是（   ）。
   A.《秋夜》　　B.《这样的战士》　C.《过客》　　D.《死火》
8. 鲁迅认为，文艺创作的独特性就在于它的（   ）。
   A. 情感性　　　B. 逻辑性　　　　C. 戏剧性　　　D. 揭示性
9. 《彷徨》扉页引用的诗句的作者是（   ）。
   A. 李白　　　　B. 杜甫　　　　C. 毛泽东　　　D. 屈原
10. 鲁迅，姓周，幼名（   ）。
    A. 槐寿　　　　B. 豫才　　　　C. 樟寿　　　　D. 星杓
11. 1925 年，北洋军阀政府教育总长章士钊复刊他创办的周刊，充当新文化运动的拦路虎，人称（   ）。
    A. 学衡派　　　B. 国故派　　　C. 甲寅派　　　D. 国粹派
12. 在 1936 年的"两个口号"之争中，鲁迅主张的是（   ）。

A. 革命文学 B. 国防文学
C. 民族革命战争的大众文学 D. 无产阶级大众文学

13. 取材于古代复仇故事，表现顽强复仇意志的鲁迅小说是（　　）。
    A.《非攻》 B.《复仇》 C.《起死》 D.《铸剑》

14. 以下体现了以回忆为主的写作特点的是（　　）。
    A.《呐喊》 B.《朝花夕拾》 C.《彷徨》 D.《野草》

15. 在《学界的三魂》中，鲁迅积极主张发扬（　　）。
    A. 民魂 B. 民生 C. 诗魂 D. 民主

16. 鲁迅自己说过，影响《药》的写作的俄国作家是（　　）。
    A. 陀思妥耶夫斯基 B. 安德列夫
    C. 果戈理 D. 高尔基

17. 鲁迅小说中对一种知识分子人生之路的比喻："蜂子或蝇子停在一个地方，给什么来一吓，即刻飞去了，但是飞了一个小圈子，便又回来停在原地点"出自（　　）。
    A.《孤独者》 B.《在酒楼上》 C.《孔乙己》 D.《伤逝》

18. 鲁迅曾将"人生得一知己足矣，斯世当以同怀视之"这副对联书赠（　　）。
    A. 胡风 B. 冯雪峰 C. 瞿秋白 D. 方志敏

19. "多子，饥荒，苛税，兵，匪，官，绅，都苦得他像一个木偶人了"描绘的是（　　）。
    A. 孔乙己 B. 闰土 C. 华老栓 D. 七斤

20. 为中国近代史提供了比一般历史记载更为鲜明和准确的形象化的社会史料的鲁迅作品是（　　）。
    A.《呐喊》 B.《朝花夕拾》 C.《坟》 D.《野草》

21. 1903年鲁迅发表的两篇科学论文是《中国地质略论》和（　　）。
    A.《化学卫生论》 B.《中国矿业志》
    C.《说鈤》 D.《进化和退化》

22. 鲁迅的"多才多艺和学识渊博"，不仅仅是指文化素养，而且是指（　　）。
    A. 文化识见 B. 文化底蕴 C. 文学功底 D. 涉猎广泛

23. 被鲁迅称赞为"抽写哀怨，郁为奇文""放言不惮，为前人所不敢言"的是（　　）。
    A. 李白 B. 杜甫 C. 曹雪芹 D. 屈原

24. 鲁迅笔下的知识分子形象大多是（　　）。
    A. 喜剧形象 B. 正剧形象 C. 理想形象 D. 悲剧形象

25. 从反对以儒家思想为主要精神支柱的专制制度和非人的伦理道德出发，鲁迅强调佛教中的（　　）。
   A. 普度众生   B. 平等观念   C. 唯识无境   D. 因果业报

26. 属于鲁迅小说中劳动农民形象的是（　　）。
   A. 爱姑   B. 子君   C. 四铭   D. 狂人

27. 鲁迅说过，将人生有价值的东西毁灭给人看的是（　　）。
   A. 喜剧   B. 闹剧   C. 悲剧   D. 滑稽剧

28. 鲁迅认为，以长者为本位的"古传的谬误思想"是（　　）。
   A. 女德   B. 王道   C. 孝道   D. 神道

29. "农人耕稼，岁几无休时，递得余弦，则有报赛，举酒自劳，洁牲酬神，精神体质，两愉悦也。"这是鲁迅对（　　）文化发达的原因的分析。
   A. 赛会   B. 社戏   C. 送灶神   D. 庙会

30. 《陇海线上》《黄人之血》的作者是（　　）。
   A. 黄震遐   B. 朱应鹏   C. 潘公展   D. 王平陵

二、填空题（每小题1分，合计10分）

31. 横眉冷对千夫指，（　　　　　　）。

32. 鲁迅在（　　　　　　）中谈及自己的写作习惯时说："写完后至少看两遍，竭力将可有可无的字，句，段删去，毫不可惜。"

33. 鲁迅在谈到《故事新编》的缘起时提到《不周山》是以（　　　　　　）的神话为素材试作的一篇小说。

34. 作为艺术美基本形态的崇高，也有称作雄伟、壮美、伟美的，亦即中国美学思想史上所说的（　　　　）。

35. 在日本，鲁迅怀着强烈的爱国热情，先是选择了（　　　　）这一人生道路。

36. 斯诺曾把鲁迅称作"法国革命时期的伏尔泰"和（　　　　　　）。

37. 鲁迅在《两地书》中，曾经讲到，人生有两大难关，一个是歧路，一个是（　　　　）。

38. 《祝福》中造成祥林嫂悲剧的主要祸根是代表旧中国封建宗法思想与制度的夫权和（　　　　）。

39. 严复"译述"赫胥黎的《进化论与伦理学》一书，将其定名为（　　　　）。

40. 鲁迅的杂文集题为《坟》，既意味着埋藏过去，也意味着（　　　　　　）。

三、名词解释题（每小题2分，合计6分）

41. 《野草》

42. 拿来主义

43. "油滑"

四、简答题（每小题 6 分，合计 24 分）

44. 简述鲁迅对封建孝道观念的批判。

45. 简述鲁迅诗歌的艺术成就。

46. 鲁迅文学翻译的目的有哪些？

47. 简述《风波》命名的寓意。

五、论述题（每小题 10 分，合计 30 分）

48. 论述鲁迅功利主义文艺观的主要内容。

49. 从家庭和个人经历角度看鲁迅从小产生爱国主义的原因。

50. 阐释鲁迅认为文学创作应该"写什么和怎样写"。

"鲁迅研究"全真模拟演练（五）

一、单项选择题（每小题1分，合计30分）

1. （　　）是鲁迅爱国主义思想的集中体现，也是鲁迅一生的战斗宣言。
   A. 我以我血荐轩辕　　　　　　B. 俯首甘为孺子牛
   C. 寄意寒星荃不察　　　　　　D. 心事浩茫连广宇

2. 《呐喊》的开篇之作是（　　）
   A. 《药》　　B. 《风波》　　C. 《狂人日记》　　D. 《阿Q正传》

3. 鲁迅一生共创作杂文（　　）多篇。
   A. 800　　　B. 500　　　C. 600　　　D. 700

4. 鲁迅擅于"活剥"古诗，注入今人今事，其中以幽默的笔调揭露当局"不抵抗主义"嘴脸的是（　　）。
   A. 《吊卢骚》　　　　　　　　B. 《我的失恋》
   C. 《吊大学生》　　　　　　　D. 《替豆萁伸冤》

5. "大家去谒灵，强盗装正经。静默十分钟，各自想拳经。"其中"谒灵"之地指的是（　　）。
   A. 日本东京　　B. 浙江绍兴　　C. 广州黄花岗　　D. 南京中山陵

6. 《朝花夕拾》的开篇之作是（　　）。
   A. 《二十四孝图》　B. 《老莱娱亲》　C. 《狗·猫·鼠》　D. 《藤野先生》

7. 鲁迅属于自然科学论著的书籍是（　　）。
   A. 《中国物理志》　　　　　　B. 《中国矿物志》
   C. 《中国生物志》　　　　　　D. 《中国矿产志》

8. 鲁迅针对30年代社会上出现的崇尚空谈的危险倾向而写的小说是（　　）。
   A. 《起死》　　B. 《采薇》　　C. 《出关》　　D. 《理水》

9. 以因头发而带来的灾难为主要情节的小说是（　　）。
   A. 《肥皂》　　B. 《风波》　　C. 《阿Q正传》　　D. 《白光》

10. 从鲁迅开始上私塾直至他逝世，时间的跨度大约是半个世纪。这半个世纪中我国经历了近代史上的三次思想大解放，其中第二次思想解放是（　　）
    A. 洋务运动　　　　　　　　　B. 戊戌变法
    C. 辛亥革命　　　　　　　　　D. 五四新文化运动

11. 鲁迅指出："看客的去舍，是没法强制的，他若不要看，连拖也无益。"这说明鲁迅重视读者的（　　）。
   A. 趣味性　　　　B. 主体性　　　　C. 主动性　　　　D. 指导性

12. 在日本弘文书院时，鲁迅常与其讨论与"国民性"有关问题的人是（　　）。
   A. 刘半农　　　　B. 周作人　　　　C. 许寿裳　　　　D. 钱玄同

13. 鲁迅《朝花夕拾》中的作品在结集前，曾陆续发表于（　　）。
   A.《新青年》　　B.《新生》　　　C.《语丝》　　　D.《莽原》

14. 鲁迅在30年代写作《小品文的危机》等文章，主要的论争对手是（　　）。
   A. 梁实秋　　　　B. 周作人　　　　C. 林语堂　　　　D. 胡秋原

15. 在鲁迅著作中最早提到"国民"的是（　　）。
   A.《文化偏至论》　　　　　　B.《摩罗诗力说》
   C.《斯巴达之魂》　　　　　　D.《"友邦惊诧"论》

16. 结束了中国小说研究长期止于零散评点或评论的状况，改变了"中国之小说自来无史"的局面的鲁迅论著是（　　）。
   A.《中国小说的历史的变迁》　　B.《汉文学史纲要》
   C.《中国文学史略》　　　　　　D.《中国小说史略》

17. 鲁迅唯一的一篇中篇小说是（　　）。
   A.《药》　　　　B.《风波》　　　C.《阿Q正传》　　D.《孔乙己》

18. 鲁迅是创造新形式的先锋，他的采用对话体的小说作品是（　　）。
   A.《头发的故事》　B.《一件小事》　C.《伤逝》　　　D.《狂人日记》

19. 鲁迅曾经翻译过《苦闷的象征》，更多地接受了象征主义的影响，这部作品的原作者是（　　）。
   A. 厨川白村　　　B. 普列汉诺夫　　C. 爱罗先珂　　　D. 卢那察尔斯基

20. 1932年到上海养伤，被鲁迅两次邀到家中长谈、了解革命根据地生活的将军是（　　）。
   A. 陈赓　　　　　B. 瞿秋白　　　　C. 陈毅　　　　　D. 方志敏

21. 提倡社会批评与文明批评，与《语丝》站在一条战线，向旧势力、旧文明发起攻击的杂志是（　　）。
   A.《新青年》　　B.《未名月刊》　C.《莽原》　　　D.《现代评论》

22. 鲁迅认为在中国的国骂"他妈的"的背后，隐藏着的一种自欺心态是（　　）。
   A. 自以为是　　　B. 傲慢　　　　　C. 自卑　　　　　D. 精神胜利

23. 在鲁迅的小说创作中，比较明显的笔调是（　　）。

A. 抒情性　　　B. 议论性　　　C. 描摹性　　　D. 说理性

24. 散文诗集《夜哭》的作者是（　　）。
    A. 焦菊隐　　B. 鲁迅　　　C. 高长虹　　D. 俞平伯

25. 鲁迅领导的《语丝》是中国第一个专门的（　　）刊物。
    A. 散文　　　B. 小说　　　C. 戏剧　　　D. 漫画

26. 鲁迅在给小说（　　）作序时，从"力之美"的要求出发给予其较高的评价。
    A. 《八月的乡村》　B. 《生死场》　C. 《丰收》　D. 《铁流》

27. 鲁迅诗歌《湘灵歌》的主题是（　　）。
    A. 歌颂湘水女神
    B. 声讨国民党反革命文化"围剿"
    C. 悼念左联五烈士
    D. 揭露国民党反革命军事"围剿"

28. 收集了鲁迅早期文言论文的是（　　）。
    A. 《热风》　B. 《坟》　　C. 《华盖集》　D. 《花边文学》

29. 我国近代史上第一次思想大解放是（　　）。
    A. 五四新文化运动　　　B. 戊戌变法运动
    C. 新民主主义革命　　　D. 辛亥革命运动

30. 鲁迅从事文学活动的重要目的之一，就是以文学为武器来进行（　　）。
    A. 文明批评和文化批评　　B. 社会批评和文化批评
    C. 文明批评和社会批评　　D. 政治批评和文明批评

二、填空题（每小题1分，合计10分）

31. 鲁迅认为诗歌起源于（　　）和宗教。

32. 鲁迅认为文学批评的任务不仅是指批评家对作家作品的批评，它还应该包括作家的（　　）。

33. 鲁迅参与发起和领导的，着重翻译和介绍外国文学尤其是俄罗斯文学的文学社团是（　　）

34. 鲁迅历史小说《铸剑》浪漫主义色彩十分鲜明，其中体现的强烈精神是（　　）。

35. 两间余一卒，（　　　　）。

36. 鲁迅反对"匹夫之勇"，他认为面对强敌，如果"没有智，没有勇，而单凭一股'气'，实在是非常危险的"，所以他提出了（　　）的战术策略。

37. 鲁迅的文学创作始于诗歌，1900年春就写了（　　）。

38. 1922年冬天，鲁迅写作了小说（　　），原名《不周山》，曾收入《呐喊》初版。

39. 《野草》中描绘了一幅富于象征意味的深秋夜色的图景之作是（　　）。

40. 在《中国小说史略》中，鲁迅谈到（　　）产生于"方士之见"。

三、名词解释题（每小题 2 分，合计 6 分）

41. "考而后信"

42. 《死火》

43. 曲笔

四、简答题（每小题 6 分，合计 24 分）

44. 简述鲁迅的杂文可以视为一代"诗史"的原因。

45. 简述鲁迅小说《呐喊》《彷徨》的主要思想内容。

46. 简述鲁迅所批判的"国民性"弱点。

47. 简述鲁迅创作《朝花夕拾》的动机。

五、论述题（每小题 10 分，合计 30 分）

48. 试析《阿Q正传》的思想意义。

49. 阐释鲁迅的喜剧观。

50. 论述《补天》《奔月》《铸剑》的共同主题。

"鲁迅研究"全真模拟演练（六）

一、单项选择题（每小题1分，合计30分）

1. 鲁迅诞生于（　　）。
   A. 浙江温州　　B. 浙江杭州　　C. 浙江绍兴　　D. 浙江宁波

2. 鲁迅最早在（　　）学习到了新鲜的西方文化和自然科学知识，接受了进化论思想的影响。
   A. 日本　　B. 南京　　C. 北平　　D. 上海

3. 1907年，鲁迅介绍达尔文生物进化论的论文《人之历史》发表在（　　）报刊上。
   A.《新生》　　B.《新青年》　　C.《河南》　　D.《时务报》

4. 从鲁迅一生的经历来看，他最早学习的学科是（　　）。
   A. 社会学科　　B. 自然学科　　C. 人文学科　　D. 历史学科

5. 艺术的美是丰富多样的，按其形态分，基本上有优美、悲剧性、戏剧性以及（　　）。
   A. 阳刚　　B. 阴柔　　C. 中庸　　D. 崇高

6. 鲁迅擅长描写奇特的梦境，散文诗集《野草》中共有九梦，其中恐怖的梦是（　　）。
   A.《狗的驳诘》　　　　　　B.《死后》
   C.《墓碣文》　　　　　　　D.《颓败线的颤动》

7. 诗与散文诗的合集《心的探险》作者是（　　）。
   A. 鲁迅　　B. 刘半农　　C. 焦菊隐　　D. 高长虹

8. 下列属于鲁迅杂文所刻画的栩栩如生的中国近现代史人物形象的是（　　）。
   A. 民族资产阶级　　B. 老派市民　　C. 新派市民　　D. 洋场恶少

9. 我国新文学史上的第一本散文诗集是（　　）。
   A.《野草》　　B.《朝花夕拾》　　C.《夜哭》　　D.《心的探险》

10. 引申出"爱我者的想要保存我"的构想的作品是（　　）。
    A.《秋叶》　　B.《腊叶》　　C.《影的告别》　　D.《两地书》

11. 康嗣群将鲁迅与（　　）并称为中国近代"深刻的思想家"。

A. 李大钊　　　　B. 周作人　　　　C. 毛泽东　　　　D. 陈独秀

12. "生活本来是没有主题的，一切都掺混着深刻的和浅薄的，伟大的和渺小的，悲惨的和滑稽的。"此语出自（　　）。

　　A. 鲁迅　　　　B. 果戈理　　　　C. 契诃夫　　　　D. 显克微支

13. 《阿Q正传》的最初发表时间是（　　）。

　　A. 1921—1922 年　　　　　　　　B. 1920—1922 年
　　C. 1918—1919 年　　　　　　　　D. 1923—1924 年

14. 鲁迅在评估中国传统文化时比同时代人更深刻、更系统、更整体化的重要思维根源是（　　）。

　　A. 一因一果　　B. 由果溯因　　C. 一果多因　　D. 一因多果

15. 鲁迅对宗教文化有其独特的看法，其中无论就其思想、仪式还是其他方面，都坚决反对的是（　　）。

　　A. 佛教　　　　B. 基督教　　　　C. 伊斯兰教　　　D. 道教

16. 鲁迅曾批评过种种"浅薄卑劣荒谬"的批评态度，其中最为突出的是（　　）。

　　A. 恶意的批评　　　　　　　　B. 真切的批评
　　C. 论战式的批评　　　　　　　D. 乱捧和乱骂式的批评

17. 下列属于鲁迅前期创作的杂文集是（　　）。

　　A. 《华盖集续编》　B. 《花边文学》　C. 《准风月谈》　D. 《三闲集》

18. "将他的以虚无为实有，而又反抗这实有的精悍苦痛的战叫，尽量吐露着。"鲁迅评价的是（　　）。

　　A. 《生死场》　B. 《夜哭》　C. 《八月的乡村》　D. 《心的探险》

19. 鲁迅一反"史家成见"，肯定了曹操"至少是一个英雄"的作品是（　　）。

　　A. 《魏晋风度及文章与药及酒之关系》

　　B. 《汉文学史纲要》

　　C. 《魏晋风度与魏晋文章》

　　D. 《中国小说的历史的变迁》

20. 鲁迅《论"第三种人"》等文章中批评的"第三种人"指的是（　　）。

　　A. 林语堂　　　　B. 胡秋原　　　　C. 苏汶　　　　D. 潘公展

21. "无情未必真豪杰，怜子如何不丈夫？知否兴风狂啸者，回眸时看小於菟。"这首诗名为（　　）。

　　A. 《自嘲》　　B. 《答客诮》　　C. 《亥年残秋偶作》　D. 《湘灵歌》

22. "一代不如一代"是《风波》中人物（　　）的口头禅。

　　A. 赵太爷　　　B. 九斤老太　　　C. 六斤　　　　D. 七斤

23. 1928年到1935年期间，鲁迅诗歌的文体大多是（　　）。
    A. 打油诗　　　B. 旧体诗　　　C. 新诗　　　D. 民歌体诗
24. 《过客》侧重表现的思想是（　　）。
    A. 刚强不屈的战斗赞歌　　　B. 无私无畏的献身品格
    C. 反对封建礼教的韧性精神　　　D. 坚韧不拔的探索精神
25. 下列不属于《阿Q正传》中人物的是（　　）
    A. 王胡　　　B. 吴妈　　　C. 丁举人　　　D. 赵太爷
26. 毛泽东指出鲁迅代表了"中华民族新文化的方向"的文章是（　　）。
    A. 《新民主主义论》　　　B. 《中国革命与中国国民党》
    C. 《共产主义论》　　　D. 《论鲁迅》
27. 鲁迅从日译本转译了法国科学幻想小说家儒勒·凡尔纳的（　　）和《地底旅行》。
    A. 《北极探险记》　　　B. 《月界旅行》
    C. 《人之历史》　　　D. 《"蜜蜂"与"蜜"》
28. 鲁迅精神首先体现为（　　）。
    A. 韧性的战斗精神　　　B. 自我牺牲的精神
    C. 自我批评的精神　　　D. 清醒的现实主义精神
29. 鲁迅杂文《"丧家的""资本家的乏走狗"》批判的是（　　）。
    A. 民族主义文学　　B. 周作人　　C. 胡适　　D. 梁实秋
30. 作品与作品集对应有误的选项是（　　）。
    A. 《药》——《呐喊》　　　B. 《非攻》——《故事新编》
    C. 《立论》——《坟》　　　D. 《复仇》——《野草》

二、填空题（每小题1分，合计10分）

31. 忍看朋辈成新鬼，（　　　　）。
32. 鲁迅早期对文艺本质的见解主要体现在三方面，文艺的愉悦作用、文艺区别于科学的独特性以及文艺的（　　　　）。
33. 鲁迅的小说集《呐喊》《彷徨》深刻揭露了封建制度、（　　　　）的本质。
34. 左联五烈士牺牲的时间是（　　）年春。
35. 鲁迅借为徐懋庸的杂文集（　　　　）撰写序言的机会，满怀信心地表示，杂文将会"侵入高尚的文学楼台"。
36. 四铭是个典型的封建卫道者，又是一个灵魂丑恶的假道学，该人物出自作品（　　　　）。
37. 鲁迅在（　　　　）中说："选材要严，开掘要深，不可将一点琐屑的没有意思的事故，便填成一篇，以创作自丰娱乐。"
38. 1923年，胡适提倡"（　　　　）"，号召青年静心读书，要让青年认识到

"被马克思、列宁、斯大林牵着鼻子走,也算不得好汉"。

39. 被鲁迅收入"奴隶丛书"的,包括萧红的《生死场》、萧军的(　　　　)和叶紫的《丰收》等作品。

40. 鲁迅充分意识到文学批评的重要性,同时又分明看到了文学批评现状的不尽如人意,因此他大力地提倡(　　　　)。

三、名词解释题（每小题 2 分,合计 6 分）

41. 《过客》

42. 学衡派

43. 真的猛士

四、简答题（每小题 6 分,合计 24 分）

44. 《野草》的奇特构思表现在哪些方面？

45. 简述诗歌《湘灵歌》的思想内容。

46. 简述鲁迅进行文化反省的方法特征。

47. 哲理与诗情是鲁迅杂文艺术的一大特点，大致可以分成哪几类，各类的特点是什么？

五、论述题（每小题 10 分，合计 30 分）

48. 试论 1928 年至 1936 年间鲁迅坚持文艺战线思想斗争的主要业绩。

49. 试析鲁迅文学史研究的原则和精神。

50. 试析我国近代历史上三次思想大解放对鲁迅的影响。

四、考前实战冲刺

"鲁迅研究"考前实战冲刺（一）

一、单项选择题（每小题1分，合计30分）

1. 在1936年的"两个口号"之争中，鲁迅主张的是（　　）。
   A. 革命文学　　　　　　　　B. 国防文学
   C. 民族革命战争的大众文学　　D. 无产阶级大众文学

2. 近于速写，没有完整的情节和主要人物，写一群麻木、呆钝的人群，展示国人愚弱心灵的鲁迅作品是（　　）。
   A.《呐喊》　B.《示众》　C.《彷徨》　D.《在酒楼上》

3. 取材于古代复仇故事，表现顽强复仇意志的鲁迅小说是（　　）。
   A.《非攻》　B.《复仇》　C.《起死》　D.《铸剑》

4. 以下属于鲁迅翻译作品的是（　　）。
   A.《死魂灵》　　　　　　　B.《浮士德与城》
   C.《铁流》　　　　　　　　D.《静静的顿河》

5. 鲁迅指出封建伦理道德戕害女性不仅在身体上，而且在精神上，揭示这一问题的最典型的小说是（　　）。
   A.《伤逝》　B.《祝福》　C.《风波》　D.《离婚》

6. 属于鲁迅小说中劳动农民形象的是（　　）。
   A. 爱姑　　B. 子君　　C. 四铭　　D. 狂人

7. 鲁迅对封建道德观念批评，对个性解放思想的理解，随着社会发展而不断深化的杂文是（　　）。
   A.《娜拉走后怎样》　　　　B.《我们现在怎样做父亲》
   C.《我之节烈观》　　　　　D.《灯下漫笔》

8. 鲁迅著名小说《伤逝》采用的结构是（　　）。
   A. 问答体　B. 对话体　C. 散文体　D. 手记体

9. 下列作品中，揭示封建社会旧知识分子被"吃"命运的是（　　）。
   A.《白光》　B.《在酒楼上》　C.《伤逝》　D.《明天》

10. 鲁迅作品中，描写寡妇"失节"悲剧的是（　　）。
    A.《祝福》　B.《离婚》　C.《伤逝》　D.《孝女行》

11. 鲁迅呼吁人们"取下假面，真诚地，深入地，大胆地看取人生"。这体现了鲁迅的（   ）。

  A. 清醒的现实主义精神　　　　　　B. 韧性的战斗精神

  C. 自我批评精神　　　　　　　　　D. 强烈的爱国主义精神

12. 从反面来推测事物，鲁迅称其为（   ）。

  A. "推背图式"思考方式　　　　　　B. 开放性思维

  C. 辩证性思维　　　　　　　　　　D. 由果溯因的思考方式

13. 体现了以回忆为主的写作特点的是（   ）。

  A.《呐喊》　　B.《朝花夕拾》　　C.《彷徨》　　　D.《野草》

14. 鲁迅的文化观中有不少矛盾的现象，这体现了鲁迅文化反省的（   ）。

  A. 多元性和多层次性特征　　　　　B. 批判性特征

  C. 辩证性特征　　　　　　　　　　D. 过度性特征

15. "我以为画普罗列塔利亚，应该是写实的，照工人原来的面貌，并不须画得拳头比脑袋还要大"，这是鲁迅反对在写实的作品中对生活现象做不必要的（   ）。

  A. 渲染　　　　B. 描摹　　　　　C. 铺垫　　　　　D. 夸张

16. 鲁迅笔下最刚强泼辣，敢于反抗的女性是（   ）。

  A. 子君　　　　B. 七斤嫂　　　　C. 单四嫂子　　　D. 爱姑

17. 小说《孤独者》的主人公是（   ）。

  A. 魏连殳　　　B. 方玄绰　　　　C. 吕纬甫　　　　D. 陈士成

18. 结束了中国小说研究长期止于零散评点或评论的状况，改变了"中国之小说自来无史"的局面的鲁迅论著是（   ）。

  A.《中国小说的历史的变迁》　　　　B.《汉文学史纲要》

  C.《中国文学史略》　　　　　　　　D.《中国小说史略》

19. 鲁迅通过"老莱子娱亲""郭巨埋儿"两件事来抨击中国封建道德的虚伪性的文章是（   ）。

  A.《五猖会》　　B.《狗·鼠·猫》　C.《二十四孝图》　D.《琐忆》

20. 反对求全责备体现了鲁迅文学批评观的（   ）。

  A. 历史性　　　B. 全面性　　　　C. 辩证性　　　　D. 比较性

21. 鲁迅唯一的一篇中篇小说是（   ）。

  A.《药》　　　　B.《风波》　　　C.《阿Q正传》　　D.《孔乙己》

22. 鲁迅说过，将人生有价值的东西毁灭给人看的是（   ）。

  A. 喜剧　　　　B. 闹剧　　　　　C. 悲剧　　　　　D. 滑稽剧

23. 1918年5月鲁迅在《新青年》上发表的，堪称是中国新文学史上的第一篇白话小说是（   ）。

  A.《秋夜》　　　B.《狂人日记》　　C.《故乡》　　　　D.《孔乙己》

24. 鲁迅的文学创作始于（　　）。

　A. 小说　　　　B. 杂文　　　　C. 诗歌　　　　D. 散文

25. 鲁迅认为在中国的国骂"他妈的"的背后，隐藏着的一种自欺心态是（　　）。

　A. 自以为是　　B. 傲慢　　　　C. 自卑　　　　D. 精神胜利

26. 鲁迅思想历程中最重要的转折是（　　）。

　A. 医学救国　　B. 弃医从文　　C. 投笔从戎　　D. 革命救国

27. 鲁迅认为，以长者为本位的"古传的谬误思想"是（　　）。

　A. 女德　　　　B. 王道　　　　C. 孝道　　　　D. 神道

28. 鲁迅针对 30 年代社会上出现的崇尚空谈的危险倾向而写的小说是（　　）。

　A.《起死》　　B.《采薇》　　C.《出关》　　D.《理水》

29. 塑造单四嫂子这一形象的作品是（　　）。

　A.《明天》　　　　　　　　　B.《论雷峰塔的倒掉》

　C.《孤独者》　　　　　　　　D.《离婚》

30. 1915 年，陈独秀创办了一份杂志，掀起了新文化运动。这份杂志的名称是（　　）。

　A.《青年杂志》　B.《小说月报》　C.《新中国》　D.《新潮》

二、填空题（每小题 1 分，合计 10 分）

31. 曾把鲁迅称作"法国革命时的伏尔泰"和"苏俄的高尔基"的人是（　　　）。

32. 毛泽东在（　　　）中高度称赞鲁迅是伟大的思想家、革命家和文学家。

33. 鲁迅取材于《庄子》中寓言故事，鞭挞讽刺"无是非观"的小说是（　　　）。

34. 鲁迅唯一一部以知识青年的爱情生活为题材的小说是（　　　）。

35.《理水》歌颂了"中国脊梁"式的人物（　　　）。

36. 鲁迅在小说集（　　　）的扉页上，引用了屈原的《离骚》诗句："路漫漫其修远兮，吾将上下而求索。"

37. 在历史小说《铸剑》里，鲁迅塑造了一个名叫（　　　）的反抗与复仇者的形象。

38. 在鲁迅看来，杂文应该"是匕首，是（　　　），能和读者一同杀出一条生存的血路的东西"。

39. 鲁迅对讽刺的美学特征最精确的概括是（　　　）。

40. 鲁迅与周作人翻译了许多俄国和东欧、北欧被压迫民族的文学作品，于

1908年合编为（　　　　　）。

三、名词解释题（每小题2分，合计6分）

41. 力之美

42. 语丝体

43. 《坟》

四、简答题（每小题6分，共24分）

44. 简述鲁迅改造国民性思想的主要内容和其意义。

45. 为什么说鲁迅的杂文是展示"时代的眉目"的"诗史"？

46. 举例说明鲁迅杂文的讽刺性。

47. 简述鲁迅对中国语言文字改革问题的相关见解。

五、论述题（每小题 10 分，合计 30 分）

48. 试论《阿 Q 正传》的艺术特色。

49. 从酿成涓生、子君爱情悲剧的原因论述《伤逝》的思想意义。

50. 试述鲁迅"宁信而不顺"的翻译原则，并予以评价。

"鲁迅研究"考前实战冲刺（二）

一、单项选择题（每小题1分，合计30分）

1. 鲁迅的母亲姓（　　）。
   A. 周　　　　B. 张　　　　C. 鲁　　　　D. 王

2. 最早以"鲁迅"为笔名发表的作品是（　　）。
   A. 《怀旧》　　　　　　　　B. 《狂人日记》
   C. 《我之节烈观》　　　　　D. 《斯巴达之魂》

3. 在"左联五烈士"被害两周年之际，鲁迅再次赞扬先烈，声讨反动派的文章是（　　）。
   A. 《无题·惯于长夜过春时》　　B. 《中国无产阶级文学和前驱者的血》
   C. 《可罪恶》　　　　　　　　　D. 《为了忘却的记念》

4. 《陇海线上》《黄人之血》的作者是（　　）。
   A. 黄震遐　　　B. 朱应鹏　　　C. 潘公展　　　D. 王平陵

5. 鲁迅为其中译本撰写后记的苏联作品是（　　）。
   A. 《毁灭》　　　　　　　　B. 《死魂灵》
   C. 《俄罗斯的童话》　　　　D. 《铁流》

6. "所谓中国的文明者，其实不过是安排阔人享用的人肉筵宴。所谓中国者，其实不过是安排这人肉筵宴的厨房。"这句话出自鲁迅杂文（　　）。
   A. 《灯下漫笔》　　　　　　B. 《高老夫子》
   C. 《我们现在怎样做父亲》　D. 《坟》

7. 《故事新编》中与《非攻》一起称为姊妹篇的歌颂小说是（　　）。
   A. 《铸剑》　　B. 《采薇》　　C. 《起死》　　D. 《理水》

8. 30年代初，鲁迅写了《"论语"一年》《小品文的危机》等文，针对论争的作家是（　　）。
   A. 梁实秋　　　　　　　B. 林语堂
   C. 苏汶（杜衡）　　　　D. 胡适

9. 《阿Q正传》的最初发表时间是（　　）。
   A. 1921—1922年　　　　B. 1920—1922年
   C. 1918—1919年　　　　D. 1923—1924年

10. 散文诗《野草》中表现鲁迅痛苦地告别、埋葬旧我的心灵历程的作品是（　　）。

　　A.《秋夜》　　　　　　　　　B.《过客》

　　C.《墓碣文》　　　　　　　　D.《这样的战士》

11. 鲁迅特别强调文艺的审美特性，认为文艺的社会功用实现的途径是（　　）。

　　A. 美感　　　B. 战斗　　　C. 启迪　　　D. 启蒙

12. 鲁迅从1907年开始，在《河南》杂志上发表的文言论文中介绍达尔文生物进化论的文章是（　　）。

　　A.《人之历史》　　　　　　　B.《科学史教篇》

　　C.《摩罗诗力说》　　　　　　D.《文化偏至论》

13. 鲁迅曾经讲到，人生有两大难关，一个是歧路（十字路口），一个是穷途（穷途末路），提及此的书是（　　）。

　　A.《坟》　　B.《野草》　　C.《两地书》　　D.《朝花夕拾》

14. 在《学界的三魂》中，鲁迅积极主张发扬（　　）。

　　A. 民魂　　　B. 民生　　　C. 诗魂　　　D. 民主

15. 杂感文以其"议论"为主要特征，注重的是（　　）。

　　A. 理趣　　　B. 逻辑　　　C. 直语　　　D. 精确

16. 鲁迅是创造新形式的先锋，他的采用对话体的小说作品是（　　）。

　　A.《头发的故事》　B.《一件小事》　C.《伤逝》　D.《狂人日记》

17. 《故事新编》中属于歌颂性小说的是（　　）。

　　A.《采薇》和《出关》　　　　B.《理水》和《起死》

　　C.《非攻》和《理水》　　　　D.《采薇》和《理水》

18. 鲁迅离开人世前写下的最后一首诗是（　　）。

　　A.《自题小像》　　　　　　　B.《亥年残秋偶作》

　　C.《自嘲》　　　　　　　　　D.《无题·惯于长夜过春时》

19. 鲁迅诗歌创作的高峰期是（　　）。

　A. 南京求学至辛亥革命前后

　B. 辛亥革命失败至第一次国共合作破裂时期

　C. "五四"前夕至"五四"退潮

　D. 大革命失败至30年代国民党白色恐怖时期

20. 鲁迅式思维表现之一为在思维中采用的判断方式是（　　）。

　　A. 简括、明快　　B. 简单、果断　　C. 简括、果断　　D. 明快、简单

21. 提出"首在立人，人立而后凡事举"和"掊物质而张灵明，任个人而排众数"主张的文章是（　　）。

A. 《人之历史》 B. 《科学史教篇》
C. 《摩罗诗力说》 D. 《文化偏至论》

22. 国民性弱点产生的原因有三个方面,属于三个方面之外的是（　　）。
    A. 封建等级制度 B. 封建思想的毒害
    C. 伦理观念的影响 D. 屡受外来侵略

23. 鲁迅论述较多的创作方法是（　　）。
    A. 浪漫主义　　B. 现实主义　　C. 象征主义　　D. 现代主义

24. 鲁迅曾提及"高尔基很惊服巴尔扎克小说里对话的巧妙,以为并不描写人物的模样,却能使读者看了对话,便好像目睹了说话的那些人",这里影响了鲁迅描写人物的方法是（　　）。
    A. 画眼睛 B. 直接揭开人物心灵的秘密
    C. 杂取种种,合成一个 D. 个性化的语言

25. 在鲁迅的小说创作中,比较明显的笔调是（　　）。
    A. 抒情性　　B. 议论性　　C. 描摹性　　D. 说理性

26. 鲁迅自己说过,影响《药》的写作的俄国作家是（　　）。
    A. 陀思妥耶夫斯基 B. 安德列夫
    C. 果戈理 D. 高尔基

27. 1921年,国立东南大学的吴宓等人用文言文攻击新文学,人称（　　）。
    A. 学衡派　　B. 国粹派　　C. 甲寅派　　D. 国故派

28. 散文诗集《夜哭》的作者是（　　）。
    A. 焦菊隐　　B. 鲁迅　　C. 高长虹　　D. 俞平伯

29. 为悼念"三一八"死难烈士而作的鲁迅诗歌是（　　）。
    A. 《记念刘和珍君》 B. 《失掉的好地狱》
    C. 《夜哭》 D. 《淡淡的血痕中》

30. 将矛头同时指向反革命的军事"围剿"和文化"围剿"的鲁迅诗篇是（　　）。
    A. 《无题·大野多钩棘》 B. 《悼杨铨》
    C. 《湘灵歌》 D. 《无题·惯于长夜过春时》

二、填空题（每小题1分,合计10分）

31. 鲁迅的"文化发现"中最具代表性的是对中国传统文化（　　　　）的发现和对活着的文化传统所培育出的"阿Q现象"的发现。

32. 鲁迅在《集外集拾遗》中批评的文化的"退婴",就是文化的（　　　　）。

33. 在日本,鲁迅怀着强烈的爱国热情,先是选择了（　　　　）这一人生道路。

34. 鲁迅与周作人、蔡元培等人倡导在北京大学成立了（　　　　）。

35. 鲁迅最早在（　　　　）中两处使用"国民性"一词，在这两处，国民性即等于民族性。

36. 鲁迅在（　　　　）中说："选材要严，开掘要深，不可将一点琐屑的没有意思的事故，便填成一篇，以创作丰富自乐。"

37. 鲁迅论道教文化，通常是将它分为两个层次，一是指"（　　　　）思想"，另一是指"道家（老庄）思想"。

38. 1928年，针对以（　　　　）为代表的"新月派"，鲁迅写了《"硬译"与"文学的阶级性"》等文章，批判了其鼓吹的"人性论"。

39. 《过客》中有三个富有人生哲理的象征人物，分别是过客、老翁和（　　　　）。

40. 鲁迅留学日本期间，从日译本转译了法国科学幻想小说家儒勒·凡尔纳的科学幻想小说《月界旅行》和（　　　　）。

三、名词解释题（每小题2分，合计6分）

41. 《野草》

42. 媚态的猫

43. 《呐喊》

四、简答题（每小题6分，合计24分）

44. 简述鲁迅后期杂文的思想内容。

45. 简述鲁迅小说中知识分子形象的两大系列。

46. 简述鲁迅杂文中的曲笔手法。

47. 简述鲁迅诗歌的思想内容。

五、论述题（每小题 10 分，合计 30 分）

48. 试述鲁迅小说《伤逝》的独创意义。

49. 从主题的视角论述《祝福》的深刻性和独创性。

50. 阐述鲁迅杂文的艺术特色。

"鲁迅研究"考前实战冲刺（三）

一、单项选择题（每小题1分，合计30分）

1. 1909年，鲁迅在杭州、绍兴任中学教员时，就辑录过亡佚的古小说和会稽的（　　）。
   A. 古代文集　　　　　　　　　　B. 历史、地理佚书
   C. 地理佚书　　　　　　　　　　D. 历史佚书

2. 最能够体现鲁迅杂文"逻辑性"艺术特点的作品是（　　）。
   A.《论"费厄泼赖"应该缓行》　　B.《对于左翼作家联盟的意见》
   C.《二丑艺术》　　　　　　　　　D.《并非闲话》

3. "爱情必须时时更新，生长，创造。"这句话出自鲁迅小说（　　）。
   A.《幸福的家庭》　　　　　　　　B.《在酒楼上》
   C.《伤逝》　　　　　　　　　　　D.《孤独者》

4. 鲁迅散文诗《野草》中为悼念"三一八"死难烈士而作的作品是（　　）。
   A.《死火》　　　　　　　　　　　B.《墓碣文》
   C.《淡淡的血痕中》　　　　　　　D.《死后》

5. 鲁迅小说中对一种知识分子人生之路的比喻："……蜂子或蝇子停在一个地方，给什么来一吓，即刻飞走了，但是飞了一个小圈，便又回来停在原地点"。出自（　　）。
   A.《孤独者》　　B.《在酒楼上》　　C.《孔乙己》　　D.《伤逝》

6. "真的猛士，敢于直面惨淡的人生，敢于正视淋漓的鲜血"一语，出自鲁迅杂文（　　）。
   A.《灯下漫笔》　　　　　　　　　B.《记念刘和珍君》
   C.《为了忘却的记念》　　　　　　D.《无花的蔷薇之二》

7. 鲁迅一生共创作有诗歌（　　）。
   A. 60多首　　B. 70多首　　C. 80多首　　D. 90多首

8. 鲁迅于1903年发表的介绍法国居里夫人发现镭的经过的论文是（　　）。
   A.《科学史教篇》　　　　　　　　B.《说鈤》
   C.《摩罗诗力说》　　　　　　　　D.《地底旅行》

9. 鲁迅曾将"人生得一知己足矣，斯世当以同怀视之"这副对联书赠

(　　)。

　A. 胡风　　　　B. 冯雪峰　　　　C. 瞿秋白　　　　D. 方志敏

10. 与挪威剧作家易卜生的剧本《玩偶之家》有一定联系的鲁迅小说是（　　）。

　A.《幸福的家庭》　　　　　　　B.《娜拉走后怎样》
　C.《伤逝》　　　　　　　　　　D.《风波》

11. 鲁迅称创作素材是"从记忆中抄出来的"作品集是（　　）。

　A.《坟》　　　B.《朝花夕拾》　　C.《二心集》　　D.《野草》

12. 鲁迅最早出版的翻译小说集是（　　）。

　A.《死魂灵》　　B.《毁灭》　　C.《域外小说集》　　D.《童话集》

13. 鲁迅创作的诗歌的诗体有三种：旧体诗、新诗和（　　）。

　A. 民歌体诗　　B. 自由体诗　　C. 散文诗　　　D. 新格律体

14. 少年鲁迅到南京求学的时间是（　　）。

　A. 1897年　　B. 1898年　　C. 1892年　　D. 1902年

15. 对五四文学产生重大影响的戏剧《玩偶之家》的作者易卜生的国籍是（　　）。

　A. 苏联　　　　B. 德国　　　　C. 美国　　　　D. 挪威

16. 涉及《白蛇传》传说故事的鲁迅杂文是（　　）。

　A.《我们现在怎样做父亲》　　　B.《论雷峰塔的倒掉》
　C.《坟》　　　　　　　　　　　D.《为了忘却的记念》

17. 以因头发而带来的灾难为主要情节的小说是（　　）。

　A.《肥皂》　　B.《风波》　　C.《阿Q正传》　　D.《白光》

18. 借书名公开表示自己是反动统治阶级的"逆子贰臣"的鲁迅作品是（　　）。

　A.《三闲集》　　　　　　　　　B.《我们现在怎样做父亲》
　C.《二心集》　　　　　　　　　D.《准风月谈》

19. "寄意寒星荃不察，我以我血荐轩辕"的诗句出自鲁迅诗歌（　　）。

　A.《自嘲》　　B.《湘灵歌》　　C.《悼杨铨》　　D.《自题小像》

20. 把鲁迅称作"法国革命的伏尔泰"和"苏俄的高尔基"的人是（　　）。

　A. 毛泽东　　B. 周扬　　　C. 斯诺　　　D. 冯雪峰

21. 鲁迅称"血债必须以同物偿还"的文章是（　　）。

　A.《记念刘和珍君》　　　　　　B.《淡淡的血痕中》
　C.《死地》　　　　　　　　　　D.《无花的蔷薇之二》

22. 鲁迅文化反思的一个重要特点是强烈的（　　）。

　A. 多元和多层次性　　　　　　　B. 批判性

C. 过渡性特征　　　　　　　　　　D. 辩证性特征

23. 《彷徨》扉页引用的诗句出自（　　）。
A. 《天问》　　B. 《离骚》　　C. 《九歌》　　D. 《诗经》

24. 鲁迅针对30年代社会上出现的崇尚空谈的危险倾向而写的小说是（　　）。
A. 《补天》　　B. 《采薇》　　C. 《出关》　　D. 《理水》

25. 鲁迅认为真正的文字起源于（　　）。
A. 图画　　　　B. 劳动　　　　C. 结绳　　　　D. 甲骨

26. "鲁迅的道路，典型地反映了20世纪中国优秀知识分子不断追求真理、不断前进的道路，不断地从爱国主义、现实主义走向社会主义、共产主义的道路。"对鲁迅做出这样评价的人是（　　）。
A. 毛泽东　　　B. 周扬　　　　C. 胡风　　　　D. 冯雪峰

27. 鲁迅的"横眉冷对千夫指，俯首甘为孺子牛"是一种（　　）。
A. 强烈的爱国精神　　　　　　　B. 韧性的战斗精神
C. 硬骨头和自我牺牲精神　　　　D. 自我批评精神

28. 在鲁迅的棺木上覆盖着一面神圣洁白的旗帜，上面写的三个黑色大字是（　　）。
A. "红旗手"　B. "民族魂"　C. "先锋者"　D. "勇战士"

29. 波特莱尔的象征主义直接影响了鲁迅的作品集（　　）。
A. 《野草》　　B. 《朝花夕拾》　C. 《呐喊》　　D. 《彷徨》

30. 鲁迅指出："看客的去舍，是没法强制的，他若不要看，连拖也无益。"这说明鲁迅重视读者的（　　）。
A. 趣味性　　　B. 主体性　　　C. 主动性　　　D. 指导性

二、填空题（每小题1分，合计10分）

31. 鲁迅后来通过译介厨川白村的（　　　　），更多地接受了象征主义的影响。

32. 歌颂了"中国的脊梁"——大禹的小说是（　　　　）。

33. 鲁迅从西方一系列重大科学成就中得到启示，在1907年写了介绍生物进化论的论文（　　　　）。

34. 尤其令少年鲁迅反感的、宣扬中国历史和传说中孝道故事的书是（　　　　）。

35. 从1918年5月起，鲁迅的《狂人日记》《孔乙己》《药》等作品陆续地发表，算是显示了（　　　　）的实绩。

36. 鲁迅在1908年直接就学于著名学者（　　　　），在政治观念、学术思想上都深受其影响。

37. 《故事新编》的创作时间是从1922年到（　　　　）年。

38. 鲁迅对待外国文学遗产持辩证唯物主义和历史唯物主义的观点，采取（　　）的态度。

39. 在文体选择方面，鲁迅对（　　）特别钟爱，不仅创作数量庞大，而且最终几乎舍弃了其他文学样式。

40. 鲁迅对文化发展始终坚持采用（　　）眼光。

三、名词解释题（每小题 2 分，合计 6 分）

41. 精神胜利法

42. 《热风》

43. 《呐喊》

四、简答题（每小题 6 分，合计 24 分）

44. 简述鲁迅早期对文艺本质的认识。

45. 简述鲁迅文学创作与民俗文化的关系及这一关系的思想基础。

46. 简述鲁迅对喜剧实质的揭示。

47. 简述鲁迅对中国语言文字改革问题的相关见解。

五、论述题（每小题 10 分，合计 30 分）

48. 阐述鲁迅在小说中关心农民命运的原因。

49. 论述《故事新编》中"油滑"手段的利与弊。

50. 鲁迅论述的文学创作中的真实性包括什么内容？

"鲁迅研究"考前实战冲刺（四）

一、单项选择题（每小题 1 分，合计 30 分）

1. 鲁迅著名杂文《娜拉走后怎样》论述的问题是（　　）。
   A. 子女　　　　B. 妇女　　　　C. 家庭　　　　D. 伦理
2. 鲁迅最早进行的学术研究是（　　）。
   A. 中国小说考古　B. 中国诗歌史　C. 小说理论　　D. 中国小说史
3. 鲁迅第一部小说集《呐喊》的出版时间是（　　）。
   A. 1924 年　　B. 1922 年　　C. 1923 年　　D. 1925 年
4. 鲁迅认为在文化建设上须"去其偏颇"，显示了其文化反省的（　　）。
   A. 辩证性特征　B. 多层次性特征　C. 批判性特征　D. 过渡性特征
5. 鲁迅辑录古籍的特点之一是（　　）。
   A. 考而后信　　B. 信而后考　　C. 不疑处有疑　D. 考而不信
6. 鲁迅曾经翻译过《苦闷的象征》，更多地接受了象征主义的影响，这部作品的原作者是（　　）。
   A. 厨川白村　　B. 普列汉诺夫　C. 爱罗先珂　　D. 卢那察尔斯基
7. "多子，饥荒，苛税，兵，匪，官，绅，都苦得他像一个木偶人了"描绘的是（　　）。
   A. 孔乙己　　　B. 闰土　　　　C. 华老栓　　　D. 七斤
8. 《祝福》被收入的集子是（　　）。
   A.《彷徨》　　B.《呐喊》　　C.《故事新编》　D.《野草》
9. 我国新文学史上第一本散文诗集的作者是（　　）。
   A. 焦菊隐　　　B. 高长虹　　　C. 鲁迅　　　　D. 柯蓝
10. "在所有中国的作家中，他恐怕是最和中国历史、文学和文化错综复杂地连络在一起的人了。"对鲁迅的这一评价来自（　　）。
    A. 普实克　　　B. 史沫莱特　　C. 巴特勒特　　D. 萧伯纳
11. 鲁迅说自己的杂感文"凡有所说所写，只是就平日见闻的事理里面，取一点心以为然的道理"，这里突出的是杂感文（　　）的特征。
    A. 议论　　　　B. 明示　　　　C. 理趣　　　　D. 幽默
12. 反映封建社会下层旧式知识分子被封建科举制度所"吃"的命运的作品是

（　　）。

　　A.《阿Q正传》　　B.《白光》　　C.《在酒楼上》　　D.《高老夫子》

13. 翻译鲁迅的《中国小说史略》的日本汉学家是（　　）。

　　A. 藤野先生　　B. 西村真情　　C. 增田涉　　D. 鹿地豆

14. 鲁迅给予《儒林外史》很高的赞誉，认为其（　　）。

　　A. "盛陈祸福，专主惩戒"　　B. "指摘时弊，抨击习俗"

　　C. "提挈经训，诛锄美辞"　　D. "辞气浮露，笔无藏锋"

15. 鲁迅与周作人合译的作品是（　　）。

　　A.《艺术论》　　B.《文艺政策》

　　C.《域外小说集》　　D.《文艺与批评》

16. 在日本弘文书院时，鲁迅常与（　　）讨论与"国民性"有关的问题。

　　A. 刘半农　　B. 周作人　　C. 许寿裳　　D. 钱玄同

17. 造成《祝福》中祥林嫂悲剧的祸根是（　　）。

　　A. 夫权与神权　　B. 政权与神权　　C. 父权与夫权　　D. 族权与政权

18. 在"题记"中寓意为"一面是埋葬，一面也是留恋"的鲁迅杂文集是（　　）。

　　A.《坟》　　B.《且介亭杂文》　　C.《热风》　　D.《随感录》

19.《且介亭杂文》书名中"且介亭"的含义是（　　）。

　　A. 半租界的亭子间　　B. 一个叫且介亭的亭子

　　C. 批判国民党政府的凶残　　D. 没有什么特殊含义

20. （　　）1932年到上海养伤，被鲁迅两次邀到家中长谈、了解革命根据地的生活。

　　A. 陈赓　　B. 瞿秋白　　C. 陈毅　　D. 方志敏

21. 我国近代史上第一次思想大解放是（　　）。

　　A. 五四新文化运动　　B. 戊戌变法运动

　　C. 新民主主义革命　　D. 辛亥革命运动

22. 得知"左联五烈士"被害，鲁迅在极度悲愤中创作的诗是（　　）。

　　A.《自题小像》　　B.《自嘲》

　　C.《无题·惯于长夜过春时》　　D.《亥年残秋偶作》

23. 既有助于巩固五四初期语言革命的成果，又在最大程度上避免了因强调语言的明确性而可能给文学带来不利影响的文体是（　　）。

　　A. 小说　　B. 散文　　C. 诗歌　　D. 杂感文

24. 鲁迅小说中，绝望、变态以及躬行先前所反对的一切采取"自我灭亡"式结局的知识分子是（　　）。

　　A. 孔乙己　　B. 魏连殳　　C. 吕纬甫　　D. 张沛君

25. 在翻译理论方面，被鲁迅放在首位的是（　　）。
   A. 信　　　　B. 达　　　　　C. 雅　　　　　　D. 顺

26. 1902年，鲁迅毕业于（　　）。
   A. 江南陆军学堂　B. 江南水师学堂　C. 路矿学堂　　D. 两江学堂

27. 1936年，鲁迅与许多代表不同政治态度、不同文学派别的作家携手，联名发表了一篇标志着文艺界抗日统一战线初步形成的文章（　　）。
   A.《文艺界为抗日统一战线宣言》
   B.《文艺界同人为团结御侮与言论自由宣言》
   C.《文艺界关于"国防文学"宣言书》
   D.《文艺界关于"抗日民主同盟"宣言书》

28. "轿夫如果能对坐轿的人不含笑，中国也早不是现在似的中国了。"鲁迅这段话意在批判国民性的（　　）。
   A. 安于现状的奴才心理　　　　B. 卑怯和势利
   C. "精神胜利法"　　　　　　　D. "做戏"和讲"体面"

29. 为中国近代史提供了比一般历史记载更为鲜明和准确的形象化的社会史料的鲁迅作品是（　　）。
   A.《呐喊》　　B.《朝花夕拾》　C.《坟》　　D.《野草》

30. 作品与人物对应有误的选项是（　　）。
   A.《端午节》——方玄绰　　　B.《头发的故事》——N先生
   C.《幸福的家庭》——吕纬甫　D.《高老夫子》——高干亭

二、填空题（每小题1分，合计10分）

31. 鲁迅历史小说《铸剑》浪漫主义色彩十分鲜明，其中体现强烈的精神是（　　）。

32. 鲁迅为了揭露国民党反动派钳制人民言论自由的行径，特将发表于《申报·自由谈》上的杂文结集命名为（　　）。

33. 鲁迅在《我们现在怎样做父亲》一文中，分析了封建伦理道德观念中的"孝道"，首先分析的关系是（　　）。

34. 1922年冬天，鲁迅写作小说（　　），原名《不周山》，曾收入《呐喊》初版。

35. 鲁迅写于1926年的《朝花夕拾》曾陆续发表于《莽原》半月刊，总题为（　　）。

36.《故事新编》的创作时间是从1922年到（　　）年。

37. 1911年，鲁迅用文言文写了一篇题为（　　）的小说。

38. 鲁迅在（　　）一文中这样谈到新文化的建立："外之既不后于世界之思潮，内之仍不失固有之血脉，取今复古，别立新宗。"

39. 鲁迅曾经在（　　　　）一文中谈到自己与佛教的结缘。
40. 鲁迅取材于《庄子》中寓言故事，鞭挞讽刺"无是非观"的小说是（　　　　）。

三、名词解释题（每小题 2 分，合计 6 分）

41. 《朝花夕拾》

42. 《摩罗诗力说》

43. 民族魂

四、简答题（每小题 6 分，共 24 分）

44. 简述鲁迅对创作崭新的中国现代小说艺术的贡献。

45. 简述鲁迅前期杂文的思想内容。

46. 简述鲁迅诗歌创作的三个阶段及特点。

47. 简述鲁迅散文《朝花夕拾》的艺术特色。

五、论述题（每小题 10 分，合计 30 分）

48. 试述鲁迅关于文学欣赏活动的主要特点。

49. 试以《在酒楼上》《孤独者》《伤逝》为例，分析鲁迅是如何思考知识分子问题的。

50. 试述构成鲁迅人格魅力的主要方面。

参考答案与解析

"鲁迅研究"全真模拟演练（一）
参考答案与解析

一、单项选择题（每小题1分，合计30分）

1. B

【师探解析】《白光》收录于《呐喊》。

2. A

【师探解析】毛泽东同志称"鲁迅是在文化战线上，代表全民族的大多数，向着敌人冲锋陷阵的最正确、最勇敢、最坚决、最忠实、最热忱的空前的民族英雄"。这可以说是对鲁迅超常的"热情和性格"的最好概括。在鲁迅身上，这种超常的"热情和性格"通常凝聚在一起，集中体现为韧性的战斗精神和雄伟的人格力量。

3. B

【师探解析】鲁迅小时候，"长妈妈"给他讲故事，还为他买来了他所心仪的插图本《山海经》。鲁迅将她视为自己的第一位老师。

4. B

【师探解析】英国的自然科学家赫胥黎所著《进化论与伦理学》一书，一方面介绍达尔文的生物进化论，一方面把这学说用来解释社会生活，认为人类社会同样是生存竞争，强者生存，弱者灭亡。

5. D

【师探解析】鲁迅一生给我们留下了800多万字的著作，包括小说、杂文、散文、散文诗、诗歌等，其中文学创作约170万字，学术论著和有关古籍的辑录、考订整理约80万字，另有翻译、书信、日记等。这些作品是中华民族巨大的文化财富，也是我们研究鲁迅的主要依据。

6. C

【师探解析】《风波》是鲁迅于1920年创作的短篇小说，收录于小说集《呐喊》中。小说以张勋复辟为背景，通过对在江南某水乡发生的一场由辫子引起的风波的描写，反映了辛亥革命的不彻底性，揭示了当时封建帝制还在统治着农村，农民愚昧落后，缺乏民主和自由思想的状况，并由此说明今后的社会革命若不彻底改变民众的观念就难以成功。

7. D

【师探解析】原诗为：昔闻湘水碧如染，今闻湘水胭脂痕。湘灵妆成照湘水，皎如皓月窥彤云。高丘寂寞竦中夜，芳荃零落无余春。鼓完瑶瑟人不闻，太平成像盈秋门。诗的前四句歌颂红色革命根据地，后四句揭露国民政府统治区的黑暗、萧条、冷落、腐败。全诗借湘灵的形象，揭露国民党的反革命军事"围剿"，抒发了作者悲愤的心情。

8. C

【师探解析】1902年，鲁迅从矿路学堂毕业，抱着科学救国的愿望去日本留学。1903年他发表了《说钼》《中国地质略论》两篇科学论文，前者是我国最早介绍法国居里夫人发现镭的经过的论文，后者论述了中国地质的发展历史和矿产的分布。

9. D

【师探解析】鲁迅曾经怀着爱国豪情，在弘文学院学了两年日语。当时他认为，日本是东方向西方学习颇有成效的国家，而日本的明治维新又与西方医学有关。于是在1904年秋季，鲁迅郑重地确立了"医学救国"的美好理想，进了仙台医专。他说："我的梦很美满，预备卒业回来，救治像我父亲似的被误的病人的疾苦，战争时候便去当军医，一面又促进了国人对维新的信仰。"

10. A

【师探解析】知识点识记：1915年，陈独秀创办《新青年》杂志，掀起五四新文化运动。

11. A

【师探解析】五四新文化运动对封建文化发动了猛烈的进攻，五四文学革命反对旧文学、提倡新文学，必然受到封建复古派的反对。比如1919年以林纾为代表的"国粹派"，1921年以南京国立东南大学吴宓主编的《学衡》杂志为中心的"学衡派"，1925年以章士钊主编的《甲寅》杂志为中心的"甲寅派"等，他们都曾与新文化运动的倡导者展开论争。而"桐城派"是我国清代文坛上最大的散文流派。

12. A

【师探解析】1924年语丝社成立，创办《语丝》杂志，主要成员有鲁迅、周作人、钱玄同、林语堂、孙伏园、川岛等，鲁迅被称为"语丝派"的主将。《语丝》多发表杂文、小品、随笔，形成了生动、泼辣、幽默的"语丝文体"，对中国现代散文的发展做出了重要贡献。

13. A

【师探解析】知识点识记：鲁迅七岁开蒙读书，读的第一本书是《鉴略》。

14. C

【师探解析】《过客》是《野草》的代表作，诗剧。作品主人公过客是一个坚韧不拔的探索者的形象。作品描写黄昏时分，从寂寞荒芜的旷野上来了一位过客，他长途跋涉，异常疲惫而又依然倔强。一个老翁告诉他前边是坟墓，一个小女孩告诉他前边有许多花并想帮助他。但不管前边是坟墓还是开遍野花，他都要听从"前面的声音"的召唤，倔强地向前。老翁是在人生旅途上困顿不前的颓唐者，小女孩是未经生活风霜、对未来充满美好幻想者。在对比之中，过客倔强、执着、上下求索的精神分外鲜明。

15. A

【师探解析】鲁迅先生同时拥有旧学的根底和新学的根底，同时具备了深厚的中西文化的素养；也正是因为他对"中国传统文化"和"活着的传统文化"有着超出同时代人的深刻的认识，才使他取得了超越时人的文化业绩。所以鲁迅的"多才多艺和学识渊博"，不仅仅是指文化素养，而且是指文化识见。

16. D

【师探解析】中国的资产阶级改良主义者严复"译述"了赫胥黎这一著作，把它定名为《天演论》。他联系中国贫穷落后的社会状况，加以发挥，提出"与天争胜""自强保种"的口号，以此来激励国人奋发抗争，救亡图存。这在当时有一定的进步意义。

17. A

【师探解析】《儒林外史》是清代吴敬梓创作的长篇小说，以写实主义描绘各类人士对于"功名富贵"的不同表现，揭示人性被腐蚀的过程和原因，从而对当时吏治的腐败、科举的弊端、礼教的虚伪等进行了深刻的批判和嘲讽，采用高超的讽刺手法，使该书成为中国古典讽刺文学的佳作。所以鲁迅评价其为"指摘时弊""抨击习俗"。

18. B

【师探解析】《湘灵歌》是鲁迅1931年创作的一首七言律诗，这首诗借助湘灵的形象揭露国民政府统治区的黑暗，抒发了悲愤的心情；《春末闲谈》是鲁迅1925年创作的一篇杂文，文章总结了古今中外的历史，揭露了统治者"治术"的虚伪和险恶实质，指出为实现所谓黄金世界的理想而施行的种种禁锢、麻痹的统治术最终都将失败，表达了人民群众必胜的信心；《灯下漫笔》是鲁迅1925年创作的一篇杂文，文章对中国封建文明进行反思批判，反映了鲁迅"以人民地位为角度的"历史观点，对中国封建文化持否定态度的变革精神；《斯巴达之魂》是鲁迅1903年创作的一篇文言文，文章充满着激越情调和悲壮气氛，显示出明显的浪漫主义倾向。

19. B

【师探解析】《这样的战士》写于1925年12月14日，最初发表于1925年12月21日《语丝》周刊第58期，后收入散文诗集《野草》。当时，北洋军阀为维护其摇摇欲坠的统治，用暴力镇压革命人民，还指使一些文人，在意识形态方面对抗一切进步和革新，妄图引诱青年脱离革命斗争，鲁迅"有感于文人学士们帮助军阀"（《〈野草〉英文译本序》），便写下了这篇散文诗。

20. D

【师探解析】《朝花夕拾》中的作品写于1926年2月至同年11月，共10篇，曾陆续发表于《莽原》半月刊，总题目为《旧事重提》，结集时改名为《朝花夕拾》。

21. C

【师探解析】鲁迅对待宗教文化的态度是特别谨慎的，其否定性态度远不如对待其他领域的封建文化那么强烈、决绝、干脆。这也许与宗教文化在中国所具有的特殊地位有关。在中国，正因为宗教从来未成为能行使统治权力的国教，它对于中国人各方面的影响与中国经典的传统文化如儒家思想等相比要小得多。所以，鲁迅在整体格局上对宗教文化进行批判的同时，在有些场合是对宗教文化中的积极因素持肯定和"拿来"态度的。

22. C

【师探解析】《高老夫子》收录于小说集《彷徨》中，主要讲述了原名高干亭的"高老夫子"，被牌友们戏称为"老杆"，因为发表了一篇关于整理国史的所谓"脍炙人口"的名文，便自以为学贯中西了,因仰慕俄国文豪高尔基之名,而更名为"高尔础",但其实他只会打牌、听书、跟女人无赖,他为了去贤良女校看女学生,便应聘去教书,而因为胸无点墨而当众出丑便辞去职务。

23. D

【师探解析】《离婚》中的爱姑大胆泼辣,敢骂敢斗,她无视那些封建礼仪,甚至亵渎夫权,对公公、丈夫满口"老畜生""小畜生",为抵制丈夫逼她离婚,在娘家人的支持下做了一系列的反抗与斗争。爱姑是鲁迅笔下最刚强泼辣、敢于反抗的女性。

24. C

【师探解析】鲁迅的《端午节》《幸福的家庭》《在酒楼上》《孤独者》等作品,对知识分子的人生态度做了连续性的思考,展示了知识分子彷徨于人生"歧途"甚至走进了人生"穷途"的种种情景;《伤逝》中的男主人公涓生通过对以往人生态度的悔恨而走出"穷途","向着新的生路跨进第一步去"。

25. B

【师探解析】鲁迅表明:杂文"是感应的神经,是攻守的手足","是匕首,是投枪,能和读者一同杀出一条生存的血路的东西"。战斗性是杂文的灵魂。

26. D

【师探解析】《故乡》一开头,就是"我冒着严寒,回到相隔二千余里,别了二十余年的故乡去",点明了时间是现在,然后又在情节发展的过程中通过回忆的方式讲述故乡过去的事情,着重描写了闰土和杨二嫂的今昔对比,是插叙的手法。

27. B

【师探解析】"鲁迅式思维"的特点包括:思维的开放性、思维的反叛性、思维中采用简括明快的判断方式以及一种由因溯果的反向分析方法。其中,最主要的体现是思维的反叛性。鲁迅的思维方法是一种比较典型的反传统性思维、反习惯性思维。这种思维的最重要的表现形式就是"怀疑"。

28. C

【师探解析】1925年成立的莽原社和未名社,鲁迅是发起人和领导者。莽原社主要成员除了鲁迅外,还有高长虹、向培良、荆有麟、韦素园等,该社还创办了《莽原》杂志。《莽原》提倡社会批评和文明批评,与《语丝》站在一条战线,向旧势力、旧文明发起攻击。

29. A

【师探解析】鲁迅认为,创作必需情感,至少总得"发点热"。因为创作活动是人的活动,人非木石,所以作家在创作中并不是对生活现象做直观的反映,而是对生活现象进行"人化",在反映这种"人化"了的社会生活现象的同时,也熔铸进作家自己的心血、生命和情感。而且,对于感情常常较一般人更为丰富的作家来说,要在创作中排除情感的决定作用似乎是完全不可能的,因为作家"既然还是人,他心里就仍然有是非,有爱憎;但又因为是文人,他的是非就愈分明,爱憎也愈热烈"。正是这种热烈的爱憎情感催促作家们去从事创作,也正是因为融入了作家的这种爱憎情感,才使其作品具有了感人的力量。所以文艺创作的独特性就在于它的情感性。

30. D

【师探解析】鲁迅在《摩罗诗力说》中称屈骚"抽写哀怨,郁为奇文""放言无惮,为前人所不敢言"。

二、填空题（每小题1分，合计10分）

31.《河南》 32. 讽刺短剧 33. 风雨如磐暗故园 34.《对于左翼作家联盟的意见》 35. 钱玄同 36. 厦门大学 37.《中国小说史略》 38. 张沛君 39.《新民主主义论》 40.《故事新编》

三、名词解释题（每小题2分，合计6分）

41. 未名社是19世纪20年代文学团体名称。未名社1925年成立于北京，因主办《未名丛刊》《未名》半月刊而得名，最初由鲁迅创始，后得其大力支持，主要成员有韦素园、李霁野、曹靖华等。鲁迅在《且介亭杂文末编·曹靖华译〈苏联作家七人集〉序》中评价："未名社一向设在北京，也是一个实地劳作，不尚叫嚣的小团体。"

42. 1913年，鲁迅在《拟播布美术意见书》一文中提出："国民文术，当立国民文术研究会，以理各地歌谣、俚谚、传说、童话等；详其意谊，辨其特性，又发挥而光大之，并以辅翼教育。"鲁迅所列的"国民文术"的内容，属于民俗文化内容。

43. 鲁迅在《坟·论"费厄泼赖"应该缓行》中写道："叭儿狗，一名哈巴狗，南方却称为西洋狗了，但是，听说倒是中国的特产。"所以"叭儿狗"其实是鲁迅杂文中议论形象化的典型，社会相的一种，指中国社会中奴才的嘴脸。

四、简答题（每小题6分，合计24分）

44. 首先，中国是个农业大国，农民是中华民族的主体，他们的生活状况、精神面貌直接关系着中华民族的前途，自小就忧国忧民的鲁迅必然对他们特别关注。

其次，鲁迅从少年时期起就与农民有较多接触，与农家孩子建立了友谊，对农民的状况尤其是他们的不幸与痛苦深有体会。

45. 鲁迅所论述的文艺创作中的真实性包括两个方面，一是作家艺术家所表达的情感的真实性，二是作为情感表达载体的描写对象的真实性。情感的真实主要指作家艺术家在作品中所表达的必须是自己亲身体验过的情感经验和真诚的生活感受，同时在表达这种感情的过程中必须有诚心和勇气。描写对象的真实则依据不同性质（写实或非写实）的作品有着不同的要求，但都必须在规定的艺术情境中符合事理的真实。

46.（1）揭露社会的黑暗和病态。

（2）歌颂韧性战斗精神。

（3）严于解剖自我，真诚坦露心胸。

47.（1）既依据古籍又容纳现代。

（2）赋予古人以活的形象。

（3）运用"油滑"手段，在穿插性的喜剧人物身上赋予现代化的细节，以收"借古讽今"之效。

五、论述题（每小题10分，合计30分）

48."鲁迅式思维"的特点可以从以下四个方面来阐释。

第一，"鲁迅式思维"的特点首先体现为思维的开放性。鲁迅善于打破常人固有的习以为常的思维秩序，以一种全新的时空观念来思考问题。人们似乎不难发现，鲁迅写文章（尤其是杂文）善于联想，善于发现处于不同时间与空间的极不相同的事物之间的内在联系，而这种具有广阔性的联想,正是鲁迅的开放性思维特点的显现。

第二,"鲁迅式思维"的特点,最主要的是体现为思维的反叛性。鲁迅的思维方法是一种比较典型的反传统性思维、反习惯性思维。这种思维的最重要的表现形式就是"怀疑"。

第三,"鲁迅式思维"的特点还表现为在思维中采用的简括、明快的判断方式。在鲁迅的思维判断中,很注重对事物的整体特征和本质特征做直截了当的揭示,常常是快刀斩乱麻式地排除偶然性和个别性,以最简括、明快的表达方式做判断式表述。如果说,上面讲的反叛性思维特点是以"疑"为特征的,那么,这里则主要是以"断"为特征。鲁迅在思维方式上是自觉追求"疑"与"断"之互相结合的。

第四,在鲁迅的思维过程中,还常常采用一种由果溯因的反向分析方法。由其果溯其因,即首先认真考察现已成为事实的结果,然后反观结果形成的过程,考其因由。鲁迅在对中国传统文化进行价值评估时,经常采用由果溯因的分析方法。

49. 鲁迅关于知识分子题材的小说的特点可以从以下几点分析。

第一,鲁迅笔下的这些知识分子形象大多是悲剧形象。他们曾感受到时代精神,有理想、有追求,是反封建的思想革命的积极力量。但是,黑暗的社会、丑恶的现实将他们的理想扼杀、毁灭,他们后来大多变得情绪低沉,生活色调暗淡,其结局多是可悲的。鲁迅不仅注意真实地描写人物的悲剧性格,而且特别注意着力挖掘造成这些悲剧的社会、历史根源和人物自身的思想根源,从而使这些悲剧具有非常深广的典型意义。

第二,鲁迅这些小说具有鲜明的"寻路"的特点。鲁迅的同时代作家描写知识分子,大多侧重于表现他们在黑暗现实中的苦恼和不幸,相对地说,对他们自身的思想状况的描写有所不足。鲁迅在表现客观社会给知识分子造成悲剧的同时,更侧重于对知识分子自身的思想状况和人生态度做冷静的、深刻的描写和考察,在主、客观的结合点上,在种种不同人生态度的对比中,寻求知识分子正确的人生道路。从这一角度说,鲁迅小说的思想深度也为他同时代的作家和相同题材的作品所不可企及。

50. 由于鲁迅创作小说出于严肃的"改良社会"的目的,而且鲁迅是个严谨的脚踏实地者,所以他在创作小说时必然严格地选取与"改良社会"直接相关的题材。

《呐喊》与《彷徨》从中国封建社会、封建礼教"吃人"这一社会实质切入,着重描写两类人的命运。

一类是广大劳动人民,这一选材角度反映了鲁迅作为伟大的革命民主主义者,已经体察到中国人民民主革命的关键——教育农民问题的严重性;另一类是下层知识分子,这一敏感的阶层同样密切联系着时代,反映着时代的许多动向。鲁迅这样的选材保证了作品在反映时代、"改良社会"方面有了良好的基础。

同时,鲁迅善于选择最佳角度,向纵深开掘。面对黑暗、残忍的封建社会,他的目光集中于封建精神统治的罪恶。这视角颇有独到之处,反映出鲁迅当年"弃医从文"的总体思路。鲁迅根据自己对中国封建社会历史与现状的研究和体察,深深地感到要改变中国社会黑暗、落后的状况,关键在于改变落后的国民性,提高民族的精神素质,也就是要"立人"。这种特殊的视角,比之于人们常见的着眼于政治经济生活状况层面展示社会黑暗与罪恶更有思想深度。

正由于此,《呐喊》与《彷徨》被人们称之为中国反封建思想革命的一面镜子。

"鲁迅研究"全真模拟演练(二)
参考答案与解析

一、单项选择题(每小题1分,合计30分)

1. D

   【师探解析】在《周扬笑谈历史功过》一文中,周扬曾经这样说过:"鲁迅除了天才以外,主要的在于他对中国社会的深刻了解。我们左联之中包括很多很好的同志,很有名的人,在这一点上是不如他的。"

2. D

   【师探解析】《伤逝》原文:"子君也逐日活泼起来。但她并不爱花,我在庙会时买来的两盆小草花,四天不浇,枯死在壁角了,我又没有照顾一切的闲暇。然而她爱动物,也许是从官太太那里传染的罢,不一月,我们的眷属便骤然加得很多,四只小油鸡,在小院子里和房主人的十多只在一同走。但她们却认识鸡的相貌,各知道那一只是自家的。还有一只花白的叭儿狗,从庙会买来,记得似乎原有名字,子君却给它另起了一个,叫作阿随。我就叫它阿随,但我不喜欢这名字。"

3. A

   【师探解析】鲁迅在《我怎么做起小说来》中说:"要极省俭的画出一个人的特点,最好是画他的眼睛……倘若画了全副的头发,即使细得逼真,也毫无意思。"

4. D

   【师探解析】《彷徨》扉页引用的诗句为:"路漫漫其修远兮,吾将上下而求索",作者是屈原。

5. B

   【师探解析】鲁迅认为,知"苦痛"是人的觉醒的第一步,因为"人若一经走出麻木境界,便即增加苦痛。"

6. A

   【师探解析】中国左翼作家联盟,简称"左联",1930年3月2日成立于上海。

7. C

   【师探解析】《新青年》是刊物,新文化运动的主要阵地,并非文章;《人权与约法》作者是胡适;《敬告青年》作者虽然是陈独秀,但是是他为《青年杂志》所写的发刊词。胡适的《文学改良刍议》和陈独秀的《文学革命论》为五四文学革命拉开了序幕。

8. A

   【师探解析】《呐喊》收入1918—1922年所写的14篇,《彷徨》收入1924—1925年所写的11篇,《故事新编》收入8篇,共33篇。

9. A

   【师探解析】《一件小事》作于1919年下半年。这是鲁迅被生活中偶然经历的事情所触动,并被偶然遇见的车夫所感动,然后以此为原型而创作出的一篇小说。

10. D

    【师探解析】鲁迅笔下的知识分子形象大多是悲剧形象。他们曾感受到时代精神,有理想、有追求，是反封建的思想革命的积极力量。但是，黑暗的社会、丑恶的现实将他们的理想扼杀、毁灭，他们后来大多变得情绪低沉，生活色调暗淡，其结局多是可悲的。

11. C

【师探解析】1932 年至 1935 年间，具有自由主义倾向的林语堂先后创办、主编《论语》《人间世》《宇宙风》等刊物，主要刊登"以自我为中心，以闲适为格调的小品文"，以古代"性灵说"为理论，提倡"性灵"文学，人称"论语派"。很显然，"论语派"提倡的这种文学倾向与当时严峻的现实、与左翼战斗文艺的格调很不协调。鲁迅写了《"论语一年"》《小品文的危机》《小品文的生机》等文与林语堂等展开论争，在对"性灵"文学的批判中，强调了"生存的小品文，必须是匕首，是投枪，能和读者一同杀出一条生存的血路的东西"。

12. C

【师探解析】早在 1913 年，鲁迅就在《拟播布美术意见书》一文中提出"国民文术，当立国民文术研究会，以理各地歌谣，俚谚，传说，童话等；详其意谊，辨其特性，又发挥而光大之，并以辅翼教育"。此文被认为是中国现代最早涉及"民俗学"的文章。

13. D

【师探解析】所谓"钻入"，与参与作品的艺术"再创造"完全不同，而是一种缺乏"鉴赏的态度"的病态的阅读倾向。自充作品中的角色、按图索骥，视文学作品为实录，视文学作品为泼秽水的器具，这三个都是鲁迅列举的过于"钻入"的表现。

14. A

【师探解析】在文学批评的方法上，鲁迅主张有比较地看问题，在译介苏俄革命时期的文艺评论集《文艺政策》时他曾讲到，他译介的目的是在于"使大家看看各种议论，可以和中国的新的批评家的批评和主张相比较"。

15. B

【师探解析】《奔月》与《铸剑》均写于 1926 年岁末，是鲁迅经历了"女师大学潮"和"三一八"惨案，离京南下后，在厦门和广州写的。

16. B

【师探解析】《野草》篇目按序为《秋夜》《影的告别》《求乞者》《我的失恋》《复仇》《复仇（其二）》《希望》《雪》《风筝》《好的故事》《过客》《死火》《狗的驳诘》《失掉的好地狱》《墓碣文》《颓败的颤动》《立论》《死后》《这样的战士》《聪明人和傻子和奴才》《腊叶》《淡淡的血痕中》《一觉》共 23 篇。

17. C

【师探解析】鲁迅文学批评中一个主张是有比较地看问题。他认为，"比较是最好的事情"，"只要一比较，许多事便明白"。采用比较的方法，有助于人们在文学批评中更好地明辨是非，更为恰当地对文学作品做出褒贬评价。鲁迅曾以识别金子为例，他说，有人"常常误认一种硫化铜为金矿，空口是和他说不明白的，或者还会赶紧藏起，疑心你要白骗他的宝贝。但如果遇到一点真的金矿，只要用手掂一掂轻重，他就死心塌地明白了"。

18. D

【师探解析】识记知识点：鲁迅去南京求学的时间是 1898 年。

19. C

【师探解析】鲁迅著作中最早提到"国民"的是《斯巴达之魂》(1903年)。"国民"一词与"国人"同义,指全国的居民,后来在《文化偏至论》《摩罗诗力说》等文章中仍沿袭该用法。

20. D

【师探解析】"改造国民性,以拯救'沉沦益速'的中华民族",是鲁迅文艺创作的目的,想要改变人的精神,展现出社会功利性。

21. A

【师探解析】鲁迅认为,创作必需情感,至少总得"发点热"。因为创作活动是人的活动,人非木石,所以作家在创作中并不是对生活现象做直观的反映,而是对生活现象进行"人化",在反映这种"人化"了的社会生活现象的同时,也熔铸进作家自己的心血、生命和情感。

22. A

【师探解析】鲁迅评价《诗经》为"激楚之言,奔放之词","怨愤责数"的"呐喊"之声。

23. C

【师探解析】识记知识点:《歌谣周刊》第71期(1924年12月7日出版)刊出民俗征题《雷峰塔与白蛇娘娘》,曾以鲁迅已发表的杂文《论雷峰塔的倒掉》作为范例。

24. B

【师探解析】识记知识点:鲁迅曾与顾琅共同编著了《中国矿产志》。

25. B

【师探解析】瞿秋白与鲁迅互为知己。瞿秋白编选《鲁迅杂感选集》,并为之写了长篇序言。这篇《〈鲁迅杂感选集〉序》在现代文学史上第一次用马克思主义的观点对鲁迅杂文的意义以及鲁迅思想的发展道路做了全面系统的分析。

26. A

【师探解析】鲁迅亲自翻译了苏联法捷耶夫的小说《毁灭》、俄国果戈理的小说《死魂灵》,重译了高尔基的《俄罗斯的童话》等,并为《浮士德与城》《铁流》《静静的顿河》等苏联作品的中译本撰写后记。

27. B

【师探解析】从反对以儒家思想为主要精神支柱的专制制度和非人的伦理道德出发,鲁迅强调佛教中的平等观念。另外,为呼吁反封建的勇猛的精神界战士,鲁迅希望佛教所张扬的"普度众生""唯识无境"等观点能够强化先觉者们的对外界压力的承受心理和主观战斗精神;而从改造国民性的愿望出发,鲁迅则又看到了佛教的"足充人心向上之需要"的一面。

28. C

【师探解析】"甲寅派"以章士钊主编的《甲寅》杂志为中心。

29. D

【师探解析】1930年6月,上海出现一个人称"民族主义文学"的文学派别。它的主要成员是国民党反动派的党、政、军官员以及少数国民党文人,如潘公展、朱应鹏、范争波、王平陵、黄震遐等。他们创办《前锋周报》与《前锋月刊》,发表《民族主义文艺运动宣言》及其他文章，鼓吹"文艺的最高意义，就是民族主义"，妄图用民族意识来抵制阶级意识，而他们的所谓"民族意识"实质上是维护国民党反动派的法西斯主义统治。这一文艺派别实质上是国民党的"党治文学"，是对中国共产党及革命人民实行反革命文化"围剿"的一支文艺别动队。对此鲁迅一目了然。出于对国民党反动派法西斯统治的愤怒，他写了《"民族主义文学"的任务和命运》《沉滓的泛起》等文章，深刻而形象地揭示了他们的反动实质。

30. B

【师探解析】《摩罗诗力说》介绍和赞扬欧洲文学史上"立意在反抗，指归在动作"的浪漫主义诗人及其作品，呼唤像他们这样的"精神界之战士"在中国早日出现。

二、填空题（每小题 1 分，合计 10 分）

31. 毛泽东　　32. 心事浩茫连广宇　　33.《海上述林》　　34.《鲁迅杂感选集》
35.《苦闷的象征》　　36. 玄奘　　37. 诗歌　　38. 情感真实性　　39. 重视读者
40. 趣味

三、名词解释题（每小题 2 分，合计 6 分）

41. 中间物是鲁迅自己的说法。他在《坟》的后记中说，在进化的链条中，一切都是中间物。这是鲁迅对自己身在传统与现代之中的体验，也是他自我否定意识的体现。

42. "国民性"一词的含义与"国民"相联系。鲁迅最早在《摩罗诗力说》中两处使用"国民性"一词，在这两处，国民性即等于民族性，不涉及阶级的分野。到五四时期，鲁迅基本上还是把"国民性"当作民族性来看待的，而他所谓的国民性的弱点就是指民族性的弱点，或一个时期国民精神的弱点，里面没有明确的阶级内容。后期接受了马克思主义，鲁迅没有否定共同的民族性的存在，"国民性"一词基本上仍是指整个民族性。

43. 【师探解析】

这是鲁迅在小说《狂人日记》中对中国历史所作的形象化的总结，其内涵是指封建专制统治对人的精神控制和毒害。

四、简答题（每小题 6 分，合计 24 分）

44. （1）以"正史"为主，兼采杂书。

（2）"考而后信"。

（3）钩沉辑佚，细密拼补。

（4）考订工作注重文、物互证。

45. 首先，它是关于鲁迅生平史实的第一手资料。

其次，《朝花夕拾》作为参考文献，为我们理解和研究鲁迅的小说提供了重要的、有用的资料。

再次，《朝花夕拾》为中国近代史提供了比一般历史记载更为鲜明和准确的形象化的社会史料。

46. 首先，阿Q是一个被剥夺得一无所有的贫苦农民。

同时，阿Q又是一个深受封建观念侵蚀和毒害，带有小生产者狭隘保守特点的落后、不觉悟的农民。

最后，阿Q思想性格最突出的特点是他的精神胜利法。

47. 其一，自然景物的象征。

其二，突出自然景物或者某些事物的自然特征，从而引申、阐发其精神实质。

其三，直接诉诸人和事，赋予某些人物或故事以象征的意义。

五、论述题（每小题10分，合计30分）

48. 鲁迅《野草》中"反抗黑暗，反抗绝望"的思想特点主要体现在揭露社会的黑暗和病态、歌颂韧性的战斗精神和严于解剖自我，真诚袒露心胸这三点上。

在揭露社会的黑暗和病态方面，鲁迅首先是揭露社会之黑暗犹如地狱。比如在《失掉的好地狱》中描写了地狱的统治虽然经过神、人、魔几次更替，但被统治的鬼魂们命运却日益不幸。"好地狱"既是对旧社会的统称又实指北洋军阀统治下的社会，辛辣地表明新军阀要窃取统治权而之后的中国社会仍是地狱。其次是嘲讽"中庸"和奴才哲学。比如鲁迅借用《立论》中老师指导学生作文如何立论来鞭挞现实生活中的"骑墙派"和市侩的圆滑作风，批判以谎言为真实的畸形社会。再次是抨击精神麻木的"戏剧的看客"。《复仇》中鲁迅通过描绘"旁观者"从四面奔来观看全裸持刃的一男一女拥抱或者杀戮来表明对无聊麻木的旁观者的痛恨，通过"复仇"指出"疗救"看客的良方。然后是鞭挞青年空虚无聊、忘恩负义的灵魂。比如《颓败线的颤动》批判了对母亲忘恩负义的子女进而广及社会上普遍忘恩负义的青年。最后是揭穿"正人君子"虚伪的假面。比如《狗的驳诘》中写"我"在梦中与狗论辩，狗自愧不如人，因为它不能像人一样分清官民主奴，形成了对"正人君子"的辛辣嘲笑。

在歌颂韧性的战斗精神方面，鲁迅为刚强不屈的战斗者唱赞歌：《野草》开篇之作《秋夜》就用象征手法借用枣树赞颂决意制敌于死命的顽强斗争精神；赞美坚韧不拔的探索精神：《过客》中塑造了一个坚韧不拔的探索者的形象，几乎可以视为鲁迅自己的化身，展现出了倔强、执着、上下求索的精神品质；颂扬无私无畏的献身品格：《死火》中的死火与"我"都是决心为摆脱黑暗社会而与恶势力抗争的斗士的象征，具有无私无畏英勇献身的品格。热情歌颂叛逆的猛士：比如《淡淡的血痕中》专为悼念"三一八"死难烈士而作，大力歌颂了战士们能使天地色变的战斗精神。

在严于解剖自我，真诚袒露心胸方面，鲁迅首先告别和埋葬矛盾、虚无的旧我。《野草》中有不少篇目反映鲁迅痛苦地告别、埋葬旧我的心路历程，文字曲折晦涩，心灵剖视精细入微，比如《影的告别》和《墓碣文》。其次，鲁迅也表达了对青年的绝望和希望。在《野草》中，《希望》一文就是因为惊异于青年之消沉而作。鲁迅绝望于自身的青春和"身外的青春"都逝去了，但又引匈牙利诗人裴多菲的《希望》之诗激励青年振奋精神，保存希望。最后鲁迅也展现出追求美好的理想与情操。鲁迅当时之所以产生这么多深沉的失望与希望，归根到底也都是对美好理想的执着追求，比如在即景抒情的名篇《雪》中，鲁迅用自然景物描写来寄托自己的爱憎——他虽身处肃杀的北方，但是不向风沙屈服，同时也向往着南方的春天和生机。

总之，文学家、思想家和革命家的鲁迅，在《野草》中用诗的激情和诗的形象来展现自我内心世界矛盾和斗争，他在黑暗中正视、批判黑暗，又用正视、批判黑暗来反抗绝望与激励希望，渗透着"路漫漫其修远兮，吾将上下而求索"的人生哲理探索意味。

49. 【师探解析】

当前，由于我们正处于与五四时期相类似的文化变革的历史性转换时期，因此，我们也面临着与五四时期相类似的历史任务，虽然这种类似并非等同，而是在更高意义上的同构。时代特点和历史任务的某种同构性，使五四时期文化先驱们对民族文化的反省以及由此留下的思想资料，对于当今来说显得格外宝贵；而作为五四新文化运动重要代表者的鲁迅对中国文化的深刻反思，尤应引起我们的重视。鲁迅对民族文化的反省和思考，几乎涉及了中国精神文化的一切领域，这种反省和思考为今天的文化革新提供了诸多有益的可供借鉴的东西。当然，这种借鉴既包括对鲁迅精神的"拿来"，也包括对鲁迅思想成果的评价中引发出的新的启示。

鲁迅精神首先体现为清醒的现实主义精神。清醒的现实主义的主要特征是从实际出发，面向现实，实事求是，绝不回避矛盾。鲁迅毫不留情地暴露旧社会的黑暗和虚伪，他呼吁人们"取下假面，真诚地，深入地，大胆地看取人生"。正视现实，是进行改革的基础和前提，只有承认矛盾才有可能解决矛盾，因此鲁迅强调"一到不再自欺欺人的时候，也就是到了看见希望的萌芽的时候"。在强调正视现实的同时，鲁迅还特别重视要努力用行动来改变现实，他指出，"现在的青年最要紧的是'行'，不是'言'"，强调路是人走出来的。今天，中国人民正在走着一条适合中国国情的、中国式的现代化道路，因而发扬实事求是的清醒的现实主义精神，仍具有十分重要的现实意义。

韧性的战斗精神，这也是鲁迅精神的重要方面。鲁迅的韧性战斗精神的主要特征，一是体现为敢于在无路中找寻出路，在几乎无望的环境中找寻和创造希望，在艰难险阻面前显示出不屈不挠的坚韧毅力；二是体现为反对匹夫之勇，坚持智勇结合的、坚实而深沉的理性精神。今天，中国大地的改革开放已进入攻坚阶段，鲁迅的韧性战斗精神对于现实中的中国人来说，无疑是有着积极的精神导向作用的。

鲁迅精神有着极其丰富的内涵，它还包括诸如"横眉冷对千夫指，俯首甘为孺子牛"的硬骨头精神和自我牺牲精神，严于解剖自己往往甚于解剖别人的与民族共忏悔的自我批评精神，时时想到中国、想到中国的未来的强烈的爱国主义精神等内容。这些精神对于每一个中国人来说，都将是一笔取之不尽、用之长久的精神财富。发扬鲁迅精神，对于增强民族自信心与民族自尊心，对于重铸民族精神，对于中华民族的伟大崛起，有着深远的历史意义。

至于鲁迅在各个具体精神文化领域中对民族文化所作的深刻反省，则更是直接为当今的精神文化建设提供了诸多思想资料。鲁迅对中国伦理文化所作的深入而系统的批判以及他所提出的新的伦理道德的设想，鲁迅对宗教文化的深刻分析，鲁迅对民俗文化的探讨，鲁迅对国民性的批判和改造国民性的设想，鲁迅对传统文学的解析，鲁迅对语言文化的透视，鲁迅的文学观念等，不仅其观点精辟，振聋发聩，而且分析透彻、发人深思。这些都无不从思想观念到思想方法等多个方面给今人以启示。

50.【师探解析】

鲁迅的文学批评观主要可以从以下几个方面论述：

在文学批评作用方面：鲁迅十分重视文学批评的作用，他认为，"文艺必须有批评"，"必须更有真切的批评，这才是真的新文艺和新批评产生的希望"。这里，鲁迅是把文艺批评与文艺创作摆在同等重要的地位来看待的。他认为，文学批评可以帮助读者进行选择，可以帮助读者深入理解那些有益的文学作品的思想意义和艺术价值，同时好的文学批评之于作家，是很有可以借鉴之处的。另外，文学批评之于文学的发展的意义是体现在各个方面的，不仅仅文学作品内容的好坏，需要有正确和真切的批评来加以匡正、提倡、引导，而且文学的"形式的探求"，除"必须艺术学徒的努力的实践"外，"理论家或批评家是同有指导，评论，商量的责任的"。

在文学批评任务方面：鲁迅曾表明他"所希望于批评家的，实在有三点：一，指出坏的；二，奖励好的；三，倘没有，则较好的也可以"。这里所谈及的，正是文学批评的任务。首先，文学批评的任务就是通过揭示文学作品的优点和缺点，从而达到促进文学健康发展的目的。其次，文学批评的任务还应该包括作家的"反批评"。鲁迅指出："批评者有从作品来批评作者的权利，作者也有从批评来批判批评者的权利。""批评如果不对了，就用批评来抗争，这才能够使文艺和批评一同前进。"

在批评家应有的科学态度的方面：鲁迅大力提倡"真切的批评"，坚决主张在文学批评中必须坚持实事求是的态度。他指出，批评家要有独立的自主意识，要敢于讲真话，不赞成那种"不关痛痒的文章"。并且在论争中批评家应实事求是，并无卑劣行为。同时，鲁迅也曾批评种种"浅薄卑劣荒谬"的批评态度，其中最为突出的是乱捧和乱骂式的批评，因为"乱骂与乱捧"都会使批评"失了威力"。最后，鲁迅痛恨"恶意的批评"，认为新文学的发展需要鼓励，称赞那些甘作护花泥土的批评家为"不容易做"的"艰苦卓绝者"。他主张对文学新人的新作，批评家应尽可能持宽容的态度。因此在培养文学新人方面，他一方面不求回报亲自做大量工作；另一方面也希望广大文学批评家能有实事求是的批评态度，希望文学批评家能够起到助文学新人成长、发展的作用。

在文学批评标准方面：鲁迅强调了两点——一是强调文学批评必须依据一定的标准；二是强调文学批评标准的正确性要求。在这两点上，鲁迅首先强调的是批评家的定见和批评标准的明晰性、确定性。并且在他看来，能否正确使用批评标准，起码可以从两个方面来考察：一是看使用标准的批评家本身的素质如何，他是否有锐利的眼光，是否使用该标准所相应要求的修养；二是看使用的标准与批评对象是否契合。

在文学批评方法方面：鲁迅很重视文学批评的方法问题，希望批评家能以科学的方法去进行批评。主要有以下几种主张——第一，主张全面地看问题；第二，主张历史地看问题；第三，主张辩证地看问题；第四，主张有比较地看问题。

"鲁迅研究"全真模拟演练（三）
参考答案与解析

一、单项选择题（每小题1分，合计30分）

1. C

【师探解析】"改造国民性"命题的提出，对清理封建专制文化在社会心理中的历史积淀，促进人的现代化具有革命意义。

2. D

【师探解析】《白光》讲述在科举考试中一个屡屡落第的文人陈士成，听信祖宗传言，受白光的启示在院子里挖银子未果，精神错乱，到大山里寻宝却坠湖而死的故事，批判了封建社会病态的科考制度，揭露了封建科举制度的"吃人"本质。

3. C

【师探解析】《两地书》是鲁迅和许广平在1925年3月至1929年6月间的书信合集，共收两人书信135封，分为三个部分。鲁迅1925年3月11日在《致许广平》中写道："走'人生'的长途，最易遇到的有两大难关。其一是'歧路'，倘是墨翟先生，相传是恸哭而返。但我不哭也返，先是在歧路头坐下，歇一会，或者睡一觉，于是选一条似乎可走的路再走……其二，便是'穷途'了，听说阮籍先生也大哭而回，我却也象在歧路上的办法一样，还是跨进去，在荆棘里姑且走走。"

4. A

【师探解析】识记知识点：1898年5月，鲁迅以"周树人"的名字进入洋务派创办的江南水师学堂。

5. B

【师探解析】1903年鲁迅在日本留学时，翻译了文言小说《斯巴达之魂》。这虽是译作，但有一定的创作成分。作品描写了古希腊城市国家斯巴达国王带领市民及同盟军英勇抗敌的故事，歌颂了他们反抗外来侵略的尚武精神。当时，沙俄侵占了我国的东北，鲁迅热烈期望我国人民也像斯巴达人民那样宁死不屈地反抗侵略，表现了强烈的爱国主义精神。

6. B

【师探解析】《祝福》中的祥林嫂在丈夫去世后被婆婆逼迫嫁给了贺老六，又因柳妈对祥林嫂说"失节"的女子在阴间会被阎王锯开分给两个丈夫，最终在祝福之夜死在了漫天风雪中。

7. A

【师探解析】要成为文化伟人，要在特殊的新旧转换的环境中坚持战斗，没有超常的"热情和性格"是不行的。恩格斯《自然辩证法》中，将思维能力、热情和性格、多才多艺和学识渊博作为巨人特征的内容。

8. B

【师探解析】鲁迅散文创作中直接以民俗文化内容为素材写成的有：《送灶日漫笔》——送灶神；《论雷峰塔的倒掉》——白蛇娘子的民间故事；《风筝》——放风筝；《五猖会》——迎神赛会；《无常》——迎神赛会及由乡下人扮演的无常鬼；《女吊》——女吊神。

9. D

【师探解析】识记知识点：在"五四"以前，集中反映鲁迅对文艺本质的见解的两篇文章是《摩罗诗力说》《拟播布美术意见书》。

10. C

【师探解析】1936年春，中国共产党在上海文艺界的基层组织根据第三国际中共代表王明的指令，决定解散"左联"，着手筹建文艺界联合抗日的团体，负责人周扬等人提出了"国防文学"的口号，作为文艺界统一战线的口号。鲁迅为了弥补"国防文学"口号的"不明了"之处，他与冯雪峰、胡风一起商定，提出了"民族革命战争的大众文学"的口号。

11. B

【师探解析】鲁迅在《关于小说题材的通信》中说："选材要严，开掘要深，不可将一点琐屑的没有意思的事故，便填成一篇，以创作丰富自乐。"这是鲁迅的经验之谈。

12. A

【师探解析】鲁迅的文化观常常显示出形式上的偏激，但在根本上，在对实质性问题的论述中，却又总是显出一种辩证的科学性。在文化建设上，鲁迅认为必须采用辩证的态度，即"去其偏颇"，例如，对于新兴的木刻艺术，就"不必问西洋风或中国风，只要看观者能否看懂，而采用合宜者"。

13. B

【师探解析】《孤独者》中主人公魏连殳是一个独具个性的现代知识分子，他以逃避的方式活在自己亲手造就的"独头茧"中品味孤独，最终以"自我灭亡式"的"复仇"向社会做绝望的反抗。

14. B

【师探解析】选项A《伤逝》是以知识分子为主人公，描写青年恋爱的故事；选项C《风波》描写的是江南某水乡发生的一场由辫子引起的风波，反映了封建帝制对农村、农民的统治；选项D《离婚》讲述的是农村妇女爱姑想要离婚，最后也没有成功的故事，并没有直接深入到对女性身体、精神的戕害。只有B选项中的《祝福》通过对祥林嫂一生遭遇的描写，深刻揭示了封建伦理道德对女性身体和精神上的戕害。

15. B

【师探解析】识记知识点：1918年5月，鲁迅在《新青年》上发表的，堪称是中国新文学史上的第一篇白话小说的是《狂人日记》。

16. A

【师探解析】五四时期，在"劳工神圣"思想的影响下，知识分子开始关心、同情、赞美劳苦大众，但是，在初期的新文学作品里，以劳动人民为题材的作品仍然是凤毛麟角。据茅盾统计，1920年第二季度发表的小说，98%都是描写青年婚姻恋爱的，然而《呐喊》中竟无一篇描写青年恋爱的故事，绝大多数描写的是劳动农民，在《彷徨》中，这题材仍然占有一定的比例。鲁迅的小说在描写劳动农民题材方面具有开创之功。

17. C

【师探解析】《伤逝》原文："这是真的，爱情必须时时更新，生长，创造。我和子君说起这，她也领会地点点头。"

18. C

【师探解析】鲁迅在《二心集·序言》中说，当时报界有称鲁迅为"文坛贰臣"者，于是便"仿《三闲集》之例而变其意，拾来做了这一本书的名目"，即公开表示自己是反动统治阶级的"逆子贰臣"。

19. C

【师探解析】《风波》是鲁迅于1920年创作的短篇小说，收录于小说集《呐喊》中。小说以张勋复辟为背景，通过对江南某水乡发生的一场由辫子引起的风波的描写，反映了辛亥革命的不彻底性，揭示了当时封建帝制还在统治着农村、农民愚昧落后、缺乏民主和自由思想的状况，并由此说明今后的社会革命若不彻底改变民众的观念就难以成功。

20. C

【师探解析】《高老夫子》收录于小说集《彷徨》中，主要讲述了原名高干亭的"高老夫子"，被牌友们戏称为"老杆"，因为发表了一篇关于整理国史的所谓"脍炙人口"的名文，便自以为学贯中西了，因仰慕俄国文豪高尔基之名，而更名为"高尔础"，但其实他只会打牌、听书、跟女人无赖，他为了去贤良女校看女学生，便应聘去教书，而因为胸无点墨而当众出丑便辞去职务。

21. B

【师探解析】《药》使用第三人称的叙述方式通过客观事件的描写来显示主题。其线索不是单线而是双线,一条是华老栓为儿子买"药"治病而无效身亡,一条是革命者夏瑜被杀而不被人们理解。

22. B

【师探解析】《示众》讲述了大街上一个犯人被示众的场景,期间出现了各色人围观。这篇小说淡化了传统小说中的情节和主人公,批判了鲁迅所深恶痛绝的国民劣根性中的看客心理,展示了国人的愚弱心灵。

23. D

【师探解析】鲁迅著名小说《伤逝》采用的结构是"手记体",给作品带来了浓郁的抒情色彩。"手记"是对前一阶段生活的回顾和总结,便于真切地抒写自己亲身的感受;而这里又是悲剧的主人公之一悼念自己心爱之人,悔恨自己对心爱之人的过失,因此,采用"手记体"便最为合适。

24. D

【师探解析】"拳头比脑袋还要大",这是一种夸张的表现手法。

25. C

【师探解析】鲁迅的文学创作始于诗歌。从 1900 年春写《别诸第三首》开始,到 1935 年年底写《辛亥残秋偶作》,诗歌创作几乎贯穿了他的一生。

26. D

【师探解析】《为了忘却的记念》是鲁迅为纪念"左联五烈士"而写,通过对白莽、柔石等"左联五烈士"的回忆,抒发了作者对烈士的怀念和尊敬、国民党当局卑劣行径的愤恨,号召民众应化悲愤为力量,以战斗来纪念死者。

27. D

【师探解析】选项 A、B、C 都是鲁迅翻译的作品,而 D 是鲁迅为其撰写的后记。

28. A

【师探解析】鲁迅在《坟》的《题记》中说,这里的文字"总算是生活的一部分的痕迹","将糟粕收敛起来,造成一座小小的坟墓,一面是埋葬,一面也是留恋"。书名含有埋葬和纪念过去,开拓未来之意。

29. A

【师探解析】识记知识点:1936 年 10 月 19 日凌晨,一代文化伟人鲁迅与世长辞。

30. B

【师探解析】赵太爷是小说《阿Q正传》中的人物角色。

二、填空题(每小题 1 分,合计 10 分)

31. 《黄花节的杂感》 32. 吃人的本质 33. 歌谣研究会 34. 《自言自语》
35. "四一二"反革命政变 36. 道士 37. 《黑暗中国的文艺界的现状》
38. 《论"费厄泼赖"应该缓行》 39. 开拓未来 40. 周树人

三、名词解释题(每小题 2 分,合计 6 分)

41. 莽原社于 1925 年成立,由鲁迅发起和领导,成员主要有高长虹、向培良、韦素园等,以创办《莽原》周刊和半月刊而得名。《莽原》提倡社会批评和文明批评，与《语丝》站在一条战线，向旧势力、旧文明发起攻击。

42. 中国左翼作家联盟，简称"左联"，1930年3月2日在上海成立，主要发起人有鲁迅、沈端先、冯乃超等，鲁迅在成立大会上做了著名的《对于左翼作家联盟的意见》的演讲。"左联"的成立，实际上形成了比较广泛的革命文学统一战线，推动了左翼文艺运动迅猛发展。左联十分重视理论批评，开展马克思主义文艺理论的传播，文学创作十分繁荣。但在思想倾向上存在"左"的错误，理论上存在严重的教条主义思想，组织工作方面存在比较严重的关门主义和宗派主义倾向，文学创作上存在严重公式化、概念化的问题。

43. 1936年春，中国共产党在上海文艺界的基层组织根据第三国际中共代表王明的指令，决定解散"左联"，着手筹建文艺界联合抗日的团体，负责人周扬等人提出了"国防文学"的口号，作为文艺界统一战线的口号。鲁迅为了弥补"国防文学"口号的"不明了"之处，与冯雪峰、胡风一起商定，提出了"民族革命战争的大众文学"的口号。因此，上海左翼文艺界内部发生了一场关于"两个口号"的论争。

四、简答题（每小题6分，合计24分）

44. 《呐喊》《彷徨》主要刻画了三个人物形象系列，每个系列都有一批出色的人物形象。

其一，封建统治阶级的各色人等，如鲁四老爷、赵太爷、四铭等。

其二，劳动人民，其中以阿Q、闰土、祥林嫂、爱姑、九斤老太等形象最为出色。

其三，知识分子，孔乙己、狂人、吕纬甫、魏建攴、涓生、子君等便是其中塑造得最为成功的。

45. 鲁迅尽管受到波特莱尔散文诗象征主义的影响，但二者存在本质的区别——波特莱尔在创作中表现的是资产阶级"世纪末"颓废、厌世的思想和情绪，而鲁迅此时却是个坚定的革命民主主义者，尽管彷徨、苦闷，总趋向却是积极向上。而且这也并不排斥他对波特莱尔散文诗艺术的借鉴——采用大量的象征主义手法，使《野草》抹上了浓烈的象征主义色彩。

46. 《过客》中主人公过客是一个坚韧不拔的探索者的形象。作品描写黄昏时分，从寂寞荒芜的旷野上来了一位过客，他长途跋涉，异常疲惫而又依然倔强。一个老翁告诉他前边是坟墓，一个小女孩告诉他前边有许多花并想帮助他。但不管前边是坟墓还是开遍野花，他都要听从"前面的声音"的召唤，倔强地向前。老翁是在人生旅途上困顿不前的颓唐者，小女孩是未经生活风霜、对未来充满美好幻想者，在对比之中，过客倔强、执着、上下求索的精神分外鲜明，几乎可以视为鲁迅自己的化身。

47. 鲁迅写这组回忆性散文的原因是多方面的。

其一，在紧张的战斗空隙，回顾自己所走的生活道路。

其二，在现实斗争直接触发下，兼用这组文章参与对现实的斗争。

其三，更重要的是给青年提供认识中国历史和社会的教材。

五、论述题（每小题10分，合计30分）

48. 鲁迅对我国现实主义文学思潮、流派的形成起了主帅作用，他是这一文学思潮、流派的奠基者与旗手。不过，鲁迅的现实主义还有他独特的表现形态。

现实主义要求作家按照生活的本来面目客观地再现生活。在这一方面，鲁迅表现出异常的冷静。他的小说，尽管同时描写了"上流社会的堕落和下流社会的不幸"，但其着眼点主要是后者。在他的笔下，出现得更多的是作为生活的主体的劳苦大众、不幸的妇女、下层的知识分子等。特别值得指出的是，在当时绝大多数作品热衷于描写青年婚姻恋爱题材的情况下，鲁迅率先将农民作为自己小说创作的主要对象，这无疑具有开创意义。鲁迅写这些凡人凡事，似乎信手拈来，不猎奇、不做作、不修饰，如实、客观地再现了生活的本色；即便写深重的悲剧，也属"几乎无事的悲剧"。

现实主义并非绝对的客观主义，它不是要求作家对生活不做评判，而是限制作家主见的外露，情感的外溢，要求将主观的判断隐藏于客观的描写之中。在这方面鲁迅所表现出的对生活的理解特别清醒，充满理性，但又伴随着沉重的感情。他对封建制度与礼教本质的揭露，高屋建瓴，义愤填膺；他对劳苦大众既哀其不幸，更怒其不争，这种含泪的"哀"与"怒"蕴蓄深沉，发人深思；他对活跃而动摇的"新式"知识阶层，既不是单纯的肯定或嘲讽，又不是为之哀哀切切，而是在作品所描写的主、客观的交会点上，殷切地表现其寻求人生道路的惶惑和苦恼。

现实主义强调刻画典型环境中的典型人物。鲁迅的小说，成功地刻画了阿Q等一群出色的人物形象，他们性格鲜明、独特而又有极大的普遍意义。鲁迅为这些人物提供了一个赖以生存的典型环境。他笔下的鲁镇、未庄，其经济状况、生活方式、人际关系、文化氛围、风情习俗等，无不真实地再现了"老中国"的本相。鲁迅笔下的人物就是这"老中国的儿女"。

鲁迅虽然是我国现代文学中现实主义的奠基者和旗手，但他的现实主义并不是封闭的，而是开放的，具有很大的包容性。鲁迅早期曾钟情于浪漫主义，曾热烈地赞美过一批外国的浪漫主义作家。1903年创作的《斯巴达之魂》充满着激越情调和悲壮气氛，显示出明显的浪漫主义倾向。从《狂人日记》起，尽管基调是现实主义的，但并不意味着其中全无浪漫主义的因素。除了浪漫主义，鲁迅对象征主义也颇有兴趣：阅读过许多外国象征主义作家的作品，在自己的小说创作中也糅进了不少象征主义的成分。他的开篇之作《狂人日记》运用有关"迫害狂"的精神病学知识和象征手法，对封建社会、封建礼教"吃人"本质的理性思考表现得鲜明生动、鲜血淋漓。

尽管我国现代文学史上出现过各种思潮、流派，但是，现实主义一直是其主流。鲁迅小说所特有的质朴、清醒、深沉，使他的现实主义在我国现代文学史上大放异彩，影响及于几代作家。

49. 鲁迅的劳动人民题材小说的特点可以从以下两个方面分析。

其一，鲁迅在描写劳动人民不幸命运时，不仅同情他们生活的贫困，更主要的是揭露他们精神上所受的毒害，他们的愚昧、麻木、不思抗争；既"哀其不幸"，更"怒其不争"。而且，鲁迅发现农民的这种愚昧、麻木、不思抗争带有极大的普遍性，体现着整个中华民族的精神。因此，鲁迅在表现劳动人民的不觉悟时，往往将其与改造国民性的问题联系起来。

《呐喊》《彷徨》对劳动者"不幸""不争"的描写就可谓不遗余力，几乎与"吃人"主题一样渗透于每一个单篇，而且两大主题互相交织，互为因果。所以，在这类作品中，在揭示造成劳动人民悲剧命运原因的时候，作者批判的矛头往往一方面指向"吃人"的客观世界，一方面指向劳动人民自身愚弱的心灵。比如《示众》，近于速写，没有完整的情节，没有主要人物，只有一个街头场景，只有一群麻木、呆钝的人群。一个巡警押着一个犯人在马路上示众，于是胖孩子、秃老头子、赤膊红鼻汉子、小学生、老妈子、洋车夫等踊跃围观，里三层外三层，众人看犯人，犯人看众人，你看我，我看你，莫名其妙，但又津津有味。鲁迅几乎含着眼泪，不厌其烦地描述这群可怜的麻木人群。这是一篇展示国人迟钝状貌的绝妙之作。

其二，鲁迅的小说在描写农民"不幸""不争"的时候，常常与对资产阶级领导的旧民主主义革命的批判联系在一起。这样一方面便于从群众对革命的认识与态度的角度，揭示劳动人民的不觉悟，另一方面便于抓住革命者对群众的态度这一要害问题，总结辛亥革命的经验教训，进而探索有效的革命道路。比如《药》描写的是辛亥革命四年前的故事。主要故事线索是乡镇小茶馆老板华老栓买人血馒头给患痨病的儿子华小栓治病无效而身亡。将人血馒头当良药而贻误了亲子的性命，这无疑是愚昧酿成的悲剧。然而，作品的深刻性在于，这人血不是普通人的血，而是民主革命者的血。革命党人夏瑜为民众利益而被杀，这无疑是壮烈的，然而可悲的是，人们对他牺牲的意义一无所知，茶客、华老栓，连同夏瑜的母亲无不如此；如果说他的鲜血还有意义的话，也不过是化为毫无疗效的"药"。作品命名为《药》，用心良苦。这"药"的故事告诫人们，我们多么急需一种思想上的良"药"来医治广大民众精神上的疾病。华、夏两家的悲剧正是古老的华夏民族的大悲剧。

50. 鲁迅后期杂文对国民党反动派反共卖国罪行的揭露可以从以下几点论述。

首先，鲁迅指出：国民党反动派实行反革命大屠杀是个大阴谋，他们为此寻找借口，给共产党人捏造了种种莫须有的罪名。鲁迅在《可恶罪》中指出，这些都是"花言巧语"，屠伯们的逻辑是，凡有碍于他们的便"可恶"，既"可恶"，便"可杀"，但又美其名曰"清党"。在《小杂感》中鲁迅进一步揭露，他们好像是怀疑狂，按照自己的强盗逻辑，不择手段，无限怀疑：''见到短袖子，立刻想到白臂膊，立刻想到全裸体，立刻想到生殖器，立刻想到性交，立刻想到杂交，立刻想到私生子。"这伙刽子手全是投机家和两面派，他们昨天还在高唱"革命"高调，今天却把昨天的高调忘得一干二净。鲁迅告诫革命者千万提高警惕，"防被欺"。

其次，鲁迅愤怒声讨国民党反动派扼杀左翼文学，屠杀左翼革命作家的残暴罪行。1931年2月，柔石、殷夫等五位左翼作家被秘密杀害以后，鲁迅怀着愤怒和沉痛的心情写下了一组文章，公开地声讨反动当局的暴行。《中国无产阶级革命文学和前驱的血》全面揭露反动当局种种卑劣的手段："一面禁止书报，封闭书店，颁布恶出版法，通缉著作家，一面用最末的手段，将左翼作家逮捕，拘禁，秘密处以死刑，至今并未宣布。"这一事实，"证明了他们自己是黑暗的动物"。

最后，鲁迅写了大量的杂文揭露国民党反动派对外消极抵抗，对内积极剿共的丑恶行径。比如在为林克多《苏联闻见录》所作的序中，鲁迅揭露了帝国主义侵略中国的事实："我看见确凿的事实：他们是在吸中国的膏血，夺中国的土地，杀中国的人民。他们是大骗子。"

"鲁迅研究"全真模拟演练（四）
参考答案与解析

一、单项选择题（每小题1分，合计30分）

1. B

【师探解析】毛泽东《新民主主义论》中评价鲁迅的基本人格："没有丝毫的奴颜和媚骨。"

2. D

【师探解析】《非攻》与《理水》是歌颂性的小说，在东北三省失守，榆关沦陷，华北告急之时，鲁迅选取了墨子止楚攻宋的故事，创作了《非攻》。《理水》是《非攻》的姊妹篇，歌颂了"中国的脊梁式"的人物——大禹。当时工农红军刚刚完成长征，胜利到达陕北，鲁迅从他们身上看到了中国人的希望。

3. C

【师探解析】在漫长的封建社会中，封建等级制度和君主专制思想统治，使人们在思想上形成了保守、狭隘、自利、麻木以至愚昧的消极的一面；近代以来，帝国主义侵略的淫威及其腐朽文化和封建主义的专制统治及封建文化的熏染，也在中国国民的思想意识中播下并催发了种种消极、丑恶的病根。而选项 C 伦理观念并非中国传统思想中落后愚昧的那一面，因而不属于国民性弱点的产生原因。

4. B

【师探解析】周扬在《坚持鲁迅文化方向，发扬鲁迅的战斗传统》一文中说："鲁迅的道路，典型地反映了 20 世纪中国优秀知识分子不断追求真理、不断前进的道路，不断地从爱国主义、现实主义走向社会主义、共产主义的道路。"

5. B

【师探解析】1923 年 12 月发表的《娜拉走后怎样》是一篇关于妇女解放问题的专论。

6. A

【师探解析】鲁迅翻译理论的核心是"宁信而不顺"，"信"是首要原则。

7. C

【师探解析】《过客》是《野草》的代表作，诗剧。作品主人公过客是一个坚韧不拔的探索者的形象。作品描写黄昏时分，从寂寞荒芜的旷野上来了一位过客，他长途跋涉，异常疲惫而又依然倔强。一个老翁告诉他前边是坟墓，一个小女孩告诉他前边有许多花并想帮助他。但不管前边是坟墓还是开遍野花，他都要听从"前面的声音"的召唤，倔强地向前。老翁是在人生旅途上困顿不前的颓唐者，小女孩是未经生活风霜、对未来充满美好幻想者。在对比之中，过客倔强、执着、上下求索的精神分外鲜明。

8. A

【师探解析】鲁迅认为，创作必需情感，至少总得"发点热"。因为创作活动是人的活动，人非木石，所以作家在创作中并不是对生活现象做直观的反映，而是对生活现象进行"人化"，在反映这种"人化"了的社会生活现象的同时，也熔铸进作家自己的心血、生命和情感。而且，对于感情常常较一般人更为丰富的作家来说，要在创作中排除情感的决定作用似乎是完全不可能的，因为作家"既然还是人，他心里就仍然有是非，有爱憎；但又因为是文人，他的是非就愈分明，爱憎也愈热烈"。正是这种热烈的爱憎情感催促作家们去从事创作，也正是因为融入了作家的这种爱憎情感，才使其作品具有了感人的力量。所以文艺创作的独特性就在于它的情感性。

9. D

【师探解析】《彷徨》扉页引用的诗句为："路漫漫其修远兮，吾将上下而求索"，作者是屈原。

10. C

【师探解析】鲁迅 1881 年 9 月 25 日生于浙江绍兴，姓周，幼名樟寿，字豫才。周作人，原名周樟寿，字星杓。

11. C

【师探解析】"甲寅派"以章士钊主编的《甲寅》杂志为中心。

12. C

【师探解析】1936年的"两个口号"之争指的是上海左翼文学界关于国防文学和民族革命战争的大众文学这两个口号的论争。国防文学口号先由上海文学界地下党领导周扬提出，并由此开展了国防文学运动和国防戏剧、国防诗歌活动。民族革命战争的大众文学口号由党中央特派员冯雪峰到上海和鲁迅、胡风等商量后由胡风撰文提出，受到主张国防文学的一些作家的指责而发生论争。

13. D

【师探解析】《铸剑》出自鲁迅小说集《故事新编》，讲述的是铸剑名师干将为楚王铸剑三年，剑成之后为楚王杀害，其子眉间尺长大后从母亲那里得知父亲死亡的真相，决定为父报仇的故事。

14. B

【师探解析】鲁迅称《朝花夕拾》的素材都是"从记忆中抄出来的"，均属回忆散文。

15. A

【师探解析】鲁迅在《学界的三魂》中积极主张发扬"民魂"，认为"惟有民魂是值得宝贵的，惟有他发扬起来，中国才有真进步"。

16. B

【师探解析】《药》《白光》等作品是在现实主义方法的基础上采用了一些象征主义方法。鲁迅特别欣赏俄国作家安德列夫，认为他能成功地将象征主义与现实主义融合起来，在一定程度上受到了他的影响。

17. B

【师探解析】《在酒楼上》原文："我在少年时，看见蜂子或蝇子停在一个地方，给什么来一吓，即刻飞去了，但是飞了一个小圈子，便又回来停在原地点，便以为这实在很可笑，也可怜。可不料现在我自己也飞回来了，不过绕了一点小圈子。又不料你也回来了。你不能飞得更远些么？"

18. C

【师探解析】鲁迅曾将清代道光年间何溱的一副对联书赠瞿秋白："人生得一知己足矣，斯世当以同怀视之。"

19. B

【师探解析】《故乡》原文："他出去了；母亲和我都叹息他的景况：多子，饥荒，苛税，兵，匪，官，绅，都苦得他像一个木偶人了。母亲对我说，凡是不必搬走的东西，尽可以送他，可以听他自己去拣择。"描述了闰土的形象。

20. B

【师探解析】《朝花夕拾》为中国近代史提供了比一般历史记载更为鲜明和准确的形象化的社会史料。19世纪末和20世纪初正是中国历史新旧交织、发生剧烈变化的时代，《朝花夕拾》从家庭到学校、从浙江的绍兴到日本的仙台，多方面地展示了当时真实的生活场景和社会风习。

21. C

【师探解析】 1902年，鲁迅从路矿学堂毕业，抱着科学救国的愿望去日本留学。1903年发表了《说铂》《中国地质略论》两篇科学论文，前者是我国最早介绍法国居里夫人发现镭的经过的论文，后者论述了中国地质的发展历史和矿产的分布。

22. A

【师探解析】 鲁迅先生同时拥有旧学的根底和新学的根底，同时具备了深厚的中西文化的素养；也正是因为他对"中国传统文化"和"活着的传统文化"有着超出同时代人的深刻的认识，才使他取得了超越时人的文化业绩。所以鲁迅的"多才多艺和学识渊博"，不仅仅是指文化素养，而且是指文化识见。

23. D

【师探解析】 鲁迅在《摩罗诗力说》中称屈骚"抽写哀怨，郁为奇文""放言无惮，为前人所不敢言"。

24. D

【师探解析】 鲁迅笔下的知识分子形象大多是悲剧形象。他们曾感受到时代精神，有理想、有追求，是反封建的思想革命的积极力量。但是，黑暗的社会、丑恶的现实将他们的理想扼杀、毁灭，他们后来大多变得情绪低沉，生活色调暗淡，其结局多是可悲的。

25. B

【师探解析】 从反对以儒家思想为主要精神支柱的专制制度和非人的伦理道德出发，鲁迅强调佛教中的平等观念。另外，为呼吁反封建的勇猛的精神界战士，鲁迅希望佛教所张扬的"普度众生""唯识无境"等观点能够强化先觉者们对外界压力的承受能力和主观战斗精神；而从改造国民性的愿望出发，鲁迅则又看到了佛教的"足充人心向上之需要"的一面。

26. A

【师探解析】 选项B"子君"是《伤逝》中的主人公，是一个青年知识分子；"四铭"是《肥皂》中的主人公，是被讽刺和鞭挞的封建卫道者的形象；选项D"狂人"是《狂人日记》中的主人公，是一个典型的思想启蒙者形象；选项A"爱姑"是《离婚》中的主人公，是庄家家主庄木三的女儿，是农村劳动者。

27. C

【师探解析】 "悲剧就是把美好的东西打碎给人看。"出自鲁迅的杂文《再论雷峰塔的倒掉》。

28. C

【师探解析】 鲁迅认为，"孝道"是一种以长者为本位的"古传的谬误思想"。其谬误之处在于它是本末倒置的，它违背了生物进化的规律："本位应在幼者，却反在长者；置重应在将来，却反在过去。前者做了更前者的牺牲，自己无力量生存，却苛责后者又来专做他的牺牲，毁灭了一切发展的能力。"因此，鲁迅斥孝道为"一味收拾弱者的方法"，是培养"弯腰曲背，低眉顺眼"，"老成的子弟，驯良的百姓"的方法。

29. A

【师探解析】 鲁迅在《集外集拾遗补编·破恶声论》中分析"赛会"文化的发达原因："农人耕稼，岁几无休时，递得余弦，则有报赛，举酒自劳，洁牲酬神，精神体质，两愉悦也。"

30. A

【师探解析】 1930年6月，上海滩上突然冒出一个人称"民族主义文学"的文学派别。它的主要成员是国民党反动派的党、政、军官员以及少数国民党文人，如潘公展、朱应鹏、范争波、王平陵、黄震遐等。他们创办《前锋周报》与《前锋月刊》，发表《民族主义文艺运动宣言》及其他文章，鼓吹"文艺的最高意义，就是民族主义"，妄图用民族意识来抵制阶级意识，而他们的所谓"民族意识"实质上是维护国民党反动派的法西斯主义统治。黄震遐还创作了《陇海线上》《黄人之血》等拙劣的作品，宣扬这些反动主张。

二、填空题（每小题1分，合计10分）

31. 俯首甘为孺子牛　　32.《答北斗杂志社问》　　33. 女娲炼石补天　　34. 阳刚之美

35. 医学救国　　36. 苏俄的高尔基　　37. 穷途　　38. 神权　　39.《天演论》

40. 开拓未来

三、名词解释题（每小题2分，合计6分）

41.《野草》收录了鲁迅写于1924年9月至1926年4月的散文诗23篇，是中国散文诗走向成熟的标志、心灵矛盾与时代斗争紧相联系的典范、象征主义与现实主义两种方法相结合的艺术范本。

42. "拿来主义"是鲁迅主张的对外来文化所采取的态度，即对世界文化思潮，在打破闭关锁国状态的基础上，以积极的态度去占有、挑选和拿来。

43. "油滑"即"古今杂糅"的手法，鲁迅称之为"油滑"，是直接从中国传统戏剧里借用来的。既为作品真实地展现的古代人物、环境、生活所吸引，又因现代语言情节、细节不断插入，冷静思索作品的现实意义，以批判的眼光审视作品所描写的一切，从而使小说获得更为深广的社会意义。

四、简答题（每小题6分，合计24分）

44.（1）鲁迅首先从"父子"关系入手，分析了封建伦理道德观念中的"孝道"。

（2）鲁迅认为，"孝道"是一种以长者为本位的"古传的谬误思想"。

（3）为了从根本上批判所谓的"孝道"，鲁迅对"孝道"赖以成立的所谓"依据"进行了彻底清算。

45.（1）沉郁、深厚与激越的统一：深厚，指内容的深广、忧愤；激越，指格调高亢、刚健。

（2）楚骚的遗响：鲁迅诗歌接受了我国古代诗歌多方面的影响，其中最为突出的有对以屈原为代表的《楚辞》的继承。

（3）辛辣的讽刺：其一，"活剥"古诗，注入今人今事；其二，采用旧体，半文半白，以通俗浅显的文字，收讽刺幽默之效；其三，采用轻松活泼的民歌体，使之与严肃的内容形成不协调，从而产生幽默感和讽刺性。

（4）娴熟的手法：对比映衬、气氛烘托、反复强调、用典贴切、对仗工整等。

46.（1）鲁迅怀着普罗米修斯"偷火给人类"似的目的，企图通过翻译的作品来唤醒和激发中国人民的斗争意识；

（2）鲁迅还希望通过译介外国文学的精品，来为中国新文学的发展提供借鉴。

47. 作品以"风波"命名，富有深刻的象征意义。

《风波》里面有"风波"，而所有的风波都不成其"风波"，这恰恰证明辛亥革命未能解决中国当时的根本问题——中国农村并未发生根本性的大变动。只有一场真正的人民革命的风波，才能扫荡广大农村的封建复辟势力，荡涤广大农民思想上、精神上、心理上所受的毒害，从而给中国带来希望。

五、论述题（每小题 10 分，合计 30 分）

48. 鲁迅的功利主义文艺观的主要内容可以从以下几点论述。

首先，鲁迅突出发展了"五四"以前对文艺的社会功用的见解，并且在理论上对之加以深刻的阐发、论述，形成了作为鲁迅文艺思想核心的革命功利性的文艺观。"五四"时期，鲁迅从反帝反封建斗争的需要出发，主张文艺创作应当"遵奉前驱者的命令"，要为改革社会而斗争。他反对"无所为而为"的文艺观，认为文艺应"是国民精神所发的火光，同时也是引导国民精神的前途的火花"，文艺"必须是'为人生'，而且要改良人生"。可以看出，鲁迅在这个时期，已自觉地将文艺看作"改革社会的器械"了。到了30年代，鲁迅已逐步成为一个马克思主义者。这时，他更注重从无产阶级的立场去论述文艺的本质。在《〈艺术论〉译本序》文中，鲁迅曾高度肯定和赞许普列汉诺夫的"并非人为美而存在，乃是美为人而存在"的"社会、种族、阶级的功利主义底见解"。

其次，关于文学的阶级性问题，鲁迅反复强调一点：既然文学创作都是通过作者头脑对现实所做出的或直接或间接或正确或歪曲的反映，那么就必然与作者的"思想和眼光"有关，与作者的阶级"地位""尤其是利害"有密切的关系。因此，"忠于他自己的艺术的人，也就是忠于他本阶级的作者，在资产阶级如此，在无产阶级也如此"。作家的阶级性决定了文艺作品必然带有阶级性。

再次，对于文学的社会性问题，鲁迅更是坚定地站在无产阶级革命的立场，对之做了深刻透彻的阐述。鲁迅认为，只要是文艺创作，就必然是有"社会性的"，"只要你一给人看"，"一写出"，"即使是个人主义的作品"，也"有宣传的可能"，"凡有文学，都是宣传，因为其中总不免传布着什么"。基于对文艺这种社会性的认识，鲁迅指出，文艺"用于革命，作为工具的一种，自然也可以"，甚至可以而且也应该将无产阶级的文艺看作是"无产阶级斗争底一翼"，因为无产阶级文艺与整个革命事业有着密不可分的联系，一方面，"它跟着无产阶级的社会势力的成长而成长"，另一方面，它又可以"助革命更加深化，展开"。应该说，鲁迅这些有关文艺社会性问题的认识，的确达到了当时所能达到的马克思主义的理论高度。

然后，鲁迅从文艺的社会功利性出发，对艺术的起源以及制约着文艺发展的时代性问题，做了深入的研究和阐述。早在《中国小说的历史的变迁》中，鲁迅就试图对艺术的起源做出解释。他认为："诗歌起源于劳动和宗教。其一，因劳动时，一面工作，一面唱歌，可以忘却劳苦，所以从单纯的呼叫发展开去，直到发挥自己的心意和感情，并偕有自然的韵调；其二，是因为原始氏族对于神明，渐因畏惧而生敬仰，于是歌颂其威灵，赞叹其功烈，也就成了诗歌的起源。"这里，鲁迅已经把艺术的起源与劳动联系起来了。到1930年，鲁迅译了普列汉诺夫的《艺术论》后，深受普列汉诺夫"劳动起源说"的影响，更加深了自己对这个问题的认识。后来，他在《门外文谈》中，对艺术源于劳动生活与生产斗争的问题做了较系统的论述。鲁迅以通俗易懂的生动比喻，阐明了我们祖先最早的文艺创作活动，或直接产生于劳动的过程中，成为协调与鼓舞劳动的一种手段；或模仿与再现劳动生活的情景，以娱乐和教育周围的人们；或以幻想的形式来表现当时人们战胜自然、争取丰收的理想与愿望。

最后，从功利性的文艺观出发，鲁迅也很强调文艺的时代性。他曾通过对"文风"的变异、文体的盛衰的分析，来论证文艺的时代性特征。他指出，在我国历史上，不同时期"文风"的变异，无不与当时的时代风尚有着必然的联系。至于文体，也是如此。五四运动以后短篇小说的兴起，很重要的原因就是"由于社会的要求"。正是出于对文艺时代性的认识，鲁迅明确指出，文艺"有着时代的眉目"，才能够让人们"从中寻出合于他的用处的东西"。正是由于鲁迅对文艺的时代性问题有较为自觉而深刻的认识，因此他的作品中才那么强烈地闪烁着时代精神的光芒，具有唤起一代人激情的精神力量。

49. 鲁迅的家庭和个人经历，直接促成他从小就产生了爱国主义思想。

其一，家庭的变故使鲁迅目睹旧社会的腐败，对上层社会产生了极端的憎恶：鲁迅祖上是个大户人家，但随着时代的变迁，逐渐趋于衰败。到鲁迅出生时，他的家庭是个拥有四五十亩田地的"小康"之家。而在鲁迅幼年时代又发生了两件事，周家从此彻底败落——第一件事是祖父的牢狱之灾，第二件事是父亲的病。在周家从大户到小康、从小康到破产的经历中，鲁迅目睹社会的腐败和混乱，深切感受到世态的炎凉，看穿了士大夫阶层的真面目，达到"连心肝也似乎有些了然"的地步。幼年的鲁迅受到的刺激是非常深切、痛楚的。

其二，鲁迅从小就与农民亲近，和农家孩子建立了深厚的友谊，熟悉农民的生活，并同情他们的不幸。他母亲的娘家就在农村，略识诗书，思想开明，性格坚韧，鲁迅深受她的影响。每年春天扫墓时，鲁迅常随母亲下乡，与农民、渔民的孩子在一起，犹如闯进了一个广阔的新天地，找到了知心朋友。祖父入狱后，鲁迅又到皇甫庄的舅父家中避难，虽遇到亲眷的冷落，但也感受到农民的热情、淳朴和无私。这种特殊的经历与感受，对鲁迅的思想和日后的创作产生了很大的影响。

其三，鲁迅从小接触民间艺术，大量阅读"非正统"的书籍，这一方面使他了解了中国的历史与社会，接受了文学的熏陶，另一方面则更激起了他对封建礼教的强烈不满。鲁迅幼年时，保姆长妈妈不仅常给他讲故事，而且为他买心仪的插图本《山海经》。鲁迅自小聪明过人，求知欲强，听到了许多生动的神话和故事，又接触了大量的年画、社戏等民间艺术，而且7岁读《鉴略》，12岁读完《论语》《孟子》《尔雅》等书。这些口头的、书本的历史、故事以及绘画、戏曲、诗文等从各个方面给鲁迅以丰富的历史知识和社会知识，充实了他的文学艺术素养，使他感受到读书的无限乐趣；同时，读书和思考又使他更深切地感受到了封建礼教的残忍与荒唐。

总之，鲁迅的家庭及个人经历，是鲁迅较早地关注民族和祖国的命运，迫切寻求救国救民的真理的重要原因之一。

50. 这个问题可以从"写什么"和"怎样写"两个层次阐释。

对于"写什么"的问题，鲁迅强调必须写作家自己熟悉的东西，应当从作家独特的生活积累、社会经历和艺术表现能力的现状出发，去确定描写题材，并且作家写自己所熟悉的生活，能写什么就写什么，这与文艺作品反映时代风貌并不矛盾，因为时代风貌可以从不同侧面、不同角度去加以反映，写时代重大题材以及取重大社会矛盾加以直接表现并不是反映时代的唯一途径。例如30年代中期，由于日本帝国主义的入侵，民族矛盾上升为主要矛盾，有不少人提出，文学要表现抗战，就应该反映"义勇军打仗，学生请愿示威"等，鲁迅认为"这当然是最好的"，但作为具体作品的题材，却"不应该是这样狭窄"，而应该更"广泛得多，广泛到包括描写现在中国各种生活和斗争的意识"。鲁迅坚持认为，应该看各个作者的具体条件，作家"倘不在什么旋涡中，那么，只表现些所见的平常的社会状态也好"。当然，鲁迅提出"能写什么，就写什么"，这只是对文艺创作中"写什么"的基本要求，鲁迅认为这是第一步。同时，任何作者又"不可安于这一点，没有改革，以致沉没了自己"，而应该"逐渐克服了自己的生活和意识看见新路"。尤其是"如果社会状态不同了，那自然也就不固定在一点上"。同时出于丰富文艺创作内容的考虑，鲁迅认为文艺创作的题材应该是多种多样的，从社会欣赏要求来看，也切忌单调。题材的单一，无疑是文艺的"自杀政策"。因此，鲁迅认为，作者除了一方面写自己已经熟悉的生活外，另一方面还应尽可能扩大视野，不断熟悉新的生活，开拓新的题材领域以便能够从多个侧面乃至从正面和全局去反映时代风貌，从而发挥文学"对时代的助力和贡献"，同时也就能够更好地适应社会的丰富多样的欣赏要求。

而对于"怎样写"的问题，在某种意义上讲，是指写作技巧的问题。鲁迅很重视文艺创作中的技巧问题，他曾指出，对于技巧，"许多青年艺术家往往忽略了这一点，所以他的作品，表现不出所要表现的内容来。正如作文的人，因为不能修辞，于是也就不能达意"。当然，鲁迅同时也指出："如果内容的充实，不与技巧并进，是很容易陷入徒然玩弄技巧的深坑里去的。"他是将技巧问题与内容的充实摆在同等重要的位置来看待的。鲁迅认为，所谓技巧，最重要的是在于对表现对象有"明确的判断力和表现的能力"。这里的"明确的判断力"，是指对表现对象进行准确观察和研究之后所做出的透彻理解。只有善于观察和研究事物，才会获得"准确的判断力"，从而真正把握自己在作品中所要表现的对象。"表现才能"的获得，按鲁迅的体会，"是由于多看和练习，此外并无心得或方法的"。"凡是已有定评的大作家，他的作品，全部都说明着'应该怎么写'"，从成功的作品中学习和借鉴是丰富自己创作表现力的重要手段之一。但更重要的是必须经过自己的实践和锻炼、并从中总结和积累创作的经验，最终形成自己独特的表现技巧。鲁迅自己的创作最能说明这一问题。在最初的创作中，他的作品多少受外国作家影响，但随着不断地创作实践，他的技巧更为圆熟，刻画更加深刻。而具体的创作技巧所包含的内容是丰富而复杂的，就鲁迅谈得较多的人物塑造有关技巧为例，要求：其一，作品中所写到的人物，必须是作者在心目中充分酝酿后的产物；其二，要注意写出人物的灵魂来，鲁迅通常会采用画眼睛、直接揭开人物心灵的秘密和用个性化的人物语言来揭示人物的内心世界等方法；其三，采用"杂取种种人，合成一个"的方法来塑造人物。

"鲁迅研究"全真模拟演练（五）
参考答案与解析

一、单项选择题（每小题1分，合计30分）

1. A

【师探解析】鲁迅在东京弘文学院学习日语时，爱国情感满怀，写下《自题小像》一诗。其中"我以我血荐轩辕"是鲁迅爱国主义思想的集中体现，也是鲁迅一生的战斗宣言。

2. C

【师探解析】《呐喊》中的第一篇小说为《狂人日记》。

3. D

【师探解析】识记知识点：鲁迅一生共创作杂文700多篇。

4. C

【师探解析】《吊大学生》原诗：阔人已骑文化去，此地空余文化城。文化一去不复返，古城千载冷清清。专车队队前门站，晦气重重大学生。日薄榆关何处抗，烟花场上没人惊。可以看出，鲁迅"活剥"了崔颢的《黄鹤楼》，"日薄榆关何处抗，烟花场上没人惊"，日军从侵占东三省开始到进逼华北，攻陷榆关，又何处可以见到抵抗呢？东北数十万大军不放一枪而退入关内，国民党当局谁在关心国家的危亡呢？没有。当局要员们沉迷在"烟花场上"，正在醉生梦死中销魂，丝毫也没有受到惊扰。该诗直斥国民党当局投降卖国的不抵抗主义。

5. D

【师探解析】这首诗是鲁迅的《南京民谣》。诗中拜谒的是孙中山的灵柩，地点在南京中山陵。

6. C

【师探解析】识记知识点：《朝花夕拾》的开篇之作是《狗·猫·鼠》。

7. D

【师探解析】识记知识点：鲁迅曾与顾琅共同编著了《中国矿产志》。

8. C

【师探解析】《出关》讲述了老子苦于当时社会上的空谈风气，出于无奈才选择出关的故事。

9. B

【师探解析】《风波》是鲁迅于1920年创作的短篇小说，收录于小说集《呐喊》中。小说通过对江南某水乡发生的一场由辫子引起的风波的描写，反映了辛亥革命的不彻底性，揭示了当时封建帝制还在统治着农村，农民愚昧落后、缺乏民主和自由思想的状况，并由此说明今后的社会革命若不彻底改变民众的观念就难以成功。

10. C

【师探解析】三次思想大解放分别是：戊戌变法、辛亥革命和五四新文化运动。洋务运动属于物质层面，虽然对思想解放有所促进，但是效果并没有三次思想大解放来得剧烈。

11. A

【师探解析】作者尊重读者，首先应是尊重读者的趣味，而不能采用任何强制性的方法让读者去接受其作品。鲁迅指出："看客的去舍，是没法强制的，他若不要看，连拖也无益。"忽略读者的趣味，以枯燥的说教面对读者，这其实也是采用强制性方法让读者接受作品的一种表现。

12. C

【师探解析】在弘文学院时，出于对民族和人民前途的关心，鲁迅常与同学许寿裳讨论与国民性有关联的三个问题。这三个问题分别是：怎样才是最理想的人性？中国国民性最缺乏什么？它的病根何在？

13. D

【师探解析】《朝花夕拾》中的作品写于1926年2月至同年11月，共10篇，曾陆续发表于《莽原》半月刊，总题目为《旧事重提》，结集时改名为《朝花夕拾》。

14. C

【师探解析】1932年至1935年间，具有自由主义倾向的林语堂先后创办、主编《论语》《人间世》《宇宙风》等刊物，主要刊登"以自我为中心，以闲适为格调的小品文"，以古代"性灵说"为理论，提倡"性灵"文学，人称"论语派"。很显然，"论语派"提倡的这种文学倾向与当时严峻的现实、与左翼战斗文艺的格调很不协调。鲁迅写了《"论语一年"》《小品文的危机》《小品文的生机》等文与林语堂等人展开论争，在对"性灵"文学的批判中，强调了"生存的小品文，必须是匕首，是投枪，能和读者一同杀出一条生存的血路的东西"。

15. C

【师探解析】鲁迅著作中最早提到"国民"的是《斯巴达之魂》（1903年）。"国民"一词与"国人"同义，指全国的居民，后来在《文化偏至论》《摩罗诗力说》等文章中仍沿袭该用法。

16. D

【师探解析】《中国小说史略》是第一部系统地论述我国两千年小说发展历史的专著，是中国小说史研究的奠基之作。它的诞生，结束了中国小说研究长期止于零散评点或评论的状况，改变了"中国之小说自来无史"的局面。

17. C

【师探解析】识记知识点：鲁迅唯一的一篇中篇小说是《阿Q正传》。

18. A

【师探解析】选项A《头发的故事》是对话体；选项B《一件小事》讲述日常生活中遇见的一件小事，以小见大；选项C《伤逝》是手记体；选项D《狂人日记》是日记体。

19. A

【师探解析】识记知识点：《苦闷的象征》作者是厨川白村。

20. A

【师探解析】1932年7月，陈赓将军从革命根据地到上海养伤，鲁迅两次邀请他到家中长谈，对陈赓介绍的红军战斗情况、根据地人民的生活十分关心。

21. C

【师探解析】1925年成立的莽原社和未名社，鲁迅是发起人和领导者。莽原社主要成员除了鲁迅外，还有高长虹、向培良、荆有麟、韦素园等，该社还创办了《莽原》杂志。《莽原》提倡社会批评和文明批评，与《语丝》站在一条战线，向旧势力、旧文明发起攻击。

22. D

【师探解析】鲁迅在《阿Q正传》小说中塑造了阿Q的形象，这一人物独有的取胜秘诀为"精神胜利法"。具体表现为他妄自尊大，自轻自贱，欺弱怕强，麻木健忘，等等。国骂"他妈的"背后体现的也是妄自尊大、自欺欺人的精神胜利法。

23. B

【师探解析】在鲁迅的小说创作中，议论性笔调是比较明显的，尤其是他最初的小说创作。例如《狂人日记》中，几乎通篇都是狂人对历史和现实中"吃人"现象的直语式的抨击；《头发的故事》，全篇都是借N先生之口直接发议论。

24. A

【师探解析】识记知识点：散文诗集《夜哭》的作者是焦菊隐。

25. A

【师探解析】1924年语丝社成立，创办《语丝》杂志，主要成员有鲁迅、周作人、钱玄同、林语堂、孙伏园、川岛等，鲁迅被称为"语丝派"的主将。《语丝》多发表杂文、小品、随笔，形成了生动、泼辣、幽默的"语丝文体"，对中国现代散文的发展做出了重要贡献。

26. B

【师探解析】鲁迅在给萧红的小说《生死场》作序时，从"力之美"的要求出发给予其较高的评价。鲁迅认为这部作品最大的成功之处就在于，作者将"北方人民的对于生的坚强，对于死的挣扎"，"力透纸背""明丽和新鲜"地展现在读者眼前，因而深深感动着人们。

27. D

【师探解析】原诗为：昔闻湘水碧如染，今闻湘水胭脂痕。湘灵妆成照湘水，皎如皓月窥彤云。高丘寂寞竦中夜，芳荃零落无余春。鼓完瑶瑟人不闻，太平成像盈秋门。前四句歌颂红色革命根据地，后四句揭露国民政府统治区的黑暗、萧条、冷落、腐败。全诗借湘灵的形象，揭露国民党反革命军事"围剿"，抒发了作者悲愤的心情。

28. B

【师探解析】《坟》中所收包括早期所写的文言论文，所以鲁迅在《题记》中说，这里的文字"总算是生活的一部分的痕迹"，"将糟粕收敛起来，造成一座小小的新坟，一面是埋藏，一面也是留恋"。

29. B

【师探解析】我国近代史上第一次思想大解放是戊戌变法运动。另外，第二次是辛亥革命，第三次是五四新文化运动。

30. C

【师探解析】识记知识点：鲁迅从事文学活动的重要目的之一，就是以文学为武器来进行"文明批评"和"社会批评"。

二、填空题（每小题1分，合计10分）

31. 劳动　　32. 反批评　　33. 未名社　　34. 复仇与反抗　　35. 荷戟独彷徨　　36. 打壕堑战　　37.《别诸弟三首》　　38.《补天》　　39.《秋夜》　　40.《封神演义》

三、名词解释题（每小题2分，合计6分）

41. "考而后信"是鲁迅在辑录古籍时审慎遵奉的原则，言必有据，落笔充实，为了一个问题可以校比几种书籍，也因此，鲁迅的辑文比较翔实、可靠、完善。

42.《死火》是鲁迅于1925年创作的一首散文诗，这首诗描写了梦中的"我"所经历的一个荒诞色彩很浓的故事，描述了"我"要拯救死火，走出冰谷的故事情节，表现了对无私无畏的献身品格的颂扬。

43. 曲笔是杂文常用的手法之一，而鲁迅用得更多，更"曲"。这与他所处的时代、环境有关。尤其是30年代中期，政治环境险恶，国民党反动当局对左翼文艺采用种种专制手段，作家们失去了在作品中说真话、表真情的自由，不得不采用曲折的笔法，隐晦曲折地表达自己的是非观念与爱憎情感。

四、简答题（每小题 6 分，合计 24 分）

44. 首先，鲁迅的杂文形象地记录了当时社会的主要动向和重大的历史事件。

其次，鲁迅的杂文中活现着一批栩栩如生的中国近代历史人物。

再次，鲁迅的杂文形象地描绘了许多社会世象和心态。

最后，鲁迅的杂文还给我们留下了许多宝贵的历史经验。

45. （1）深刻揭露封建制度、封建礼教"吃人"的本质。

（2）对劳动人民"哀其不幸，怒其不争"，尖锐地指出改造国民性的紧迫性。

（3）努力探索知识分子的人生道路。

46. 第一："瞒和骗"。

第二：自我安慰的"精神胜利法"。

第三："做戏"和讲"体面"。

第四："看客"式的无聊。

第五：卑怯和势利。

第六：因自利而不惜破坏公众利益，乃至对断送国家利益、民族利益也无动于衷。

第七：安于命运和现状的奴才心理。

此外，还有诸如"五分钟热""中庸折中""骄和谄相结合"的洋奴思想等，也都是鲁迅所痛心疾首并竭力加以抨击的国民性弱点。

47. （1）在紧张的斗争间隙，反顾自己所走的生活道路。

（2）在现实斗争的直接触发下，兼用这组文章参与对现实的斗争。

（3）更重要的是给青年提供认识中国历史和社会的教材。

五、论述题（每小题 10 分，合计 30 分）

48. 《阿Q正传》的思想意义可以从以下三个方面论述。

首先，在《阿Q正传》中，作者把探索中国农民问题（即农民在民主革命中的处境、地位）和考察中国革命问题（即中国民主革命的前途出路）联系在一起，作品通过对阿Q的遭遇和阿Q式的革命的描写，深刻地总结了辛亥革命的失败教训。《阿Q正传》对辛亥革命作了正面描写。作品前六章，在赵太爷与阿Q的冲突发展中揭示出了当时农村阶级矛盾不断深化和激化的趋势，而关于阿Q走向末路的描写，正是对"革命"的呼唤。辛亥革命爆发后，赵太爷、钱太爷们和阿Q开始出现不同的动向。一方面小说写了赵太爷、钱太爷们从害怕革命、投机革命到垄断革命和镇压阿Q，由此揭示出辛亥革命的悲剧：革命的对象不仅仍然掌握着政权，而且"骤然大阔"，发了"革命"财，而应在革命中得到解放的民众依旧是任人宰割的奴隶。另一方面，小说着重揭示和批判了阿Q式的革命，触目惊心地写出了阿Q的至死不觉悟和他的可悲的"大团圆"下场，由此暗示了辛亥革命更深层次的悲剧：革命没有真正唤醒民众，并未觉醒的民众糊里糊涂地参加革命，又糊里糊涂地被杀；而且可以想象，阿Q即使参加革命并掌握政权，他那样落后的"革命意识"又将导致"革命"成为什么性质！《阿Q正传》要告诉人们的是：阿Q式的"革命"和杀害阿Q式的"革命"都只能使中国一天天"沉入黑暗"；中国迫切需要真正的革命，而要使真革命获得真胜利，首先需要有真的革命者和觉醒了的人民！

其次，《阿Q正传》具有广泛的社会意义，它画出了国人的灵魂，暴露了国民的弱点，达到了"揭出病苦，引起疗救的注意"的效果。《阿Q正传》是鲁迅长期以来关注和探讨"国民性"问题的结果，他在谈到创作该作品的动机时明确说过，是想"写出一个现代的我们国人的灵魂来"，"是想暴露国民的弱点"。阿Q的身份虽是农民，但这个形象所表现出的性格弱点却并不只是农民才有的，它具有更广泛的普遍性。鲁迅把阿Q性格作为国民性的最劣表现加以鞭挞，因而也就具有更广泛的社会意义。鲁迅从整个国民的思想和精神状况出发，对其精神、思想的痼疾进行典型概括，目的是要警醒人们，引导人们反思和自省，同时也是要呼请改革者们共同来做改造国民性的工作。

最后，《阿Q正传》具有深远的历史意义，作品所揭示的"阿Q精神"作为一种历史的和社会的"病状"，将在相当长的一个历史阶段中存在，它将作为一面"镜子"，使人们从中窥测到这种精神的"病容"而时时警戒。《阿Q正传》所写的虽是辛亥革命前后的事，但它深刻的思想价值却不会随时代的变迁而丧失。中国是一个由封建政权、封建思想和封建文化统治了几千年的国家，封建意识不可能一下子从人们思想中完全清除，用鲁迅的话说，是积习太深，以至于产生了巨大的惰性。又由于种种历史的原因，中国反封建的思想革命一直不是十分彻底，因此，当年存在于阿Q身上的落后意识和精神病态也不可能从今天或明天的人们身上彻底消除。正是在这个意义上，我们可以说在当前乃至以后的一段时期内，在许多人身上，"阿Q精神"虽不再占主导地位，但却依然可能时时见到其影子。

49. 鲁迅的喜剧观可以从以下几点来阐释。

第一，鲁迅说过："喜剧是将那无价值的撕破给人看"。这对喜剧的实质做了明确的揭示：首先，他认为喜剧描写的对象是"无价值的"东西，主要指上流社会的"伪"和下层社会的"愚"；其次，鲁迅还通过探求分析，指出了之所以"无价值"的原因——它落伍于时代，并因为过时而变得"不合理"，从而引起"可笑""可鄙"甚至"可恶"之感；其三，鲁迅还指出，喜剧对象的独特性在于它不是赤裸裸丑恶的事物，而是"把自己的过错加以隐瞒而勉强作出一派正经的面孔"，即以假象掩盖丑恶本质的事物、事情；其四，鲁迅指出，揭穿"伪善"假象是喜剧的任务。

第二，关于喜剧的表现形式，鲁迅对幽默的论述较少，因为他认为当时中国"实在是难以幽默的时候"。但是鲁迅对于讽刺的论述很多，他认为讽刺是喜剧的重要形式，因此在鲁迅的论述中，讽刺与喜剧不仅在实质上是相同的，而且其美学特征——以笑为特点的喜剧美——也是一致的。鲁迅曾用"笑中有刺"四字对讽刺的美学特征做了最精简的概括：第一，对丑恶的事物进行的鞭挞、贬斥是通过"笑"来体现的，"以笑叱正世态"，通过所引起的"笑"来达到批判时弊、发人深思、引起疗救注意的社会效果。第二，既然是笑中有"刺"，那么在对"隐情"进行揭露时，就必须具有尖锐性，不调和、不折中、不遮掩、不姑息，以匕首般的锋利"撕得鲜血淋漓""使麒麟皮下露出了马脚"，"露出真价值来"。但值得注意的是，鲁迅在强调讽刺的尖锐性的同时，特别提醒人们要正确区分"有情的讽刺"与"无情的冷嘲"这二者的界线，鲁迅提倡前者而反对后者。"无情的冷嘲"，是以冷漠的嘲弄态度来对待社会和社会痼疾，它虽然也旨在批判和否定"无价值的东西"，但因其冷眼旁观的态度和"无热情""无善意"，而使人看不到理想和希望，从而给人以虚无和绝望之感。而"有情的讽刺"却不一样，它虽然揭发了人们身上的丑恶和社会的痼疾，却仍旧能以作家的理想和热情给人以希望。

50. 《补天》《奔月》《铸剑》是鲁迅前期所写的三篇历史小说。

《补天》作于1922年冬天,原名《不周山》,取材于女娲开天辟地,以黄土抟人、采石补天的神话。小说细致地描写了女娲创造人类,而后人类却互相残杀,共工与颛顼争权夺利,共工败,怒触不周山,天柱为之折断。女娲只得再"炼石补天",苦心经营地修补世界。作者着重描写了女娲进行创造工作时的辛苦和喜悦,借助女娲这个形象,热情赞颂了中国古代人民的劳动创造精神和创造毅力。

而《奔月》与《铸剑》均写于1926年岁末,是鲁迅经历了"女师大"学潮和"三一八"惨案,离京南下后,在厦门和广州写的。

《奔月》取材于民间流传的嫦娥奔月的神话,以传说中的一个善射的英雄夷羿作为小说的主人公。据说尧的时候,十日并出,民不聊生,于是尧命羿射九日,杀尽野兽,为民除害。鲁迅据此题材,对羿这个人物进行了再创造,一方面表现了他惊人的射箭本领和英雄气概,另一方面则描绘了他在功成业就之后的寂寞与孤独。小说突出的不是羿的成功,而是他完成历史功绩后的落魄。小说还塑造了羿的对立面形象:一个贪图安乐的妻子嫦娥和一个忘恩负义,"干着剪径的玩艺儿"的学生逢蒙。作品突出了羿的勇敢豪迈的性格,虽然寂寞孤独,但并不悲观,而且渴望着战斗。

《铸剑》取材于古代一个动人的复仇故事。眉间尺的父亲是一位有名的铸剑手,在奉命为大王铸剑的任务完成之日,被多疑而残忍的大王杀害。他有预见,只给了大王一把雌剑,而为已怀孕的妻子留下一把雄剑,让未来的儿子为其复仇。在复仇过程中,眉间尺得一黑衣士宴之敖者舍命相助,他们用自己的头颅来反抗暴政,向国王讨还血债,最后与统治者同归于尽。小说在描写眉间尺的复仇行为时,着力描写了黑衣人宴之敖者令人战栗的冷峻。他是一个久经锻炼的侠者,他的全部精力集中在一个目标上,就是要为一切遭受苦难的人民复仇。《铸剑》作于"三一八"惨案后约半年多光景,惨案的血痕使鲁迅总结出"血债必须用同物偿还"的经验。从辛亥革命的酝酿起直至它的失败,鲁迅目睹了不少革命者流的血,从而萌生出顽强的复仇意志,这也是鲁迅思想性格的一个重要特点。

综上所述,前期所写的三篇历史小说《补天》《奔月》《铸剑》,主要是通过"改造"古代的神话传说,歌颂了古代劳动人民伟大的创造精神和复仇精神。赞扬了那些淳朴、正直、坚强的英雄人物,同时也无情地嘲笑和鞭挞了现实生活中的市侩习气和庸俗作风,等等。

"鲁迅研究"全真模拟演练(六)
参考答案与解析

一、单项选择题(每小题1分,合计30分)

1. C

【师探解析】鲁迅1881年9月25日出生于浙江绍兴,姓周,幼名樟寿,字豫才。

2. B

【师探解析】1898年5月,鲁迅以"周树人"的名字,进入洋务派创办的江南水师学堂。在南京,他学习到了新鲜的西方资产阶级的文化和自然科学知识,接受了进化论思想的影响。

3. C

【师探解析】从1907年开始,鲁迅在河南留学生所办的杂志《河南》上发表文言论文,其中，《人之历史》介绍达尔文的生物进化论。

4. B

【师探解析】鲁迅最早学习的学科是自然科学。1898年5月，鲁迅以"周树人"的名字，进入洋务派创办的江南水师学堂；翌年考入江南陆师学堂附设的路矿学堂，学到了前所未见的自然科学知识，比如进化论思想。

5. D

【师探解析】识记知识点：艺术的美按其形态分，基本上有优美、悲剧性、戏剧性以及崇高四种。

6. C

【师探解析】《墓碣文》写的是"我"在梦中见到墓碣上的文字和墓穴中的尸体的情景，这是《野草》中格调最为低沉、绝望，虚无思想最为浓烈的一篇，在九个梦中是恐怖的梦。

7. D

【师探解析】识记知识点：《心的探险》作者是高长虹。

8. D

【师探解析】鲁迅的杂文中活现着一批栩栩如生的中国近现代历史人物，包括：军阀政客、学界要人、各式绅士、遗老遗少、"正人君子""革命小贩""第三种人""洋场恶少"，还有"叭儿狗""落水狗"，等等。

9. C

【师探解析】识记知识点：我国新文学史上的第一本散文诗集是《夜哭》，作者焦菊隐。

10. B

【师探解析】鲁迅曾说："《腊叶》，是为爱我者的想要保存我而作的。"作品叙述"我"为着保存一片病叶斑斓的颜色而把它夹进书中，然而一年以后它却变成黄腊似的枯叶了。当时，鲁迅在黑暗的社会现实里过着长期紧张的战斗生活，严重地损害了自己的健康，这引起许多进步青年特别是许广平的关切。许广平曾说，"腊叶"是鲁迅的"自况"。那么，文中的"我"应是比喻那些爱护鲁迅的青年。鲁迅对爱护、珍惜他的青年怀着深切的感激之情。但是，他又认为，既要战斗，又要保养，二者是不能两全的，在连很能耐寒的树木也会秃尽的严寒里，一片病叶的斑斓只能保存极短的时间。鲁迅从一片病叶，思索出战斗与保养难以两全的人生哲理，又抒发了自己对"爱我者"的感激和为抗争黑暗势力不惜献身的高尚情操。

11. B

【师探解析】康嗣群在《周作人先生》一文中将鲁迅与周作人并称为中国近代"深刻的思想家"。

12. C

【师探解析】俄国文学家契诃夫说："生活本来是没有主题的，一切都掺混着深刻的和浅薄的，伟大的和渺小的，悲惨的和滑稽的。"

13. A

【师探解析】《阿Q正传》共九章，最初分章发表于1921年12月4日至1922年2月12日《晨报副刊》。

14. B

【师探解析】"由果溯因",即首先认真考察已经成为事实的结果,然后反观结果形成的过程,考其因由。这是鲁迅反思传统文化的重要分析方法,在鲁迅那里非常重要,是鲁迅在评估中国传统文化时之所以比同时代人更深刻、更系统、更整体化的重要思维根源。

15. D

【师探解析】关于道教,无论就其思想、仪式还是其他方面,鲁迅都是坚决反对的。

16. D

【师探解析】鲁迅曾批评过种种"浅薄卑劣荒谬"的批评态度,其中最为突出的是乱捧和乱骂式的批评。鲁迅既反对无原则的乱捧式的批评,也反对吹毛求疵的乱骂式批评,因为"乱骂与乱捧"都会使批评"失了威力"。

17. A

【师探解析】鲁迅的前期杂文是指写于1918年至1926年间的杂文,主要收入《热风》《坟》《华盖集》和《华盖集续篇》中。

18. D

【师探解析】"将他的以虚无为实有,而又反抗这实有的精悍苦痛的战叫,尽量吐露着",是鲁迅给高长虹《心的探险》的中肯评价。

19. A

【师探解析】在《魏晋风度及文章与药及酒之关系》中,鲁迅一反"史家成见",肯定了曹操"至少是一个英雄"。

20. C

【师探解析】1931年有以胡秋原为代表的"自由人"、1932年有以苏汶(杜衡)为代表的"第三种人",他们既不满国民党政权的黑暗与腐败,参与揭露"民族主义文学"政治上的反动性,又反对左翼文艺坚持的无产阶级倾向,宣扬"文艺自由论"。鲁迅写了《论"第三种人"》《又论"第三种人"》等文,指出在阶级社会里,想当超阶级、"非政治""为艺术而艺术"的绝对的"自由人"与"第三种人",是不现实的。

21. B

【师探解析】《答客诮》:无情未必真豪杰,怜子如何不丈夫?知否兴风狂啸者,回眸时看小於菟。

《湘灵歌》:昔闻湘水碧如染,今闻湘水胭脂痕。湘灵妆成照湘水,皎如皓月窥彤云。

高丘寂寞竦中夜,芳荃零落无余春。鼓完瑶瑟人不闻,太平成像盈秋门。

《自嘲》:运交华盖欲何求,未敢翻身已碰头。破帽遮颜过闹市,漏船载酒泛中流。

横眉冷对千夫指,俯首甘为孺子牛。躲进小楼成一统,管他冬夏与春秋。

《亥年残秋偶作》:曾惊秋肃临天下,敢遣春温上笔端。尘海苍茫沉百感,金风萧瑟走千官。

老归大泽菰蒲尽,梦坠空云齿发寒。竦听荒鸡偏阒寂,起看星斗正阑干。

22. B

【师探解析】《风波》中九斤老太看不惯新生事物,留恋过去,因此有一句口头禅"一代不如一代",表现出陈旧腐朽的保守思想。

23. B

【师探解析】识记知识点：1928年到1935年期间，鲁迅诗歌的文体大多是旧体诗。

24. D

【师探解析】《过客》是《野草》的代表作，诗剧。作品主人公过客是一个坚韧不拔的探索者的形象。作品描写黄昏时分，从寂寞荒芜的旷野上来了一位过客，他长途跋涉，异常疲惫而又依然倔强。一个老翁告诉他前边是坟墓，一个小女孩告诉他前边有许多野花并想帮助他。但不管前边是坟墓还是开遍野花，他都要听从"前面的声音"的召唤，倔强地向前。老翁是在人生旅途上困顿不前的颓唐者，小女孩是未经生活风霜、对未来充满美好幻想者。在对比之中，展现出了过客倔强、执着、坚韧不拔的求索精神。

25. C

【师探解析】丁举人是《孔乙己》中的人物角色。

26. A

【师探解析】毛泽东在《新民主主义论》中指出，鲁迅代表了"中华民族新文化的方向"。

27. B

【师探解析】识记知识点：鲁迅从日译本转译了法国科学幻想小说家儒勒·凡尔纳的《月界旅行》和《地底旅行》。

28. D

【师探解析】鲁迅精神首先体现为清醒的现实主义精神。清醒的现实主义的主要特征是从实际出发，面向现实，实事求是，绝不回避矛盾。鲁迅毫不留情地暴露旧社会的黑暗和虚伪，正视现实。

29. D

【师探解析】1928年3月，创造社、太阳社倡导无产阶级革命文学的旗帜刚刚举起，资产阶级知识分子梁实秋等就迫不及待地创办《新月》月刊，形成了以梁实秋为代表的资产阶级文艺团体"新月派"。梁实秋以《新月》为阵地发表了《文学是有阶级性的吗?》《论鲁迅先生的"硬译"》等文章，鼓吹抽象的"人性论"。对此，鲁迅在《"硬译"与"文学的阶级性"》等文中抓住人在阶级社会里必然不可能超脱阶级性这一马克思主义的基本观点，指出文学的阶级性是客观存在的，称梁实秋是"丧家的""资本家的乏走狗"。

30. C

【师探解析】《立论》收入鲁迅散文诗集《野草》，并非《坟》。

二、填空题（每小题1分，合计10分）

31. 怒向刀丛觅小诗　32. 社会功利性　33. 封建礼教吃人　34. 1931　35. 《打杂集》　36. 《肥皂》　37. 《关于小说题材的通信》　38. 整理国故　39. 《八月的乡村》　40. 真切的批评

三、名词解释题（每小题2分，合计6分）

41. 《过客》是鲁迅散文诗集《野草》中的一篇，塑造了一个坚韧不拔的探索者"过客"的形象，展现出了倔强、执着、上下求索的精神品质，可以视为鲁迅自己反抗黑暗、反抗绝望的精神象征。

42. 学衡派得名于1922年1月在南京创办的《学衡》月刊，主要成员有国立东南大学的梅光迪、吴宓等,以《学衡》为阵地,打着"学贯中西"旗号,提倡尊孔读经、复古倒退,攻击新文化运动、文学革命和开始在中国传播的马列主义,带有复古主义的倾向。

43. 这是鲁迅在《记念刘和珍君》一文中所提到的一种人生态度,"真的猛士,敢于直面惨淡的人生,敢于正视淋漓的鲜血",是鲁迅的理想人格的精神象征。

四、简答题（每小题6分,合计24分）

44.（1）作者总能奇幻地构想出常人意想不到的故事。

（2）善于发挥神奇的想象,设想新奇的画面和细节。

（3）特别擅长描写种种奇特的梦。

45.《湘灵歌》表达了诗人对长沙事件中死难者的无限悲悼,对国民党的暴虐提出了强烈的控诉,将矛头主要指向反革命的军事围剿,并无情地揭穿了统治者粉饰太平的无耻嘴脸。湘灵,指湘水的女神。诗篇一开首使用强烈的对比映衬手法,凸现了这场流血事件的惨相。接着,诗人借用湘灵妆罢临水,不见碧水如镜,但见鲜血满川,进一步形象地渲染了大屠杀的残暴。第三联写大屠杀后整个湖湘大地芳荃零落,春光绝迹,这是国民党统治下中国大地的真实写照。最后,写湘灵目睹这般惨相,手把瑶瑟,在凄怨的琴声和如泣的歌吟里,寄托对死难者的悲悼和对屠夫的愤恨。可是,在严密封锁之中,这琴声、歌声不能传达到人间;屠夫们却在制造歌舞升平的假象,企图掩盖真相,欺骗天下,作者的悲愤跃然纸上。

46.（1）具有多元性和多层次性特征。

（2）具有批判性特征。

（3）具有辩证性特征。

（4）具有过渡性特征。

47. 主要是两大类:第一类的特点是叙述与抒情相互渗透,第二类是以说理为主,理中见情,在哲理的诗化中做到情理交融。

五、论述题（每小题10分,合计30分）

48. 1928年至1936年间鲁迅坚持文艺战线思想斗争的主要业绩如下。

第一,鲁迅赞同中国共产党的意见,参与筹建"中国左翼作家联盟",简称"左联",并为"左联"的健康成长而不断对之纠偏反正。"左联",1930年3月2日在上海成立,主要发起人有鲁迅、沈端先、冯乃超等。而鲁迅在成立大会上做了著名的《对于左翼作家联盟的意见》的演讲,提出"我们的艺术是反对封建阶级、资产阶级的,又反对'失掉社会地位'的小资产阶级倾向,并且表明了要'援助而且从事无产阶级艺术的产生'",并一针见血地指出"左翼"作家是很容易成为"右翼"作家的,对"左联"理论纲领做了十分重要的补充和纠偏。

第二,鲁迅坚持文艺战线的思想斗争,为左翼文艺的发展扫清道路:比如,1928年,鲁迅与以梁实秋为代表的"新月派"进行论争。梁实秋以《新月》为阵地发表了《文学是有阶级性的吗?》《论鲁迅先生的"硬译"》等文章,鼓吹抽象的"人性论"。鲁迅在《"硬译"与"文学的阶级性"》等文中,指出文学的阶级性是客观存在的,称梁实秋是"丧家的""资本家的乏走狗"。1931年以胡秋原为代表的"自由人"、1932年以苏汶（杜衡）为代表的"第三种人",反对左翼文艺坚持的无产阶级倾向,宣扬"文艺自由论"。鲁迅写了《论"第三种人"》《又论"第三种人"》等文,指出在阶级社会里,想当超阶级、"非政治""为艺术而艺术"的绝对的"自由人"与"第三种人",是不现实的。

第三，鲁迅继续创作大量的文学作品，发展了"五四"文学的成果，成为左翼战斗文学的光辉典范：比如《理水》塑造了"中国脊梁"式的人物——大禹，寄托着作者对中国共产党人的歌颂、赞美之情。

第四，鲁迅还致力于翻译、介绍马克思主义文艺论著和苏俄等国家的进步文学作品，为左翼文学的发展"窃得火来"，提供借鉴：亲自翻译了苏联的《文艺政策》、卢那察尔斯基的《艺术论》《文艺与批评》等，并对这些论著加以科学的评注。同时还翻译了法捷耶夫的小说《毁灭》、俄国果戈理的小说《死魂灵》，重译了高尔基的《俄罗斯的童话》等。

第五，鲁迅为壮大左翼作家队伍而继续热心扶植青年作家、艺术家：十分关心左翼青年作家的成长，他将萧红的《生死场》、萧军的《八月的乡村》、叶紫的《丰收》编入特意为他们创设的"奴隶丛书"，并分别为之作序。

第六，鲁迅再次响应中国共产党的号召，自觉地加入文艺界抗日统一战线，并为统一战线的建立，从理论上、组织上做出贡献：1936 年春，中国共产党在上海文艺界的基层组织根据第三国际中共代表王明的指令，决定解散"左联"，着手筹建文艺界联合抗日的团体，负责人周扬等人提出了"国防文学"的口号，作为文艺界统一战线的口号。鲁迅为了弥补"国防文学"口号的"不明了"之处，他与冯雪峰、胡风一起商定，提出了"民族革命战争的大众文学"的口号。

总之，鲁迅在他生命的最后十年里，在文化战线上为中华民族的彻底解放而英勇奋战，无愧为左翼文学英勇的旗手。

49. 鲁迅文学史研究的原则和精神主要可以从以下几个方面论述。

第一，在鲁迅的文学史研究中充满了革命的批判精神，这主要表现在敢于冲破以儒家正统观念为准绳的框框，广泛而深刻地批判了封建传统思想。鲁迅的文学史研究最初是从小说研究开始的。写一部前所未有的中国小说史，这本身就是对传统文艺观和传统思想的挑战，是对儒家视小说为"小道""末流"，对传统思想视小说为"闲书""邪书"等观念的批判。

第二，在鲁迅的文学史研究中充满了现代意识。鲁迅是为了当时新文化运动的需要而从事中国文学史的研究的。鲁迅意在通过研究文学史，一方面批判封建主义文化，另一方面能从对旧文化的批判中继承一些有利于新文化发展的因素。所以，鲁迅研究的虽然是历史，其中却到处闪烁着"五四"的时代精神。例如，在《汉文学史纲要》中，鲁迅评论《诗经》时，强调的是"激楚之言，奔放之词"，"怨愤责数"的"呐喊"之声。`

第三，鲁迅在文学史的研究中，特别注重对文学发展规律的探讨，即充分显示其"史"的特点。他在研究中不仅注意对具体作家作品的分析，而且注意对文学起源、文学派别、文学变迁以及种种文学现象做历史的考察，注重历史的"演进之迹"。例如，在《中国小说史略》中，鲁迅特别注重从纷繁复杂的小说历史中，从历代形形色色的小说创作中，总结小说发展的规律。

第四，鲁迅在研究中国文学时，特别注意把作家作品和文学现象摆到特定的历史背景之下去考察，从影响文学发展的诸多时代因素中去揭示文学现象和文学作品特点形成的原因。鲁迅曾提出"我们想研究某一时代的文学，至少要知道作者的环境、经历和著作"的主张。所谓环境，即时代背景，主要指当时对作者的生平、思想和创作产生过影响，以及对或一文学流派、文学现象的出现产生过影响的政治、经济、文化、思想、社会心理和风土习俗等状况。通过对这些社会状况与当时文学的关系以及它们影响文学的途径、方式等的考察，可以发现一些在纯文学研究中难以发现的一些关乎文学的深刻根源和规律。

第五，鲁迅在中国文学史的研究中，能以其卓越的史识，正确区分中国文学的精华与糟粕，并对之做出实事求是的价值评判。例如，在《魏晋风度及文章与药与酒之关系》中，鲁迅一反"史家之成见"，肯定了曹操"至少是一个英雄"。

鲁迅在文学史研究的实践中所提供的许多原则和精神，对于今天的文学史研究者来说，仍是值得好好学习的。

50. 我国近代历史上有三次思想大解放：第一次是戊戌变法运动；第二次是辛亥革命，辛亥革命通过临时约法，建立起旧民主主义的观念来，知识分子受到影响，广大人民群众也受到影响，在思想解放运动中，这是较广泛、较深刻的一次解放；第三次是五四新文化运动，由此中国开始进入了伟大的新民主主义革命阶段。这三次思想大解放正反映着鲁迅所生活的年代的基本历史主题和时代精神。没有这种历史主题和时代精神，也就没有作为文化伟人的鲁迅。可以做如此假设：如果鲁迅提前半个世纪或更早些时候诞生，或者在鲁迅一生中没有经历过这三次思想解放，那么可以肯定，鲁迅将会是另外一种面貌。如果不是戊戌运动，鲁迅就不可能接触西方科学文化，不可能接收到对他思想有重大影响的进化论，也不可能决意到日本去。如果没有辛亥革命，就不会促使鲁迅从这一革命的过程和结果中生发出对中国社会的认识，产生对思想启蒙、启发民智重要性的认识。如果不是五四新文化运动的逐步崛起，鲁迅大约也还会在旧教育部里继续他寂寞的岁月，完全致力于古籍的整理，等等。

综上所述，"时势造英雄"，如果没有这样一个巨变的时代，没有这三次思想解放运动的促进，鲁迅或许也就不能成为我们今天所认识的鲁迅。

"鲁迅研究"考前实战冲刺（一）
参考答案与解析

一、单项选择题（每小题1分，合计30分）

1. C

【师探解析】1936年的"两个口号"之争指的是上海左翼文学界关于国防文学和民族革命战争的大众文学这两个口号的论争。国防文学口号先由上海文学界地下党领导周扬提出，并由此开展了国防文学运动和国防戏剧、国防诗歌活动。民族革命战争的大众文学口号由党中央特派员冯雪峰到上海和鲁迅、胡风等商量后由胡风撰文提出。受到主张国防文学的一些作家的指责而发生论争。

2. B

【师探解析】《示众》讲述了大街上一个犯人被示众的场景，期间出现了各色人围观。这篇小说淡化了传统小说中的情节和主人公，批判了鲁迅所深恶痛绝的国民劣根性中的看客心理，展示了国人的愚弱心灵。

3. D

【师探解析】《铸剑》出自鲁迅小说集《故事新编》，讲述的是铸剑名师干将为楚王铸剑三年，剑成之后为楚王杀害，其子眉间尺长大后从母亲那里得知父亲死亡的真相，决定为父报仇的故事。

4. A

【师探解析】鲁迅亲自翻译了苏联法捷耶夫的小说《毁灭》、俄国果戈理的小说《死魂灵》，重译了高尔基的《俄罗斯的童话》等，并为《浮士德与城》《铁流》《静静的顿河》等苏联作品的中译本撰写后记。

5. B

【师探解析】选项 A《伤逝》是以知识分子为主人公，描写青年恋爱的故事；选项 C《风波》描写的是江南某水乡发生的一场由辫子引起的风波，反映了封建帝制对农村、农民的统治；选项 D《离婚》讲述的是农村妇女爱姑想要离婚，最后也没有成功的故事，并没有直接深入到对女性身体、精神的戕害。只有 B 选项中的《祝福》通过对祥林嫂一生遭遇的描写，深刻揭示了封建伦理道德对女性身体和精神上的戕害。

6. A

【师探解析】选项 B "子君"是《伤逝》中的主人公，是一个青年知识分子；"四铭"是《肥皂》中的主人公，这是被讽刺和鞭挞的封建卫道者的形象；选项 D "狂人"是《狂人日记》中的主人公，是一个典型的思想启蒙者形象；选项 A "爱姑"是《离婚》中的主人公，是庄家家主庄木三的女儿，是农村劳动者。

7. A

【师探解析】"娜拉"是易卜生《玩偶之家》中的主人公，这是一部典型的社会问题剧。娜拉原先生活在幸福的家庭之中，却在一系列事件后认清了自己在家庭中"玩偶"般从属于丈夫的地位，毅然决定出走。而鲁迅在思索当代女性得到个性解放的同时更深一步，捕捉到了"娜拉出走之后会怎样"这一问题，揭示出娜拉的命运：不是堕落，就是回来。

8. D

【师探解析】鲁迅著名小说《伤逝》采用的结构是"手记体"，给作品带来了浓郁的抒情色彩。"手记"，是对前一阶段生活的回顾和总结，便于真切地抒写自己亲身的感受；而这里又是悲剧的主人公之一悼念自己心爱之人，悔恨自己对心爱之人的过失，因此，采用"手记体"便最为合适。

9. A

【师探解析】《白光》讲述了在科举考试中一个屡屡落第的文人陈士成，听信祖宗传言，受白光的启示在院子里挖银子未果，精神错乱，到大山里寻宝却坠湖而死的故事，揭示了封建社会旧知识分子被病态的科考制度所"吃"的命运。

10. A

【师探解析】选项 A《祝福》中的祥林嫂在丈夫去世后被婆婆逼迫嫁给了贺老六，又因柳妈对祥林嫂说"失节"的女子在阴间会被阎王锯开分给两个丈夫，最终在祝福之夜死在了漫天风雪中。

11. A

【师探解析】"取下假面，真诚地"几个关键字表明了对"真实、真诚"的要求，远离伪装和虚假，展现了清醒的现实主义精神。

12. A

【师探解析】1933 年 4 月 6 日的《申报·自由谈》上，发表了鲁迅撰写的《推背图》，指出

"推背"的意思,是透过已知的现实"从反面推测未来的情形"。

13. B

【师探解析】鲁迅称《朝花夕拾》的素材都是"从记忆中抄出来的",均属回忆散文。

14. C

【师探解析】鲁迅的文化观常常显示出形式上的偏激性,但在根本上,在对实质性问题的论述中,却又总显示出一种辩证的科学性。

15. D

【师探解析】将"拳头比脑袋还要大",这是一种夸张的表现手法。

16. D

【师探解析】选项 A 中的子君在和涓生自由恋爱后安于封建小家庭主妇的角色,在恋爱破灭后最终回到了封建旧家庭;选项 B 中的七斤嫂虽然泼辣,但却自私、落后、愚昧、麻木,生活在浑浑噩噩的不觉悟状态之中;选项 C 中的单四嫂子守寡后独自抚养儿子,一心扑在儿子身上却挽救不了儿子的性命,体现了封建社会不幸女子的悲剧命运。

17. A

【师探解析】《孤独者》是鲁迅的短篇小说,发表于 1926 年,后收录于小说集《彷徨》中。该小说讲述主人公魏连殳是一个独具个性的现代知识分子,他以逃避的方式活在自己亲手造就的"独头茧"中品味孤独,最终以"自戕式"的"复仇"向社会做绝望的反抗。鲁迅通过这个故事表明,中国还远远不具备让青年人作为自由个体可独立生存,运用其天赋,服务于社会的社会环境。

18. D

【师探解析】《中国小说史略》是第一部系统地论述我国两千年小说发展历史的专著,是中国小说史研究的奠基之作。它的诞生,结束了中国小说研究长期止于零散评点或评论的状况,改变了"中国之小说自来无史"的局面。

19. C

【师探解析】"老莱子娱亲""郭巨埋儿"都是中国传统二十四孝中的故事,鲁迅借此讽刺封建旧道德的虚伪性。

20. C

【师探解析】鲁迅主张辩证地看问题。他指出,"倘要完全的书,天下可读的书怕要绝无,倘要完全的人,天下配活的人也就有限……",所以,文学批评对于作家和作品不能"求全责备"。

21. C

【师探解析】识记知识点:鲁迅唯一的一篇中篇小说是《阿Q正传》。

22. C

【师探解析】"悲剧就是把美好的东西打碎给人看。"出自鲁迅的杂文《再论雷峰塔的倒掉》。

23. B

【师探解析】识记知识点:1918 年 5 月鲁迅在《新青年》上发表的,堪称是中国新文学史上的第一篇白话小说是《狂人日记》。

24．C

【师探解析】鲁迅的文学创作始于诗歌。从1900年春写《别诸弟三首》开始，到1935年年底写《亥年残秋偶作》，诗歌创作几乎贯穿了他的一生。

25．D

【师探解析】鲁迅在《阿Q正传》小说中塑造了阿Q的形象，这一人物独有的取胜秘诀为"精神胜利法"。具体表现为他妄自尊大，自轻自贱，欺弱怕强，麻木健忘，等等。国骂"他妈的"背后藏着的也是妄自尊大、自欺欺人的精神胜利法。

26．B

【师探解析】"弃医从文"这一转折的实质在于标志着青年鲁迅告别改良主义的维新思想，走向资产阶级民主革命的救国之路。

27．C

【师探解析】鲁迅认为，"孝道"是一种以长者为本位的"古传的谬误思想"。其谬误之处在于它是本末倒置的，它违背了生物进化的规律："本位应在幼者，却反在长者；置重应在将来，却反在过去。前者做了更前者的牺牲，自己无力量生存，却苛责后者又来专做他的牺牲，毁灭了一切发展的能力。"因此，鲁迅斥孝道为"一味收拾弱者的方法"，是培养"弯腰曲背，低眉顺眼"，"老成的子弟，驯良的百姓"的方法。

28．C

【师探解析】《出关》讲述了老子苦于当时社会上的空谈风气，出于无奈才选择出关的故事。

29．A

【师探解析】《明天》收录在鲁迅小说集《呐喊》中。小说《明天》讲述了发生在还具有一点儿古风的鲁镇上，在特定的"三个晚上两个白天"这个时间段的故事，故事围绕着主人公寡妇单四嫂子失去自己的儿子宝儿这个事件展开全篇的事件叙述。

30．A

【师探解析】为了大力宣扬民主主义的思想，1915年9月，重要刊物《青年杂志》创办，掀起了一场轰轰烈烈的以"民主"和"科学"为旗帜的新文化运动。

二、填空题（每小题1分，合计10分）

31．斯诺　　32．《新民主主义论》　　33．《起死》　　34．《伤逝》　　35．大禹　　36．《彷徨》　　37．眉间尺　　38．投枪　　39．笑中有刺　　40．《域外小说集》

三、名词解释题（每小题2分，合计6分）

41．艺术的美按照形态划分为崇高、优美、悲剧性和喜剧性。"力之美"指的就是崇高，也称为雄伟、壮美、伟美，即中国美学思想史上的"阳刚之美"。艺术的崇高是指艺术作品中，不但显示出一般的美，而且还带着一种特殊的威力，能引起人们敬畏、赞叹和紧张的情绪，使人们产生一种高居于平庸和渺小之上的情感，催人奋发，促使人们去和卑鄙的事物进行斗争。

42．1924年，《语丝》杂志创刊，围绕这个杂志组成了语丝社。语丝社作家的散文创作形成了独具风格的"语丝体"，这种文体主要包括杂感、短评、小品等文学样式，在思想内容上任意而谈、斥旧促新；在艺术上以文艺性短评和随笔为主要形式，泼辣幽默、讽刺强烈；在文字上富于俏皮的语言和讽刺的意味。

43. 《坟》是鲁迅的一部杂文集，收录了鲁迅一些早期的杂文作品，包括《论雷峰塔的倒掉》《论"费厄泼赖"应该缓行》《娜拉走后怎样》《论"他妈的！"》等24篇。书名含有埋葬和纪念过去，开拓未来之意。

四、简答题（每小题6分，共24分）

44. 鲁迅的改造国民性思想包括两方面内容：一方面是揭露和批判国民性的弱点，一方面是肯定和发扬国民性的某些优点，其目的都在促进一种新的、向上的、符合时代要求的民族精神的诞生。虽然鲁迅对国民性问题认识的深度和侧重点前后期有所不同，但这两个方面的内容无论前期或后期都是存在的。为了正视现实和推动改革，他前期着重批判国民性的弱点，而且问题提得很尖锐，使人不能不警醒；但就在前期，他也不是对中国的国民性采取全面否定的态度，而是努力挖掘出一些值得肯定的和宝贵的东西。

45. 首先，形象地记录了当时社会的主要动向和重大的历史事件。

其次，鲁迅的杂文中活现着一批栩栩如生的中国近现代历史人物。

再次，形象地描绘了许多社会世象和心态。

最后，还给我们留下了许多宝贵的历史经验。

46. 其一，夸张。这是"放大镜"，将客观存在的特点放大，使人感到惊异或可笑。比如，鲁迅将"第三种人"比作拔着自己的头发、叫嚷着要离开地球的人，极具戏剧效果，又将当"第三种人"的不切实际体现出来并且起到加强效果。

其二，反语。在《答托洛茨基派的信》中，鲁迅对托派分子的谬误十分蔑视，故意说："你们的'理论'确比毛泽东先生们高超得多"，"一在天上，一在地下"。捧得越高，越显荒谬。

其三，摹拟，先故意承认对方的逻辑，按照对方腔调推理，将其逻辑神态再现并放大，充分显示荒谬和可笑。比如面对陈西滢嘲笑群众，鲁迅在《并非闲话》中模仿他："这样的中国人，呸！呸！！！"使得论敌的语言反成了攻击他自己的武器。

其四，谐趣。鲁迅常采用多种艺术手段制造诙谐趣味，从而产生讽刺幽默的效果。比如讲缠足陋习时说：女士们"勒令"自己的脚小起来。

47. 第一，鲁迅从历史唯物主义的观点出发，阐述了语言文字的起源和发展，并指出了汉字改革的必然性。

第二，鲁迅分析了汉字的繁难，以及形成汉字繁难的原因，并从"将文字交给大众"的目的出发，指出了汉字改革的必要性。

第三，鲁迅总结了汉字改革的历史经验，一方面提倡简化文字，另一方面又提出了根本改革汉字的拉丁化方向。

第四，鲁迅从纯洁和统一祖国语言的目的出发，还坚决主张发展普通话和提倡实现汉语规范化。

五、论述题（每小题10分，合计30分）

48. 这个问题可以从以下几个方面论述。

一是外冷内热。作者将思想启蒙者的高度热情，在小说中转化为对阿Q的痛苦生活、愚昧无知和悲剧命运的深切同情，哀其不幸，怒其不争；转化为对辛亥革命中途夭折的无比痛惜；转化为对赵太爷、假洋鬼子之流凶残暴虐、横行乡里的憎恶与鄙视。他把一颗火热的心深深地埋藏在胸腔里，以犀利的解剖刀冷峻地解剖着一切。这种冷，是"不见火焰的白热"，是"热到发冷的热情"。

二是以讽抒情。鲁迅善用讽刺手法，在《阿Q正传》中，他以讽刺手法批判了阿Q的落后、麻木和精神胜利法，鞭挞了赵太爷、假洋鬼子等人的凶残、卑劣，谴责了知县大老爷、把总、"民政帮办"的反动实质。而其讽刺，又贵在旨微而语婉，虽无一贬词，而情伪毕露，同时在讽刺背后处处隐含着作者改革社会、重铸国魂的革命热情。

三是形喜实悲。作品展示了一出出喜剧：阿Q的种种可笑，未庄人的种种可笑等，但在这些喜剧性场面的背后却都隐藏着深刻的悲剧意识，我们在被那些喜剧性场面引得发笑的同时，又总是有一股无情的力量把我们的笑变成一种含泪的笑：我们在笑阿Q的精神胜利法时，又不能不为中国国民由失败主义引起的变态心理而感到悲痛；我们在阿Q可笑地厉行"男女之大防"和"排斥异端"的行径中，看到的是封建礼教对人民思想的扭曲；我们更在阿Q可笑的"革命经历"中看到了中国辛亥革命不发动群众、不被群众理解的悲剧……这种形喜实悲的悲喜剧色彩，正是作品产生巨大艺术魅力的重要原因之一。

49. 这个问题可以从以下三方面分析。

造成涓生、子君爱情悲剧的原因之一，是因为家庭之外有一个可怕的社会。涓生和子君自相恋之日起，就置身于一个蛮横、冷酷、庸俗、无聊的社会环境之中。子君的胞叔就当面骂过涓生，最终竟然不认这个侄女；涓生原先住的会馆中的邻居们对他们也都猥琐至极，不怀好意；甚至涓生最后被解雇失去经济来源。可以说，社会上的庸俗势力对他们的打击接踵而来，使他们最终陷入绝境。可见庸俗、无聊、黑暗的社会对新生的、纯正的、向上的思想与行为极尽扼杀之能事。鲁迅通过描写涓生与子君的爱情悲剧，表达了对旧社会的愤怒。

涓生与子君的爱情之所以成为悲剧，还在于他们基本上是爱情的盲者。首先，他们没有正确地认识爱情在全部人生中的位置，当一切都为了爱情，而爱情这个目标已经达成时，人生也就失去了动力，生活就失去了光彩。其次，他们把同居结合当作爱情的终极目标，而实际上婚姻是一个漫长的过程，"爱情必须时时更新、生长、创造"。再次，他们不懂爱情的维持与创新离不开负责的精神。子君没考虑过对家庭做出更实质性的贡献，涓生也在逃避自己开导妻子、支撑家庭的责任，因此这个家庭无法维持下去。

《伤逝》悲剧的成因，还在于男女主人公过高地估计了个人的力量。涓生和子君对自己的能力估计脱离实际，对未来颇多幻想，然而最后只剩下悲剧的结局，这充分显示，个性解放的思想虽然有一定反封建的威力，但并不是锐不可当的思想武器，社会未解放之前，个性不可能彻底解放。表现了鲁迅对个性解放的局限性的批判，要求在"穷途"之后"向着新的生路跨进第一步去"，给鲁迅长期探索的知识分子人生态度问题做出了应有的结论，而且对当时青年恋爱的热门问题给出了精辟的回答，充分显示了鲁迅作为伟大思想家的思想风貌。

50. 鲁迅翻译理论的核心是"宁信而不顺"的翻译原则。要对之做出较为公允的评价，我们首先必须弄清鲁迅为什么要提出这一原则，他是基于什么样的思考来确立这一原则的。

第一，鲁迅"宁信而不顺"的翻译原则，是针对30年代翻译界出现的"宁错而务顺"的观点提出来的。30年代初，翻译界出现过一番"信"与"顺"的争论。梁实秋于《新月》月刊发表了一篇题为《论鲁迅先生的"硬译"》的文章，对鲁迅进行攻击，把鲁迅的译作说成是"硬译""死译"，实质上是企图以此来对翻译和传播马克思主义文艺理论及革命文学提出非议。面对挑战，鲁迅写了《"硬译"与"文学的阶级性"》及一系列相关的文章，对梁实秋等人的主张加以驳斥，并针锋相对地提出了"宁信而不顺"的翻译主张，以"宁信"来反击他们"宁错"的要害。

第二，鲁迅是本着对读者负责的认真严肃态度而提出"宁信而不顺"的翻译主张的。他认为"宁错而务顺"的主张，是翻译界的一股胡译乱译的歪风邪气，是对读者不负责任的做法。这种翻译固然可能使人读起来感到"爽快"，但读者恰恰会在这种"爽快"中不知不觉地被愚弄和被欺骗。

第三，鲁迅在翻译理论上把"信"放在首位，是为了强调忠实于原著的思想内容和忠实地传达原著的精髓。在"信"与"顺"的关系上，如果二者一时还不可兼得，必须有所取舍的话，鲁迅认为理所当然应选择"宁信而不顺"，这样做，起码能保证不改变原著的基本意思。从忠实于原著考虑，鲁迅始终坚持"直译"。

第四，鲁迅主张"宁信而不顺"，还包含希望在译文中尽可能保存外国文学风格的目的。鲁迅认为，"凡是翻译，必须兼顾着两面，一则当然力求易解，一则保存原作的丰姿"，"但这保存，却又常常和易懂相矛盾"。翻译绝不能因为有人看不惯或者看不懂，而去"削鼻剜眼"，以求"归化"，即将之完全中国化。也就是说，外国之为外国，就是因为那么一些与中国不尽相同的地方，为了保存外国作品中的异国情调和风格特色，宁可译得不顺口。

第五，鲁迅主张"宁信而不顺"的直译，也是为了向外国学习语言文法，以便丰富现代中国语言。这就要求在翻译中尽可能"直译"，尽可能多保存些外国语言文法的原样，以便使读者有可供学习、借鉴的东西，进而使现代汉语在词汇、文法等方面得到丰富和发展。

鲁迅正是基于以上种种考虑，才提出了"宁信而不顺"的翻译原则。应该看到，这是鲁迅在30年代特定历史条件下，针对"宁错而务顺"的观点而提出的带有矫枉过正性质的主张，这在当时是起了积极作用的，而且鲁迅对这一原则所作的种种解释，至今看来仍是基本正确的。但是，同时我们也应看到，鲁迅为了论战的需要，有时不免有些偏激。虽然"信"与"顺"是在翻译中常常遇到的一对矛盾，有时确实难以两全，但作为理想的好的译文，无疑是应该，也可以达到两全其美的。离开了鲁迅所处的特定历史时代，如果我们今天仍一味强调"宁信而不顺"，就显得过于片面并无助于翻译事业的发展了。

"鲁迅研究"考前实战冲刺（二）
参考答案与解析

一、单项选择题（每小题1分，合计30分）

1. C

【师探解析】鲁迅原名周树人，笔名"鲁迅"中的"鲁"取自母姓。

2. B

【师探解析】识记知识点：最早以"鲁迅"为笔名发表的作品是《狂人日记》。

3. D

【师探解析】《为了忘却的记念》是鲁迅为纪念"左联五烈士"而写，通过对白莽、柔石等"左联五烈士"的回忆，抒发了作者对烈士的怀念和尊敬、对国民党当局卑劣行径的愤恨，号召民众应化悲愤为力量，以战斗来纪念死者。

4. A

【师探解析】1930年6月，上海滩上突然冒出一个人称"民族主义文学"的文学派别。它的主要成员是国民党反动派的党、政、军官员以及少数国民党文人，如潘公展、朱应鹏、范争波、王平陵、黄震遐等。他们创办《前锋周报》与《前锋月刊》，发表《民族主义文艺运动宣言》及其他文章，鼓吹"文艺的最高意义，就是民族主义"，妄图用民族意识来抵制阶级意识，而他们的所谓"民族意识"实质上是维护国民党反动派的法西斯主义统治。黄震遐还创作了《陇海线上》《黄人之血》等拙劣的作品，宣扬这些反动主张。

5. D

【师探解析】选项A、B、C都是鲁迅翻译的作品，而D是鲁迅为其撰写了后记。

6. A

【师探解析】《灯下漫笔》原文段落如下："因此我们在目前，还可以亲见各式各样的筵宴，有烧烤，有翅席，有便饭，有西餐。但茅檐下也有淡饭，路旁也有残羹，野上也有饿莩；有吃烧烤的身价不资的阔人，也有饿得垂死的每斤八文的孩子。所谓中国的文明者，其实不过是安排给阔人享用的人肉的筵宴。所谓中国者，其实不过是安排这人肉的筵宴的厨房。不知道而赞颂者是可恕的，否则，此辈当得永远的诅咒！"

7. D

【师探解析】《非攻》与《理水》是歌颂性的小说，在东北三省失守，榆关沦陷，华北告急之时，鲁迅选取了墨子止楚攻宋的故事，创作了《非攻》。《理水》是《非攻》的姊妹篇，歌颂了"中国的脊梁式"人物——大禹。当时工农红军刚刚完成长征，胜利到达陕北，鲁迅从他们身上看到了中国人的希望。

8. B

【师探解析】1932年至1935年间，具有自由主义倾向的林语堂先后创办、主编《论语》《人间世》《宇宙风》等刊物，主要刊登"以自我为中心，以闲适为格调的小品文"，以古代"性灵说"为理论，提倡"性灵"文学，人称"论语派"。很显然，"论语派"提倡的这种文学倾向与当时严峻的现实、与左翼战斗文艺的格调很不协调。鲁迅写了《"论语一年"》《小品文的危机》《小品文的生机》等文与林语堂等人展开论争，在对"性灵"文学的批判中，强调了"生存的小品文，必须是匕首，是投枪，能和读者一同杀出一条生存的血路的东西"。

9. A

【师探解析】《阿Q正传》最初分章发表于1921年12月4日至1922年2月12日《晨报副刊》。

10. C

【师探解析】《墓碣文》是《野草》中格调最低沉、绝望、虚无思想最浓烈的一篇。墓碣文刻于墓碣阳、阴两面，阳面文字表现墓主心灵的矛盾与痛苦，只能以死为超脱，鲁迅借阳面碑文袒露了自己难以摆脱的心灵痛苦。阴面文字反映了鲁迅无情地解剖自己但又难以正确认识自己的心情。鲁迅创作《墓碣文》，不仅袒露了自己的心境，更是为了彻底埋葬消极、绝望、虚无的旧我。

11. A

【师探解析】鲁迅特别强调文艺的审美特性，认为文艺的社会功用是通过文艺的美感作用来实现的。因为，文艺有其自身独特的规律和要求，以情感见长，同时文艺独特的审美特性就在于"意美以感心""音美以感耳""形美以感目"。

12. A

【师探解析】从1907年开始，鲁迅在河南留学生所办的杂志《河南》上发表文言论文。其中，《人之历史》介绍达尔文的生物进化论；《科学史教篇》介绍欧洲科学技术发展的历史，并从科学哲学的高度深刻总结其经验教训，指出19世纪西方物质文明所积累的最宝贵的财富，在于建立了一个认识自然、改造自然、利用自然的科学的思想体系；《文化偏至论》批判了维新派的"近不知中国之情，远复不察欧美之实"，提出了立国"首在立人，人立而后凡事举"和"掊物质而张灵明，任个人而排众数"的主张；《摩罗诗力说》介绍和赞扬欧洲文学史上"立意在反抗，指归在动作"的浪漫主义诗人及其作品，呼唤像他们这样的"精神界之战士"在中国早日出现。

13. C

【师探解析】《两地书》是鲁迅和许广平在1925年3月至1929年6月间的书信合集，共收两人书信135封，分为三个部分。鲁迅1925年3月11日在《致许广平》中写道："走'人生'的长途，最易遇到的有两大难关。其一是歧路，倘是墨翟先生，相传是恸哭而返的。但我不哭也返，先是在歧路头坐下，歇一会，或者睡一觉，于是选一条似乎可走的路再走……其二，便是穷途了，听说阮籍先生也大哭而回，我却也像在歧路上的办法一样，还是跨进去，在荆棘里姑且走走。"

14. A

【师探解析】鲁迅在《学界的三魂》中积极主张发扬"民魂"，认为"惟有民魂是值得宝贵的，惟有他发扬起来，中国才有真进步"。

15. A

【师探解析】鲁迅曾说，自己的杂感文"凡有所说所写，只是就平日里见闻的事理里面，取一点心以为然的道理"，这是突出杂感文的"理趣"特征。

16. A

【师探解析】选项A《头发的故事》是对话体，选项B《一件小事》讲述日常生活中遇见的一件小事，以小见大；选项C《伤逝》是手记体；选项D《狂人日记》是日记体。

17. C

【师探解析】《非攻》与《理水》是歌颂性的小说，在东北三省失守，榆关沦陷，华北告急之时，鲁迅选取了墨子止楚攻宋的故事，创作了《非攻》。《理水》是《非攻》的姊妹篇，歌颂了"中国的脊梁式"人物——大禹。

18. B

【师探解析】《亥年残秋偶作》写于1935年12月5日，是鲁迅逝世前十个月写下的最后一首诗歌。

19. D

【师探解析】大革命失败至30年代国民党白色恐怖时期是鲁迅诗歌创作的高峰期和成熟期，作品主要是旧体诗，也有新诗与民歌体诗。这些诗作的基调是反映与国民党反动派的艰苦卓绝的斗争。

20. A

【师探解析】在鲁迅的思维判断中，很注重对事物的整体特征和本质特征做直截了当的揭示，常常是快刀斩乱麻式地排除偶然性和个别性，以最简洁、明快的表达方式做判断式表达，展现出简括、明快的判断方式的思维特征。

21. D

【师探解析】《文化偏至论》批判了维新派的"近不知中国之情，远复不察欧美之实"，提出了立国"首在立人，人立而后凡事举"和"掊物质而张灵明，任个人而排众数"的主张。

22. C

【师探解析】在漫长的封建社会中，封建等级制度和君主专制思想统治，使人们在思想上造成了保守、狭隘、自利、麻木以至愚昧的消极的一面；近代以来，帝国主义侵略的淫威及其腐朽文化和封建主义的专制统治及封建文化的熏染，也在中国国民的思想意识中播下并催发了种种消极、丑恶的病根。而选项 C 伦理观念并非中国传统思想中落后愚昧的那一面，因而不属于国民性弱点的产生原因。

23. B

【师探解析】鲁迅论述得较多的是现实主义创作方法，早在《拟播布美术意见书》等文章中，就有过相关论述，比如指出现实主义反映现实的基本特点是"再现客观事物"。

24. D

【师探解析】"对话的巧妙""目睹了说话的那些人"强调了人物语言及其个性化。鲁迅的作品中常用个性化的人物语言来揭示人物的内心世界。

25. B

【师探解析】在鲁迅的小说创作中，议论性笔调是比较明显的，尤其是他最初的小说创作。例如《狂人日记》中，几乎通篇都是狂人对历史和现实中"吃人"现象的直语式的抨击；《头发的故事》，全篇都是借 N 先生之口直接发议论。

26. B

【师探解析】《药》《白光》等作品是在现实主义方法的基础上采用了一些象征主义方法，鲁迅特别欣赏俄国作家安德列夫，认为他能成功地将象征主义与现实主义融合起来，在一定程度上受到了他的影响。

27. A

【师探解析】1921 年以国立东南大学吴宓主编的《学衡》杂志为中心，攻击新文学的学派是"学衡派"。

28. A

【师探解析】识记知识点：散文诗集《夜哭》的作者是焦菊隐。

29. D

【师探解析】选项 A《记念刘和珍君》是散文而非诗歌；选项 B《失掉的好地狱》是一首散文诗，是有感于当时的军阀混战而创作的；选项 C《夜哭》是焦菊隐的第一本散文诗集；选项 D《淡淡的血痕中》是鲁迅为悼念牺牲战士而写的散文诗。

30. A

【师探解析】《无题·大野多钩棘》将矛头同时指向反革命的军事"围剿"和文化"围剿"。

原诗为：大野多钩棘，长天列战云。几家春袅袅，万籁静愔愔。下土惟秦醉，中流辍越吟。风波一浩荡，花树已萧森。诗歌前四句描绘了反革命军事"围剿"给中国带来的灾难，后四句控诉反革命文化"围剿"的恶果。

二、填空题（每小题 1 分，合计 10 分）

31. 吃人的本质　32. 倒退和衰落　33. 医学救国　34. 歌谣研究会　35. 《摩罗诗力说》　36. 《关于小说题材的通信》　37. 道士　38. 梁实秋　39. 小女孩　40. 《地底旅行》

三、名词解释题（每小题 2 分，合计 6 分）

41. 《野草》是鲁迅的散文诗集，共收录写于 1924 年 9 月至 1926 年 4 月的散文诗 23 篇，这些作品曾陆续发表于《语丝》周刊，1927 年 4 月在广州编定，并写《题词》。《野草》真实地记录了这一时期鲁迅精神探求的苦闷和心灵呼唤的声音，表现了鲁迅顽强的抗争意识和韧性的战斗精神。

42. 这是鲁迅杂文中社会相的一种。"媚态的猫"实际上是以物喻人，不仅指现代评论派的资产阶级文人，也勾勒了一切反动黑暗势力的共同特征。

43. 这是鲁迅的第一部短篇小说集，写于 1918 年至 1922 年，于 1923 年 8 月由北京新潮出版社出版，集中有《狂人日记》《药》《明天》《阿Q正传》《孔乙己》《一件小事》《头发的故事》《风波》《故乡》《端午节》《白光》《兔和猫》《鸭的喜剧》《社戏》这 14 篇小说，出版后产生了很大的反响。鲁迅将小说集题作《呐喊》，意在"揭除病苦，引起疗救的注意"，以文学来启蒙国人。

四、简答题（每小题 6 分，合计 24 分）

44. （1）愤怒声讨国民党反动派的反共祸国行径和帝国主义的侵略罪行。
（2）坚持文化战线上的思想斗争。
（3）大力倡导和扶植左翼文艺。
（4）歌颂中国共产党并庄严地宣示自己的政治信仰。
（5）丰富、广泛、深刻的"社会批评"和"文明批评"。

45. 【师探解析】
鲁迅小说中的知识分子大体可以分为旧式与新式两大系列。
旧式系列是封建型的知识分子，又可分为两类。一类是封建卫道者、文化流氓之类，如《肥皂》中的四铭、《高老夫子》中的高干亭等。另一类是封建科举制度的崇拜者和殉葬品，如《孔乙己》中的孔乙己、《白光》中的陈士成等。
属于新式系列的是一批形形色色的小资产阶级知识分子，这是鲁迅主要描写的对象。知识分子既首先觉悟而又动摇不定的特点主要体现在他们身上，鲁迅对知识分子阶层感悟最深的也是这一批人。
这一系列的知识分子情况不一，面貌各异，反映了那个时代的许多动向与信息。

46. 曲笔是杂文常用的手法之一，而鲁迅用得更多，更"曲"。这与他所处的时代环境有关。尤其是 30 年代中期，政治环境险恶，国民党反动当局对左翼文艺采用种种专制手段，作家失去了在作品中说真话、表真情的自由，不得不采用曲折的笔法，隐晦曲折地表达自己的是非观念与爱憎感情。比如《夜颂》，用歌颂诚实的黑夜来表示对黑暗的现实世界的愤怒与蔑视。又如《文章与题目》巧妙地用历史上吴三桂等汉奸的行为来影射现实中蒋介石"以夷制夷"论的本质；《隔膜》《买〈小学大全〉记》等借研究清代的文字狱，既论古，也讽今，讽刺了反动当局查禁进步书刊、屠杀左翼作家的文化专制主义。使用曲笔，增添了读者对鲁迅杂文阅读、理解的难度，但也给鲁迅的杂文艺术增添了特异的光彩。

47.（1）抒发献身祖国的豪情壮志。

（2）揭露国民党反动派的残暴和丑恶。

（3）为革命风雷唱赞歌。

（4）抒写与亲人、友人的真挚情怀。

五、论述题（每小题10分，合计30分）

48.《伤逝》的独创意义可以从以下两个方面进行论述。

《伤逝》的独创意义首先就在于深刻地揭示了造成涓生、子君爱情悲剧的原因，显示了深远的思想意义——造成涓生、子君爱情悲剧的原因之一，是因为家庭之外有一个可怕的社会：庸俗、无聊、黑暗的旧社会，对新生的、纯正的、向上的思想与行为，极尽扼杀之能事；涓生、子君的爱情之所以成为悲剧，还在于他们基本上是爱情的盲者：尽管他们因相爱而同居，从精神到物质都付出了极大的代价，但他们其实都不真正懂得爱情；《伤逝》悲剧的成因，还在于男女主人公过高地估计了个人的力量：在社会尚未解放之前，个性不可能获得彻底的解放。而最后主人公涓生通过对以往人生态度的悔恨而走出"穷途"，"向着新生的路跨进第一步去"。这样，《伤逝》不仅对鲁迅长期探索的知识分子人生态度问题做出了应有的结论，而且对当时的热门话题——青年恋爱问题，一锤定音地给出了最精辟的回答。

《伤逝》的独创意义还在于创造性地运用了独特的艺术形式和手法，取得了最佳效果——首先，作者采用"手记体"，给作品带来了浓郁的抒情色彩，写尽了哀伤、悔恨之情，颇为动人。其次，作品一系列真实的细节描写极为生动而感人。作品侧重表现主人公们思想感情的变化，以及随之而来的家庭氛围的变化，这些变化往往是微妙的、默默的。鲁迅则善于通过一个眼神、一个姿态，细致入微地写出人物多方的变化，比如涓生和子君在一起后，随着失业打击的到来，子君的眼睛里就出现了"怯弱"；随着生活的愈发艰难，子君眼睛里出现了"凄苦"。这些精准而细致的描写，在读者心中引起了深远的回想。

49. 从主题的视角出发，《祝福》新颖而又开掘深刻。

暴露封建社会、封建礼教的"吃人"本质，描写被压迫农民的不幸和抗争，类似主题在鲁迅小说中屡见不鲜，但每篇各有侧重。《狂人日记》"意在暴露家族制度和礼教的弊害"；《阿Q正传》侧重于从农民和地主的关系角度，鞭挞封建阶级以政权为中心实行的统治；《明天》侧重表现妇女守寡的艰辛及孤独等；而《祝福》另辟蹊径，在全面揭露代表中国封建宗法制度和思想的政权、族权、夫权、神权四道"枷锁"对劳动人民迫害的时候，重点突出了夫权和神权对农村劳动妇女的残酷压迫和无情摧残，从而从一个新的角度深入揭露了封建主义"吃人"的罪恶。

作品在揭示这一主题时一波三折，层层深入，表现了劳动妇女绝对逃不出封建"四权"尤其是夫权与神权一轮又一轮的绞杀：第一轮是祥林嫂死了丈夫，凶狠的婆婆要将她卖掉，她出逃到鲁四老爷家帮工，不久又被婆婆派人抓回，卖得一笔钱，逼她改嫁贺老六。其结果，祥林嫂几乎因祸得福，与第二个丈夫凭辛勤劳动平安度日，而且喜得贵子。然而，封建势力对祥林嫂的迫害并未结束，第二轮绞杀接踵而至——由于"天灾"，祥林嫂死了第二个丈夫，儿子阿毛又被狼叼走，再加上"人祸"，大伯收屋，祥林嫂已走投无路，只得再一次来鲁四老爷家帮工。此刻，封建神权通过善女人柳妈向祥林嫂进攻，使愚昧无知的祥林嫂相信她死后将被阎罗王锯开分给两个死去的丈夫。于是，她害怕了。这一轮，以祥林嫂花尽积存的工钱向土地庙捐门槛以求赎罪而告终。经过这一轮的挣扎，祥林嫂"神气很舒畅，眼光也分外有神"。照理，按"神权规范"，祥林嫂生前可以平安度日，死后可以平安步入阴司了。然而，封建权力对祥林嫂的致命打击还在后头，这就是第三轮的绞杀——鲁四老爷夫妇仍然不让祥林嫂碰神圣的祭器，也就是说，祥林嫂尽管向土地庙捐了门槛，仍未能赎罪，她的罪孽是永远赎不了的。这是致命的一击。"这一回她的变化非常大，第二天，不但眼睛窈陷下去，连精神也更不济了。"而后，祥林嫂便沦为乞丐，怀着死后被锯的恐惧，走向阴森可怕的地狱。《祝福》主题的深刻性与独创性就在于通过祥林嫂命运的一波三折，充分显示封建政权、族权、夫权、神权是整个社会制度和统治思想的体现。它们对劳动妇女的迫害与绞杀，不是偶然的、一时的，而是绝对的、永远的，劳动妇女不仅在生前，而且在死后都逃脱不了这张封建权力的罗网。

《祝福》主题的深刻性与独创性还表现在全面、深刻地揭示了封建权力之所以有如此"吃人"神威的原因：其一，它有以鲁四老爷为代表的封建权力的制订者和执行者。鲁四老爷并不像常见的地主老财那样凶神恶煞、面目可憎，然而，从他陈腐的居室环境，从他与"我"交谈中的大骂所谓"新党"，从他对祥林嫂守寡、外逃、赎罪、死亡的态度，皱眉吐字，无不反映出他是顽固僵化、道貌岸然的封建阶级、封建思想的代表人物，他是封建"四权"在鲁镇的体现者。其二，它有以善女人柳妈为代表的鲁镇民众作为群众基础。他们不假思索就信服"四权"，对受苦受难的祥林嫂不仅不予关心，反而捅她的伤疤，嘲笑取乐。更有甚者，柳妈竟成为协助封建阶级施行权力的得力帮凶，是她给祥林嫂带来了最难以忍受、最无法摆脱的伴随她走向死亡的恐怖。其三，受害者祥林嫂本人也自觉就范，按封建"四权"来规范自己的思想。抵抗婆婆逼她改嫁，用全部积蓄到土地庙捐门槛等，都是以服从"四权"尤其是夫权和神权为前提的顽强、自觉的行为。有鲁四老爷式的顽固的制订者和执行者，有柳妈式的愚昧的群众，还有受害者自身的自觉就范，封建权力岂能不通行无阻，威力无穷？祥林嫂的悲剧命运是注定的。

50. 鲁迅杂文的艺术特色可以从以下几个方面阐述。

（1）逻辑性。杂文既然是"文艺性论文"，因此必须具有政论文独有的严密的逻辑性。鲁迅的杂文特别擅长论证说理，层次清晰，说理透彻，显示出无可辩驳的逻辑力。这主要得力于鲁迅善于揭露和分析事物各种形态的矛盾——善于分析事物内在的矛盾、善于分析不同事物或现象之间的本质联系、善于分析相似事物之间本质的区别、善于分析事物发展的趋势、善于分析一种倾向下掩盖的另一种倾向、善于抓住最能体现本质特征的主要矛盾。面对纷繁复杂的论证对象，鲁迅总能根据其特点发现矛盾，加以剖析，其思路严密，层层推开，使所描写对象包含或蕴寓的道理豁然而出，十分清晰、透彻，发人深思，无可辩驳。

（2）形象性。杂文既然是"文艺性论文"，必定不仅要有逻辑性，而且要有形象性，也就是须将抽象的道理形象化，也可说是形象化地说道理。这包括两层意思，一是让抽象的道理带上一定的形象性，一是刻画具有典型意义的形象。鲁迅杂文形象化手法是多种多样的——比喻；说故事；生动形象地描述完整的日常现象或情景，突出其象征意义，催人联想，发人深思；描摹零星的人物神情、事态、情景，插入说理之中。手法多样，运用灵活，使得论证说理融为一体，抽象道理变得新鲜活泼。

（3）讽刺性。鲁迅是严肃与幽默的统一体，在他的杂文中，严肃的内容常常以喜剧性的形态表现。他的幽默诙谐，令人发出会心的微笑；而那些辛辣的讽刺，则让敌人闻风丧胆，无处逃遁。这种强烈的戏剧效果主要得力于大量的修辞手法——夸张、反语、摹拟、谐趣等。

（4）抒情性。鲁迅"论时事不留面子"，他的杂文一向感情强烈，爱憎分明，常常运用各种抒情手段，造成丰富多变的抒情格调。大多数情况下，鲁迅的情感并不外溢，而是藏在论述、描叙之中；但也有时直抒胸臆，怒不可遏，愤怒的激情如火山爆发的岩浆；有时虽然也是直抒胸臆，但却是抒发对友人、先烈的无限崇敬与深深怀念之情；又有时通篇如散文诗。

（5）多样性。鲁迅的杂文不仅内容广博，手法灵活，而且体裁样式丰富多彩。鲁迅的杂文，其文体样式可谓琳琅满目。杂感、政论、随笔、讲演、通信、日记、传记、墓志、序跋、文评、考据、絮语、启事、寓言、对话、广告、表格等，无所不包。与此相适应的是篇幅长短不一，长者达一万多字，短者则几十个字，三言两语。究竟采用何种形式，均由内容特点而定；不管采用何种形式，多带有不同程度的"杂文特点"。

（6）常用曲笔。曲笔是杂文常用的手法之一，而鲁迅用得更多，更"曲"。这与他所处的时代环境有关。尤其是30年代中期，政治环境险恶，国民党反动当局对左翼文艺采用种种专制手段，作家失去了在作品中说真话、表真情的自由，不得不采用曲折的笔法，隐晦曲折地表达自己的是非观念与爱憎感情。比如《夜颂》，用歌颂诚实的黑夜来表示对黑暗的现实世界的愤怒与蔑视。使用曲笔，增添了读者对鲁迅杂文阅读、理解的难度，但也给鲁迅的杂文艺术增添了特异的光彩。

"鲁迅研究"考前实战冲刺（三）
参考答案与解析

一、单项选择题（每小题1分，合计30分）

1. B

【师探解析】鲁迅辑录过古代史地著作、古典小说类书等佚书，考证过文物，校录过古代文集小说集，摘编过小说评论方面的资料，其整理古籍的面不可谓不广。

早在1909年，鲁迅在杭州、绍兴任中学教员期间，就辑录过亡佚的古小说和会稽的历史、地理佚书。

1911年辑录唐刘恂的《岭表录异》；1912年辑成《古小说钩沉》；1913年辑录吴谢承《后汉书》，晋谢沈《后汉书》，晋虞预《晋书》，并开始校勘《嵇康集》；1914年辑成《会稽郡故书杂集》，宋张淏《云谷杂记》《范子计然》《魏子》《任子》《志林》《广林》；1916年整理了《寰宇贞石图》；1920年起陆续摘编《小说旧闻钞》，编校《唐宋传奇集》；1924年编成《俟堂专文杂集》。此外，鲁迅还编有《汉碑帖》《汉画像》《六朝造像目录》《六朝墓志目录》，做过许多碑记、墓志的考证。在新版《鲁迅全集》中收入的《辑录古籍序跋集》，就有三十多篇。

2. B

【师探解析】鲁迅善于分析事物的发展趋势，《对于左翼作家联盟的意见》关于"'左翼'作家是很容易成为'右翼'作家的"这一命题的立论便得益于这种分析，展现出明显的逻辑性。

3. C

【师探解析】《伤逝》原文:"这是真的,爱情必须时时更新,生长,创造。我和子君说起这,她也领会地点点头。"

4. C

【师探解析】《淡淡的血痕中》是鲁迅于1926年创作的一首散文诗。这首诗通过明写"造物主"的行为,暗指段祺瑞军阀政府的丑恶形象,揭露了军阀色厉内荏的本质,表达了作者对军阀暴行的愤怒谴责,悼念了"三一八"英勇的死难烈士。

5. B

【师探解析】《在酒楼上》原文:"我在少年时,看见蜂子或蝇子停在一个地方,给什么来一吓,即刻飞去了,但是飞了一个小圈子,便又回来停在原地点,便以为这实在很可笑,也可怜。可不料现在我自己也飞回来了,不过绕了一点小圈子。又不料你也回来了。你不能飞得更远些么?"

6. B

【师探解析】《记念刘和珍君》原文:"真的猛士,敢于直面惨淡的人生,敢于正视淋漓的鲜血。这是怎样的哀痛者和幸福者?然而造化又常常为庸人设计,以时间的流驶,来洗涤旧迹,仅使留下淡红的血色和微漠的悲哀。在这淡红的血色和微漠的悲哀中,又给人暂得偷生,维持着这似人非人的世界。我不知道这样的世界何时是一个尽头!"

7. B

【师探解析】识记知识点:鲁迅创作的诗歌诗体有三种:旧体诗、新诗和民歌体诗,共作有诗歌70多首。

8. B

【师探解析】鲁迅1903年发表了《说钽》,它是我国最早介绍法国居里夫人发现镭的经过的论文。

9. C

【师探解析】鲁迅曾将清代道光年间何溱的一副对联书赠瞿秋白:"人生得一知己足矣,斯世当以同怀视之。"

10. B

【师探解析】《玩偶之家》是挪威戏剧家易卜生创作的戏剧作品。该戏剧是一部典型的社会问题剧,主要围绕过去被宠的女主人公娜拉的觉醒展开,最后以娜拉的出走结束全剧。《娜拉走后怎样》是鲁迅于1923年在北京女子高等师范学校文艺会上的一篇演讲稿,后来收入他的杂文集《坟》。鲁迅在这篇文章中敏锐地捕捉到了"娜拉走后怎样"这个重大的社会问题,并揭示出娜拉的命运:不是堕落,就是回来。

11. B

【师探解析】鲁迅称《朝花夕拾》的素材是"从记忆中抄出来的",该集所收,均属回忆散文。

12. C

【师探解析】早在日本求学期间,鲁迅就翻译了大量的文学作品,并出版了与周作人合译的两本《域外小说集》。《死魂灵》《毁灭》《童话集》均是他"五四"以后译介的。

13. A

【师探解析】鲁迅共作有诗歌70多首，就诗体来说有三种：旧体诗、新诗和民歌体诗。

14. B

【师探解析】1898年5月，鲁迅以"周树人"的名字，进入洋务派创办的位于南京的江南水师学堂。

15. D

【师探解析】识记知识点：戏剧《玩偶之家》的作者易卜生的国籍是挪威。

16. B

【师探解析】《论雷峰塔的倒掉》是鲁迅于1924年创作的一篇杂文。此文借题发挥，将雷峰塔倒掉的社会新闻与《白蛇传》的民间故事巧妙地结合起来，借雷峰塔的倒掉，赞扬了白娘子为争取自由和幸福而决战到底的反抗精神，揭露了封建统治阶级镇压人民的残酷本质，对维护封建宗法制度的权势者，进行了批判和揭露，揭示出扼杀人民自由、阻挡社会发展的封建制度必然灭亡的历史规律。

17. B

【师探解析】《风波》是鲁迅于1920年创作的短篇小说，收录于小说集《呐喊》中。小说通过对江南某水乡发生的一场由辫子引起的风波的描写，反映了辛亥革命的不彻底性，揭示了当时封建帝制还在统治着农村，农民愚昧落后、缺乏民主和自由思想的状况，并由此说明今后的社会革命若不彻底改变民众的观念就难以成功。

18. C

【师探解析】鲁迅在《二心集·序言》中说，当时报界有称鲁迅为"文坛贰臣"者，于是便"仿《三闲集》之例而变其意，拾来做了这一本书的名目"，即公开表示自己是反动统治阶级的"逆子贰臣"。

19. D

【师探解析】《自题小像》原诗：灵台无计逃神矢，风雨如磐暗故园。寄意寒星荃不察，我以我血荐轩辕。

20. C

【师探解析】识记知识点：斯诺把鲁迅称作"法国革命的伏尔泰"和"苏俄的高尔基"。

21. D

【师探解析】《无花的蔷薇之二》原文："如果中国还不至于灭亡，则已往的史实示教过我们，将来的事便要大出于屠杀者的意料之外——这不是一件事的结束，是一件事的开头。墨写的谎说，决掩不住血写的事实。血债必须用同物偿还。拖欠得愈久，就要付更大的利息！"

22. B

【师探解析】鲁迅处于东西两种文化交流、中国文化由旧向新转换的时代，他首先面临的任务是以批判为武器，通过文化批判来达到文化革新的目的。因此，鲁迅文化反思的一个重要特点就是强烈的批判性。这种批判性特征，是贯穿于鲁迅一生的文化事业中的。

23. B

【师探解析】《彷徨》扉页的诗句是：路漫漫其修远兮，吾将上下而求索。出自屈原《离骚》。

24. C

【师探解析】《出关》写的是孔子与老子相争，老子失败后西出函谷关的故事。小说主题批判了老子的"消极无为"思想，是针对30年代社会上出现的崇尚空谈的危险倾向而写的。

25. B

【师探解析】鲁迅对于文字的起源做了科学的考察，认为真正的文字是起源于图画的，而原始人之图画，则与劳动相关，比如他们画一头牛，"为的是关于野牛，或者是猎取野牛，禁咒野牛的事"。这就揭示了文字起源于劳动的道理。

26. B

【师探解析】周扬在《坚持鲁迅文化方向，发扬鲁迅的战斗传统》一文中说："鲁迅的道路，典型地反映了20世纪中国优秀知识分子不断追求真理、不断前进的道路，不断地从爱国主义、现实主义走向社会主义、共产主义的道路。"

27. C

【师探解析】"横眉冷对千夫指，俯首甘为孺子牛"展现的是鲁迅的硬骨头精神和自我牺牲精神，属于鲁迅精神的其中一部分。

28. B

【师探解析】在鲁迅的棺木上覆盖着一面神圣洁白的旗帜，上面写的三个黑色大字是"民族魂"，它郑重地宣示：鲁迅的一生卓越地体现了我们中华民族的优秀品质和崇高精神，鲁迅是我们中华民族的象征。鲁迅的名字永远铭刻在中国人的心上，鲁迅的精神永远鼓舞我们前进。

29. A

【师探解析】波特莱尔，法国十九世纪最著名的现代派诗人，象征派诗歌先驱，代表作有《恶之花》。鲁迅在译介外国作品的过程中较多地解构了欧洲象征派的作品，特别是波特莱尔用象征主义方法写的散文诗，直接影响了鲁迅对《野草》的创作。

30. A

【师探解析】作者尊重读者，首先应是尊重读者的趣味，而不能采用任何强制性的方法让读者去接受其作品。鲁迅指出："看客的去舍，是没法强制的，他若不要看，连拖也无益。"忽略读者的趣味，以枯燥的说教面对读者，这其实也是采用强制性方法让读者接受作品的一种表现。

二、填空题（每小题1分，合计10分）

31.《苦闷的象征》 32.《理水》 33.《人之历史》 34.《二十四孝图》 35. 文学革命 36. 章太炎 37. 1935 38. 拿来主义 39. 杂感文 40. 全局性

三、名词解释题（每小题2分，合计6分）

41. 精神胜利法是鲁迅小说《阿Q正传》中阿Q形象所特有的性格特征，它的主要表现是：自欺欺人，总是幻想在精神上战胜对方；自尊自大，也自轻自贱；死要面子，讳疾忌医，从不敢正视自己的弱点；欺善怕恶，欺弱怕强，麻木健忘，糊涂终身。阿Q的"精神胜利法"绝不仅仅是其个人的性格，更是某种病态的民族性格的集中体现。

42.《热风》是鲁迅前期的一本杂文集。鲁迅在《热风》的题记中说："我却觉得周围的空气太冷冽了，我自说我的话，所以反而称之曰《热风》。"《热风》指作者改革愿望之"热"，与之形成对比的是社会环境之"冷"；冷冽的环境催发了"热风"，其中颇含辩证法则。

43.《呐喊》是鲁迅1918年至1922年所作的短篇小说的结集，共收录有《狂人日记》《药》《明天》《阿Q正传》《孔乙己》等14篇小说。鲁迅把集子题为"呐喊"，意思是他受新文化运动的鼓舞，听"前驱者"的将令而"呐喊几声，聊以慰藉那在寂寞里奔驰的勇士，使他不惮于前驱"。

四、简答题（每小题6分，合计24分）

44. 在"五四"以前，鲁迅对文艺本质的见解主要反映在《摩罗诗力说》和《拟播布美术意见书》两篇论文中，主要体现在三个方面。

（1）注意到了文艺的社会功利性，看到了文艺能改变人的精神。

（2）认识到了文艺的愉悦作用。

（3）鲁迅看到了文艺区别于科学的独特性。

45. 如果客观地来看鲁迅与民俗文化的关系，最为明显的莫过于他的生平和创作：就生平经历而言，鲁迅自出生后就与绍兴的地方民俗结下了缘分；更为重要的是在文学创作上所受绍兴地方民俗文化的影响，并且首先体现在创作素材上，例如《五猖会》中的迎神赛会；其次体现在创作技巧上所受民间文学、民间艺术的影响，比如鲁迅创作中最擅长的白描，就来源于民间艺术。同时鲁迅如此热心于在文学作品中表现民俗，并在技巧中吸收民间艺术养分，这多少也有着鲁迅对地域文化与世界文化关系的某种思考：有地方色彩不仅可以增添作品的魅力，而且有利于促进中国与世界的文化交流。

46. 首先，他认为喜剧描写的对象是"无价值的"东西。

其次，鲁迅在指出喜剧对象的无价值的同时，还通过探求分析指出了其无价值的原因：落伍于时代并因过时而变得不合理，从而引起可笑、可鄙甚至可恶之感。

再次，鲁迅还指出，喜剧对象的独特性在于它不是赤裸裸的丑恶事物，而是"把自己的过错加以隐瞒而勉强作出一派正经的面孔"，即以假象掩盖丑恶本质的事物、事情。

最后，鲁迅指出，揭穿"伪善"假象，是喜剧的任务。

47. 自新文化运动发生一直到30年代，鲁迅对中国语言文字的改革问题发表了相当多的见解，涉及面较广，概括起来，主要有这样几个方面。

第一，鲁迅从历史唯物主义的观点出发，阐述了语言文字的起源和发展，并指出了汉字改革的必然性。

第二，鲁迅分析了汉字的繁难，以及形成汉字繁难的原因，并从"将文字交给大众"的目的出发，指出了汉字改革的必要性。

第三，鲁迅总结了汉字改革的历史经验，一方面提倡简化文字，另一方面又提出了根本改革汉字的拉丁化方向。

第四，鲁迅从纯洁和统一祖国语言的目的出发，还坚决主张发展普通话和提倡实现汉语规范化。

五、论述题（每小题10分，合计30分）

48. 鲁迅在小说中关心农民命运的原因可以从以下几个方面阐述。

首先，中国是个农业大国，农民是中华民族的主体，他们的生活状况与精神面貌直接关系着中华民族的前途，自小就忧国忧民的鲁迅必然对他们特别关注。

其次，鲁迅从少年时期起就与农民有较多接触，与农家孩子建立了友谊，对农民的状况尤其是他们的不幸与痛苦有所了解。

他在《英译本〈短篇小说选集〉自序》中说:"我生长于都市的大家庭里,从小就受着古书和师傅的教训,所以也看得劳苦大众和花鸟一样。"但是,鲁迅与他们亲近以后便"逐渐知道他们是毕生受着压迫,很多痛苦,和花鸟并不一样了"。随着革命民主主义思想的确立,他越来越关心劳苦大众,一有创作机会,便将"上流社会的堕落和下流社会的不幸,陆续用短篇小说的形式发表出来了"。

49. 【师探解析】

"油滑"手段的利在于:首先,这些糅入古人古事中的现代细节可以借古讽今,引发人们对现实生活中丑恶、迂腐的现象和人物的憎恶。鲁迅没有让"油滑"上升为作品主干,对主要人物的刻画也没有采用"油滑"手段,使得"油滑"之处合理地发挥了战斗作用。其次,创造了独特的艺术效果,在历史小说的体裁上也不失为一种有益的探索。正如有的学者指出的:《故事新编》中的"油滑"犹如中国旧剧中的插科打诨,插科打诨的特点就是暂时离开剧情,而对现实的人、事进行嘲讽;有的学者干脆明确地将这种"油滑"比作戏曲中"二丑"所起的作用。他们认为,这种古今糅合为中国读者所熟悉并且乐于接受,增强了作品的艺术趣味。这些学者的见解颇有新意。事实上,"油滑"使《故事新编》中的那些"新"编的"故"事呈现出独特的"戏说"艺术的趣味。

而其弊在于:其一,作为历史小说,其现实战斗性主要在于主题对现实的渗透与深入,而不在于让一些人物、细节游离于古代环境之外,生硬地与现实"接轨",否则就失之于浅。"戏说"艺术往往难以与严肃艺术(这里包括正常的喜剧)相比,原因就在于此。事实上,《故事新编》凭借"油滑"所发挥的战斗作用尽管明朗、辛辣,但毕竟缺乏深度。其二,神话、传说、历史题材与过多的明明白白的现实生活细节混杂,有损于艺术的完整性,冲淡了典型环境与主要人物性格的关系。特别是《理水》,由于"油滑"之处占有相当大的分量与篇幅,甚至让不少次要人物满嘴洋话,如"古貌林""好杜有图""OK"等,而主要人物大禹却迟迟不出场,未能得到充分的刻画,其血肉也并不丰满。从这些方面讲,鲁迅称"油滑是创作的大敌",当非自谦之言。

50. 鲁迅所论述的文艺创作中的真实性包括两个方面。

一是作家艺术家所表达的情感的真实性,主要指作家艺术家在作品中所表达的必须是自己亲身体验过的情感经验和真诚的生活感受,同时在表达这种感情的过程中必须有诚心和勇气。

所谓情感的真实,也就是在创作中,作家必须表达自己的真情实感,而忌虚情、矫性和造作。鲁迅向来反对没有真情的创作,认为"无真情,亦无真相也"。何谓真情?这种真情就是指作家艺术家自己从生活体验中亲身感受到的情感经验,鲁迅认为,如果没有这种亲身体验,没有这种切身的感受,作家艺术家也就无法表现,假使想当然地去"表现",那就绝不能真切、深刻,也就不能成为艺术。不是自己亲自获得的而是转达他人的情感,这只能是一种"依傍和模仿,决不能产生真艺术"。而作家艺术家要获得经历过的情感体验,并不一定要凡事都亲自所作所为,通过所遇、所见、所闻,也能产生情感体验。作家艺术家对所写事物,不管是所作所为还是所遇、所见、所闻,都必须由之产生了真切的情感体验,这种情感必须是自己直接感受过的,是独到的,否则,一切事物之于他都不能成为艺术表现的对象。然后,作家艺术家还要敢于、善于将这种情感大胆地、真切地表现出来。鲁迅认为,"文艺家至少是须有直抒己见的诚心和勇气"的,没有这种表达真情实感的"诚心"和"勇气",文艺创作中的情感真实也就成了一句空话,而要做到这一点,并不是很容易的事。鲁迅就曾指出:"中国人向来因为不敢正视人生,只好瞒和骗。由此也生出瞒和骗的文艺来,由这文艺更令中国人更深地陷入瞒和骗的大泽中,甚而至于已经自己不觉得。"这就要求作家艺术家在创作中能坚持从自己的独特感受出发,而不见风使舵,人云亦云。

二是作为情感表达载体的描写对象的真实性。描写对象的真实依据不同性质的作品有着不同的要求,但都必须在规定的艺术情境中符合事理的真实。

在写实的作品中,要求描写的事物取现实本来的形式,要求人物、情节、细节的真实,否则就不符合事理。鲁迅很反对在写实的作品中对生活现象做不必要的夸张。而要在写实的作品中真实地再现生活现象,作家艺术家对于生活的实际经验和准确地把握自然的能力是十分重要的。当然,对写实作品中描写对象的真实性,不可做机械的理解,它不是简单的照相似的酷似,而是要符合事理的真实。作者可以根据作品所规定的艺术境界的需要,把各种分散的不相关的众多社会生活现象,通过抽取、缀合,然后写出。当然,这所据以缀合、抒写的材料,都是社会上的存在,从这些目前的人、事加以推断,使之发展下去,这便好像预言,因为后来此人此事确也正如所写那样。相反,依靠对事实的酷似来获得的真实性,反而容易失去:如果"一与事实相左,那真实性也随之死亡"。

至于非写实作品,所描写的对象则可以不必取生活本身的形式。作者为把自己的感情用特殊的方式表达出来,他可以幻想、虚构一些现实中并不存在的事物。例如鲁迅的《野草》中所描述的事物和现象,有些根本不可能在现实中找到。但是作品所写的题材是非人间的,精神却必须是人间的。如鲁迅写狗的"驳诘",实际是借狗来暗喻人,而写人死后有"思想",则也是把对活人"思想"的合理推断,借"死人"表达出来,在现实的人中可以找到这类"狗"和"死人"的影子。因此,非写实性作品中描写对象的真实性,说到底,取决于它是否具有现实精神,它是否以社会人性为基础。

"鲁迅研究"考前实战冲刺(四)
参考答案与解析

一、单项选择题(每小题1分,合计30分)

1. B

【师探解析】1923年12月发表的《娜拉走后怎样》是一篇关于妇女解放问题的专论。

2. D

【师探解析】鲁迅最先从事的是中国小说史的研究。约从1920年起,他就多方搜集中国小说史料,以便编写中国小说史讲义。

3. C

【师探解析】识记知识点:鲁迅第一部小说集《呐喊》的出版时间是1923年。

4. A

【师探解析】鲁迅的文化观常常显示出形式上的偏激,但在根本上,在对实质性问题的论述中,却又总是显出一种辩证的科学性。在文化建设上,鲁迅认为必须采用辩证的态度,即"去其偏颇",例如,对于新兴的木刻艺术,就"不必问西洋风或中国风,只要看观者能否看懂,而采用合宜者"。

5. A

【师探解析】鲁迅辑录古籍的特点之一是"考而后信":古代史书繁缛而且菁芜丛杂,因此,鲁迅在辑录古籍时,审慎地遵奉着"考而后信"的原则,言必有据,落笔必实,常常为了一个问题,要校比几十种书籍。因此,他的辑文比较翔实、可靠、完善。

6. A

【师探解析】识记知识点:《苦闷的象征》作者是厨川白村。

7. B

【师探解析】《故乡》原文:"他出去了;母亲和我都叹息他的景况:多子,饥荒,苛税,兵,匪,官,绅,都苦得他像一个木偶人了。母亲对我说,凡是不必搬走的东西,尽可以送他,可以听他自己去拣择。"描述了闰土的形象。

8. A

【师探解析】识记知识点:《祝福》被收入的集子是《彷徨》。

9. A

【师探解析】我国新文学史上的第一本散文诗集是《夜哭》,其作者是焦菊隐。

10. B

【师探解析】美国人史沫特莱在《论鲁迅》一文中认为:"在所有中国的作家中,他恐怕是最和中国历史、文学和文化错综复杂地连络在一起的人了。"

11. C

【师探解析】"凡有所说所写,只是就平日见闻的事理里面,取一点心以为然的道理",这里突出的是杂感文理趣的特征。

12. B

【师探解析】《白光》反映封建社会下层旧式知识分子被封建科举制度所"吃"的命运;而《在酒楼上》反映了新一代的下层知识分子被"吃"的现实;《阿Q正传》描写了劳苦大众被"软刀子"杀害的残酷情景;《高老夫子》从"吃人"者的角度揭露了封建社会"吃人"的凶残、虚伪和卑劣。

13. C

【师探解析】识记知识点:翻译鲁迅的《中国小说史略》的日本汉学家是增田涉。

14. B

【师探解析】鲁迅评价《儒林外史》:"指摘时弊""抨击习俗""且洞见所谓儒者之心肝"。

15. C

【师探解析】在日本求学期间,鲁迅翻译了大量文学作品,并出版了与周作人合译的两本《域外小说集》。

16. C

【师探解析】在弘文学院时,出于对民族和人民前途的关心,鲁迅常与同学许寿裳讨论与国民性有关联的三个问题。这三个问题分别是:怎样才是最理想的人性?中国国民性最缺乏什么?它的病根何在?

17. A

【师探解析】《祝福》在全面揭露代表中国封建宗法制度和思想的政权、族权、夫权、神权四道"枷锁"对劳动人民迫害的时候，重点突出了夫权和神权对农村劳动妇女的残酷压迫和无情摧残。

18. A

【师探解析】鲁迅在《坟》的《题记》中说，这里的文字"总算是生活的一部分的痕迹"，"将糟粕收敛起来，造成一座小小的坟墓，一面是埋葬，一面也是留恋"。书名含有"埋葬和纪念过去，开拓未来"之意。

19. A

【师探解析】鲁迅在《且介亭杂文·序言》中说，他写这些杂文时，住处位于帝国主义越出租界范围修筑马路的区域，曾被称为"半租界"。"且介亭"即"半租界的亭子间"，"且"为"租"的右半边，"介"为"界"的下半边。所以将在这里写的杂文取名为《且介亭杂文》。

20. A

【师探解析】1932年7月，陈赓将军从革命根据地到上海养伤，鲁迅两次邀请他到家中长谈，对陈赓介绍的红军战斗情况、根据地人民的生活十分关心。

21. B

【师探解析】我国近代史上第一次思想大解放是戊戌变法运动。第二次是辛亥革命，第三次是五四新文化运动。

22. C

【师探解析】在反革命的文化"围剿"中，国民党反动当局采用种种政治手段，扼杀、迫害左翼文艺，甚至秘密枪杀左翼文化人士。鲁迅作为英勇的左翼文化旗手，对此无疑特别悲愤。《悼杨铨》《悼丁君》等便是抒写这种心情的诗篇，而最有代表性的是"左联五烈士"被害后不久写下的《无题·惯于长夜过春时》。原诗为：惯于长夜过春时，挈妇将雏鬓有丝。梦里依稀慈母泪，城头变幻大王旗。忍看朋辈成新鬼，怒向刀丛觅小诗。吟罢低眉无写处，月光如水照缁衣。

23. D

【师探解析】杂感文形式是鲁迅努力追寻"功能意识"与"文体意识"双重价值实现的一条途径。这是语言革命之后找寻作为语言艺术的文学的出路的有益而且卓有成效的尝试。杂感文这一文体形式既有助于巩固五四初期语言革命的成果，又在最大程度上避免了因强调语言的明确性而可能给文学带来的不利影响。

24. B

【师探解析】《孤独者》中主人公魏连殳是一个独具个性的现代知识分子，他以逃避的方式活在自己亲手造就的"独头茧"中品味孤独，最终以"自我灭亡式"的"复仇"向社会做绝望的反抗。

25. A

【师探解析】鲁迅翻译理论的核心是"宁信而不顺"，"信"是首要原则。

26. C

【师探解析】识记知识点：1902年，鲁迅毕业于路矿学堂。

27. B

【师探解析】 识记知识点：1936年，鲁迅与许多代表不同政治态度、不同文学派别的作家携手，联名发表了一篇标志着文艺界抗日统一战线初步形成的文章《文艺界同人为团结御侮与言论自由宣言》。

28. A

【师探解析】 鲁迅特别痛恨那种安于命运的奴才心理。他认为，正是这种对于奴隶生活无不平，无抗争，而且满足以至"含笑"的心态，才使中国停滞落后。罗素在《中国问题》一书中，曾说到他于1920年来中国讲学，游览西湖时，见到"轿夫含笑"的事，一些中国文人便以此吹嘘中国如何"文明"。鲁迅却深刻地指出："轿夫如果能对坐轿的人不含笑，中国也早不是现在似的中国了。"这种中国固有的"文明"，"不但使外国人陶醉，也早使中国一切人们无不陶醉而至于含笑"；"纵为奴隶，也处之泰然，但又无往而不合于圣道"。这就把造成国民性中安于命运的奴才心理的弱点，置于批判中国固有精神文明的锋芒之下。不仅安于命运，而且安于现状，因循守旧，抗拒改革，这也是国民性的弱点之一，对此鲁迅也不断给予鞭挞。

29. B

【师探解析】 《朝花夕拾》为中国近代史提供了比一般历史记载更为鲜明和准确的形象化的社会史料。19世纪末和20世纪初正是中国历史新旧交织、发生剧烈变化的时代，《朝花夕拾》从家庭到学校、从浙江的绍兴到日本的仙台，多方面地展示了当时真实的生活场景和社会风习。

30. C

【师探解析】 吕纬甫是《在酒楼上》中的人物角色。

二、填空题（每小题1分，合计10分）

31. 复仇与反抗　32. 《伪自由书》　33. 父子关系　34. 《补天》　35. 《旧事重提》　36. 1935　37. 怀旧　38. 《文化偏至论》　39. 《我的第一个师父》　40. 起死

三、名词解释题（每小题2分，合计6分）

41. 《朝花夕拾》是鲁迅的一篇散文集。鲁迅称《朝花夕拾》的素材是"从记忆中抄出来的"，该集所收，均属回忆散文。这些作品写于1926年2月至同年11月，共10篇，曾陆续发表于《莽原》半月刊，总题目为《旧事重提》，结集时改名为《朝花夕拾》。

42. 这是鲁迅早期撰写的一篇文言论文，介绍和赞扬欧洲文学史上"立意在反抗，指归在动作"的浪漫主义诗人及其作品，呼唤像他们这样的"精神界之战士"在中国尽早出现，从中反映了鲁迅对外国文化、文学的基本态度，是研究鲁迅的美学思想、比较文学思想的重要文章。

43. 民族魂是对鲁迅的崇高评价，它表示鲁迅的一生卓越地体现了中华民族的优秀品质和崇高精神。鲁迅是我们中华民族的象征，是用文学来思考时代的要求、记录时代的步伐、参与和鼎助时代发展的旷世巨人。鲁迅是现代中国"民族魂"的代表，也是现代"民族魂"的塑造者之一。

四、简答题（每小题6分，合计24分）

44. （1）在人物与故事的关系上，鲁迅的小说突破了传统短篇小说的格局。

（2）在艺术手法上，鲁迅"博采众家，取其所长"，综合运用了中西方小说的艺术技巧，从作品内容出发而灵活多变。

（3）在小说语言上，鲁迅的小说彻底地摆脱文言文，改用白话，形成了独特的风格。

总之，鲁迅的小说充分发挥了推动中国社会发展的巨大作用，成为中国现代文学中现实主义思潮、流派的典范，并完成了对中国传统小说的革命，为中国现代小说树起了第一块里程碑。

45．（1）批判封建道德，宣传民主思想。

（2）批判封建迷信，提倡科学精神。

（3）批判愚弱的国民性，启发国民觉醒。

（4）反对旧文学、提倡新文学。

（5）反对北洋军阀政府及为其辩护的文人，总结斗争的经验与教训。

46．（1）早期（1900—1912年），即南京求学至辛亥革命前后。这一阶段的诗作均为旧体诗，涉及的社会面不宽，思想缺乏深度，技巧较为稚嫩。主要是抒写早年的感时愤世之情或表现对高尚理想的追求。

（2）中期（1918—1926年），即"五四"前夕至"五四"退潮期。这一阶段偶有旧体诗作，但大多是新诗，从思想到形式显然受到"五四"思潮及其诗风的影响。

（3）后期（1928—1935年），即大革命失败至30年代国民党白色恐怖时期。这是鲁迅诗歌创作的高峰期和成熟期，其作品主要是旧体诗，也有新诗与民歌体诗。这些诗作的基调是反映与国民党反动派的艰苦卓绝的斗争。与前两个阶段的诗作相比，这一阶段的作品对现实的爱憎更为分明，常有短兵相接之作，而且充满了辩证精神和革命乐观主义。

47．（1）回忆往事与批判现实的融合。

（2）叙事和议论、抒情的结合。

（3）清新恬淡与讽刺幽默的统一。

五、论述题（每小题10分，合计30分）

48．鲁迅关于文学欣赏活动的主要特点可以从以下四个方面论述。

首先，对文学欣赏主体的重视和尊重。鲁迅很重视文学欣赏问题，因为作者写出作品，目的是要给人看，是试图通过作品与读者进行情感的交流。这种交流正是通过文学欣赏活动来达到的，只有通过欣赏活动，才能使文学作品的价值得以真正实现。既然鲁迅要以文学作为思想启蒙的工具，要以文学作改良社会、人生的利器，那么文学价值的实现问题就不可忽略，而文学价值的实现又必须通过读者的欣赏活动来完成，那么读者之于文学的意义理当受到高度重视，可以说，重视读者是鲁迅文学欣赏的核心。

其次，强调"趣味"在文学欣赏活动中的作用。欣赏是读者自愿的心灵活动，使读者进入欣赏状态的是"趣味"，不能诉诸读者"趣味"的作品，很难引起读者的共鸣。尊重读者，首先就应该尊重他们的自愿意志，而不是将文学作品强加给读者。当然使读者在阅读作品时感到有趣并不是一件很容易的事情，因为读者的趣味常常是千差万别的，因此鲁迅也指出作者的创作应力避单一，应尽可能地使文学作品多样化，以调动更多读者的阅读兴趣，同时还要充分注意读者欣赏兴趣的消解问题。当然，鲁迅重视读者的趣味，其出发点是为了使文学的社会效果更加强烈，为了让文学作品能被最广大的读者层接受，从而使其价值得到更充分的实现。

再次，正视文学欣赏活动中读者的艺术"再创造"。读者在对文学作品进行欣赏时，常常是带着某种参与意识的。在欣赏过程中，欣赏者不仅积极地进入作品所提供的场景，去身临其境地与作品中的人物共呼吸、同悲欢，去体验作者曾经体验过的情感和思想，而且常常以自己的生活经验去充实补足作者所没有写明的部分,甚至对作者的意图进行某种发挥性想象,即对作品进行"再创造"。鲁迅认为,应该正视文学欣赏活动中读者的艺术"再创造",因为欣赏者正是在这种"再创造"中感受到艺术欣赏的乐趣,与作者"一样的受到创作的欢喜"。创作者应该在文学作品中尽可能地调动读者的思想与联想,尽可能地给读者想象和"创造"的余地。而忌过直、将话说尽,从而堵塞欣赏者的思路,使欣赏者难以获得艺术"再创造"的"欢喜"。同时应该强调的是,鲁迅希望文学作品能贴近读者,能引发读者的参与意识,但却很反对读者对作品的过于"钻入"。所谓"钻入",是一种缺乏"赏鉴的态度"的病态的阅读倾向。

最后,把握文学欣赏的复杂性和差异性。由于读者所处的时代、环境、地位的不同,以及由于读者经历、心境、欣赏习惯、艺术偏好、审美趣味等等的不同,便会形成欣赏效果的差异。差异性是欣赏活动中普遍存在的现象。鲁迅指出欣赏活动的复杂性和差异性,首先是为了让作者能针对不同的读者层次,写出"种种难易不同的文艺"。但同时鲁迅也认为,应该正确分析读者欣赏效果差异的原因,从而创造条件,让更多的读者能够欣赏真正的艺术。为此,他也向读者提出了相应的要求,因为欣赏活动的主体是读者,读者并不是被动地接受作品的,作家在提供作为欣赏对象的文学作品时,固然要充分照顾到读者的欣赏要求和欣赏条件,但读者自身也必须具备相应的条件,否则是难以进入文学欣赏的状态中去的。

总之,从鲁迅对文学欣赏问题所发表的一系列见解中我们可以看出,他不仅较深入地揭示了文学欣赏的特点,而且特别注重从此特点出发,进而向作者和读者都提出相应的要求。鲁迅的兴趣和目的是通过研究文学作品的传播方式和传播效果,促使文学作品的价值得以充分实现。

49. 鲁迅小说里的知识分子大体可以分为旧式与新式两大系列,新式系列的是一批小资产阶级知识分子,既首先觉悟却又摇摆不定,面貌各异,反映了那个时代的许多动向和信息。《在酒楼上》《孤独者》《伤逝》正属于对新式知识分子的描写,并且从正面提出了知识分子在充满丑恶和矛盾的现实社会中应该持何种人生态度、走出怎样的人生道路的问题。

《在酒楼上》里,吕纬甫是在战斗中退伍、落荒,进而颓唐消沉以至完全绝望的知识分子。吕纬甫在辛亥革命前后曾经是热情奔放的青年,投入过反封建的斗争。然而十年后,如他自己所说,"我现在自然麻木得多了"。当年敏捷精悍的吕纬甫现在尽是认真地干一些十分无益、无聊的事,借此寻找心灵上的安慰,对前途完全丧失了信心。吕纬甫觉得自己的人生之路就如"蜂子或蝇子停在一个地方,给什么来一吓,即刻飞走了,但是飞了一个小圈子,便又回来停在原地点"。吕纬甫不了解现实斗争的复杂性和艰巨性,所以,一接触斗争实际,便失去了激情,败下阵来,这是小资产阶级知识分子的通病。作品批判了吕纬甫对生活理解的肤浅,面对现实斗争时的脆弱,随之而来的苟活、颓唐、无聊,从"歧路"走进了"穷途";作品也从侧面反映了当时社会黑暗势力的强大、顽固,社会变革之艰难。

《孤独者》中主人公魏连殳则从"歧路"向"穷途"走得更远,他以逃避的方式活在自己亲手造就的"独头茧"中品味孤独,最终以"自我毁灭式"的"复仇"向社会做绝望的反抗。魏连殳的悲剧首先告诉人们,旧中国封建势力残忍无情,它像一张"吃人"的网,将"异类"紧紧包围,使人走投无路以致思想扭曲,性格变形。其次,表明了知识分子如果不接触广大群众,不抛弃个人主义的生活方式和思想方法,将自己裹在与世界隔绝的"独头茧"里,那么只会走向凄惨的绝境;如果不选择正确的反抗方式,那么,"反抗"得越顽强,就会越背离原先的志向,自己心灵的伤痛也越深。

《伤逝》中的女主人公子君也走向了"穷途"，但是男主人公涓生却从妻子子君的悲剧人生中吸取教训，走出了"穷途"，"向新生活跨进"。涓生和子君是经过五四风暴洗礼的知识分子，深深受到新思潮的影响，但是两人的爱情最终还是发展成悲剧，背后原因一方面是社会太过黑暗，犹如一个无赖，两人难以逃脱这无赖社会对他们的阻挠和纠缠；一方面是他们自身目光短浅，缺乏远大的社会理想，将恋爱自由当作人生要义的全部和奋斗的终极目标。小说不仅揭露了封建社会的可怕与可恶，批判了小资产阶级知识分子个人奋斗思想的局限性，而且还指引他们走向社会解放的道路：涓生从他与子君的爱情的曲折历程，尤其是从子君过早离开人世的悲剧中认识到："第一，便是生活。人必生活着，爱才有所附丽。"他表示："我要向着新的生路跨进我第一步去。"

从以上分析我们可以看到，鲁迅的关于知识分子题材的小说具有鲜明特点：第一，鲁迅笔下的这些知识分子形象大多是悲剧形象。他们曾感受到时代精神，有理想、有追求，是反封建的思想革命的积极力量。但是，黑暗的社会、丑恶的现实将他们的理想扼杀、毁灭，他们后来大多变得情绪低沉，生活色调暗淡，其结局多是可悲的。鲁迅不仅注意真实地描写人物的悲剧性格，而且特别注意着力挖掘造成这些悲剧的社会根源、历史根源和人物自身的思想根源，从而使这些悲剧具有非常深广的典型意义。

第二，小说具有鲜明的"寻路"的特点。鲁迅在表现客观社会给知识分子造成悲剧的同时，更侧重于对知识分子自身的思想状况和人生态度做冷静的、深刻的描写和考察，在主、客观的结合点上，在种种不同人生态度的对比中，寻求知识分子正确的人生道路。

50. 鲁迅的人格魅力主要包括以下几个方面。

首先，多才多艺，学识渊博。鲁迅从青年时代开始，就遭逢中西文化汇流的大好时机，这使他同时拥有旧学的根底和新学的根底，从而能在思想结构、知识结构等方面成为一种全新的类型。这不仅使他学识的深度、广度能够超越前人，而且使他有丰厚的实力在五四新文化运动中冲破传统，创立新说。从鲁迅一生的经历来看，他最早是从事自然科学学科学习的，并且写有自然科学方面的论文，后来又从事文学和社会科学方面的研究，他所涉猎的领域几乎包含了精神文化的各个方面。同时，鲁迅还拥有着难得的文化识见，他对于"传统文化"以及"活着的文化传统"有着最深刻、最充分、最清醒的认识，其中最有代表性的是对中国传统文化"吃人"本质的发现和对活着的文化传统所培育出的"阿Q现象"的发现。

其次，热情和性格。在鲁迅身上，超常的"热情和性格"通常凝聚在一起，集中体现为韧性的战斗精神和雄伟的人格力量。鲁迅的韧性战斗精神有多种表现形态，但最富有特色的是他那敢于在无路之中找寻出路的信念、勇气和毅力。鲁迅一生坚信这样一条真理："其实地上本没有路，走的人多了，也便成了路。"因此，鲁迅从不幻想走一条由别人铺平的舒坦的大道，而是在艰难的跋涉中自寻出路，甚至在绝望之中也仍不停步。至于鲁迅的雄伟人格，基本可以用毛泽东同志的一句话来形容，即"没有丝毫的奴颜和媚骨"，同时他还蔑视一切名号、名声和桂冠，摆脱一切名利束缚。

最后，鲁迅式思维。鲁迅式思维的特点包括：思维的开放性——善于打破常人固有的习以为常的思维秩序，以一种全新的时空观念来思考问题；思维的反叛性——其最重要的表现形式就是"怀疑"，这使鲁迅对于事物的思考达到了惊人的深度；采用简括、明快的判断方式——在鲁迅的思维判断中，很注重对事物的整体特征和本质特征做直截了当的揭示，常常是快刀斩乱麻式地排除偶然性和个别性，以最简括、明快的表达方式做判断式表述。如果说，上面讲的反叛性思维特点是以"疑"为特征的，那么，这里则主要是以"断"为特征；一种由因溯果的反向分析方法——"由果溯因"是一种实践性很强的分析思维方式，即首先认真考察现已成为事实的结果，然后反观结果形成的过程，考其因由。在对中国传统文化进行价值评估时，鲁迅经常采用由因溯果的分析方式。